U0095018

Franz Kafka
Der Process

德文原始手稿完整版

法蘭茲．卡夫卡 著　姬健梅 譯

導讀

愛情中的孤獨與審判

——卡夫卡創作《審判》的情感背景

淡江大學德文系教授 鍾英彥

一九二五年馬克斯・布羅德（Max Brod）違反卡夫卡的遺願，整理出版《審判》[1]，讓讀者摸不著頭腦，試著去了解此作品，想掌握其意義及思想內涵，但此作品的題材不明確易懂，更何況其內容，所以文學界對此作品的意見和闡釋分歧很大[2]。直到一九五一年卡夫卡的日記[3]，尤其是到

1 因初版（一九二五年）未附上卡夫卡未完成的章節（殘稿）以及手稿中卡夫卡自己刪除掉的部分，布羅德在一九三五年特別在《附錄》裡補上。一九九〇年英國日耳曼學學者麥爾坎・帕斯里（Malcolm Pasley）為了呈現《審判》的完整性而出版了手稿本。本譯作即依據此手稿本。

2 最常見的闡釋，以存在主義把約瑟夫・K當作是一個現代的「每個人」（Jedermann），與難以忍受存在的矛盾密切相連，引起讀者對自己生存狀態的思考。心理學的闡釋，以約瑟夫・K被捕後，對他的鄰居布斯特娜小姐突襲接吻，然後糾纏法院工友的太太，以及蕾妮認為大多數的被告性感俊美，或女孩偷窺等待約瑟夫・K脫衣作畫為例，依弗洛伊德的犯罪（Schuld）理論：犯罪是自我（das Ich）罪惡與恐懼感的投射，自我的行為是原始、被禁止的本能衝動，因而觸犯法律（超我，das Über-Ich）。神學的闡釋：以商人布羅克為例，除了原來的律師之外，還聘請別的律師就是觸犯法律（十誡）的第一誡。社會學的

一九六七年給菲莉絲的信[4]相繼出版後，大家才發現卡夫卡的《審判》和他個人的一段經歷有著非常密切的關係：

一九一二年八月十三日，卡夫卡到布羅德位於布拉格的家時，初次看見菲莉絲（Felice Bauer）「坐在桌邊，就像一個女僕。」[5]菲莉絲是布羅德的親戚[6]，柏林經銷唱機和錄音器材卡爾・林德史托姆股份公司（Carl Lindström AG）的經理，小卡夫卡四歲：「骨頭突出的臉龐……露出脖子，披著短上衣……幾乎摔壞了的鼻子，淡黃色的、有點僵硬而沒有吸引力的頭髮，強而有力的下巴。」[7]

五個星期後，一九一二年九月二十日，卡夫卡寫了第一封信給菲莉絲表明願與她建立通信聯繫的願望。開始時，菲莉絲保持沉默，但從十月二十三日起兩人之間的通信愈來愈勤。一九一三年三月二十三日，兩人第一次在柏林阿斯卡尼旅館（Askanischer Hof）會面，五月十一日和十二日第二次會面，「沒有她（菲），我無法生存，和她在一起，我也無法生存。」六月六日卡夫卡在信中第一次向菲莉絲求婚：「你願意考慮做我的妻子嗎？你願意嗎？」不過，卡夫卡卻陷入恐婚症，收集了所有贊成和反對他結婚的說法，共列了七條[8]。八月二日卡夫卡終於向菲莉絲建議，在卡夫卡父母面前訂婚。

一九一三年九月六日到十六日，卡夫卡代表公司去維也納開會，會後赴義大利威尼斯、里瓦（Riva）等地旅遊。在加爾達湖（Gardasee）畔哈同恩博士（Dr. Hartungen）的療養院裡，和一位十八歲的瑞士女孩G. W.發生親密感情，維持十天才依依不捨分開[9]。

卡夫卡從一九一三年九月二十一日到十月二十九日中斷與菲莉絲通信，令菲莉絲感到不安，於是委託她的朋友葛蕾特・布洛赫[10]充當中間人去維也納見卡夫卡。兩人見面後，無所不談，相當投機[11]。卡夫卡決定立刻（十一月八日）動身前往柏林見菲莉絲，兩人匆匆見面，在柏林動物園散一

闡釋：以「守門人」的譬喻故事為例，說明法律的特性與本質。

3 Kafka, Franz. *Tagebücher 1910–1923*. Frankfurt am Main: S. Fischer Verlag, 1951.

4 Kafka, Franz. *Briefe an Felice und andere Korrespondenz aus der Verlobungszeit*. Frankfurt am Main: S. Fischer Verlag, 1967.

5 參見卡夫卡一九一二年八月二十日的日記。

6 菲莉絲的表兄弟馬克斯・弗利德曼（Max Friedmann）娶了希洛德的妹妹蘇菲（Sophie）。

7 同註五。

8 參見卡夫卡一九一三年七月二十一日的日記。

9 參見卡夫卡一九一三年十月二十日的日記，描述與G. W.晚上的交往情形：「我（卡夫卡）用一種敲擊的語言敲擊我位於她房間的屋頂，聽她的回答，然後將身子探出窗外，向她問候。」以及卡夫卡一九一三年十二月二十九日寫給菲莉絲的信：「在療養時，我曾愛過一個少女，一個孩子，大約十八歲，瑞士人……儘管我在病中，但那段戀情卻很珍貴，也很深沉。當時，我正感空虛無望，即使一位微不足道的少女也可以征服我的心。」

10 葛蕾特・布洛赫（Grete Bloch，一八九二—一九四四年），小菲莉絲五歲，在柏林一家代理美國埃利奧特菲舍爾報表機（Elliott-Fischer-Buchungs-maschiner）的卡爾・弗列明公司（Carl Fleming）上班，一九一三年四月在法蘭克福辦公用品展覽會上認識菲莉絲。一九一三年葛蕾特轉到維也納埃利奧特菲舍爾總代理的裘・雷斯帝公司（Joe Lestri）工作。

11 一九一三年十月底葛蕾特與卡夫卡在維也納第一次見面，一九一四年七月一日葛蕾特從維也納公司回到柏林分公司。在得知卡夫卡即將和菲莉絲結婚後，葛蕾特把部分卡夫卡寫給她的信送給菲莉絲。據葛蕾特一九四〇年寄給她的朋友蕭肯（Wolfgang Alexander Schocken）的信上提到，她在一九一四年夏末曾產下一個男嬰，孩子快七歲時，突然猝死，她一九三五年去布拉格孩子的父親墳上祭拜。據傳聞卡夫卡就是這個男孩的父親，但葛蕾特並未點明此事。（參見 Kafka, Franz. *Briefe 1913–März 1914*. Herausgegeben von Hans-Gerd Koch. Frankfurt am Main: S. Fischer Verlag, 2001. pp. 592.）

下步，卡夫卡就回布拉格，「像是完全不該去似的。」[12]

一九一四年一月二日卡夫卡寫信向菲莉絲表示「結婚是唯一能維繫我們之間關係的方式」，並向她再次求婚。二月二十七日到三月一日卡夫卡去柏林找菲莉絲，兩人「手拉著手像最幸福的情侶一樣，穿過大街小巷……她說她將不會和其他人結婚。」[13]一九一四年四月二十一日的《柏林日報》和四月二十四日的《布拉格日報》，分別刊登卡夫卡和菲莉絲的訂婚啟事。五月三十一日和六月一日雙方家長和親友在菲莉絲家裡舉行訂婚慶祝儀式。在儀式上卡夫卡覺得「像一個罪犯一樣，被綁起來似的……這便是我的訂婚。」[14]一九一四年七月十一日剛滿三十一歲的卡夫卡，赴柏林準備和菲莉絲就結婚事宜交換意見，但沒想到抵達柏林的第二天，菲莉絲、葛蕾特、菲莉絲的妹妹娭納[15]和魏斯[16]就在卡夫卡下塌的阿斯卡尼旅館組成「審判法庭」，卡夫卡是被告。菲莉絲「把雙手插進頭髮……突然振奮地站起來，說起想好的、長期深藏的、懷有敵意的事情。」[17]指控的內容主要是針對卡夫卡對她的關係反覆無常和不忠。卡夫卡沒做任何辯護，默默地接受了這場「審判」，法官[18]宣判：解除卡夫卡與菲莉絲之間所訂的婚約。這種身為被告的感覺與經歷成了《審判》這部小說的最主要基礎。

一九一四年八月十一日左右，卡夫卡開始撰寫《審判》，一九一五年一月底中斷。故事中的主角約瑟夫·K是銀行襄理，和卡夫卡的職務相當；布斯特娜小姐（Fräulein Bürstner）是K心儀的對象，在手稿幾乎只用縮寫F. B.，和卡夫卡的未婚妻菲莉絲·包爾的縮寫一樣。我們似乎可以認為《審判》中的逮捕（Verhaftung）反映出卡夫卡和菲莉絲的訂婚（Verlobung），而解除婚約（Entlobung）就是K的處決。[19]

---

12 參見卡夫卡一九一三年十一月十日寫給葛蕾特的信。

13 參見卡夫卡一九一四年三月二日寫給葛蕾特的信。

14 參見卡夫卡一九一四年六月六日的日記。

15 埃納（Erna Bauer，一八八三—一九五二年）小菲莉絲一歲，對卡夫卡非常友善。在「旅館法庭」後，她「眼睛含著淚水……安慰我（卡夫卡）。」參見卡夫卡一九一四年七月二十三日的日記。

16 魏斯（Ernst Weiss，一八八二—一九四〇年），外科醫生，一九一三年六月二十八日在布拉格結識卡夫卡，是卡夫卡在柏林的知己，始終不贊成卡夫卡與菲莉絲結婚。

17 參見卡夫卡一九一四年七月二十三日的日記。

18 卡夫卡認為這場審判的法官就是葛蕾特。卡夫卡在事後針對這件事寫信給葛蕾特：「您說我恨您，這可就不對。就算所有的人都恨您，一方面我沒有權利這樣做，另一方面，雖然您是作為審判我的人坐在阿斯卡尼旅館，但這只是表面現象，對您、對我、對所有的人，那一幕都是令人厭惡的，而實際上是我坐在您的位子上，而且直至今日也沒離開。」參見卡夫卡一九一四年十月十五日寫給葛蕾特的信。

19 當然文學實證主義（Literarischer Positivismus）不是唯一闡釋《審判》的方法。不過，讀者可先讀讀卡夫卡在解除婚約前寫給菲莉絲的信，約二年三百六十封左右。（卡夫卡只為了竭力爭取菲莉絲諒解：他要寫作，不能改變現有的生活方式：八點到二點二十分在辦公室，三點或三點半吃午飯，然後上床睡覺到七點半，之後十分鐘體操，接著散步一個小時，回來後晚餐，十點半坐下來寫作，寫到一點、二點或三點，然後做體操，漱洗，上床睡覺。可是菲莉絲卻無法體諒。）接著再讀《審判》，就能較深入地看出卡夫卡的結婚企圖與《審判》這本小說之間的密切關係。

目錄

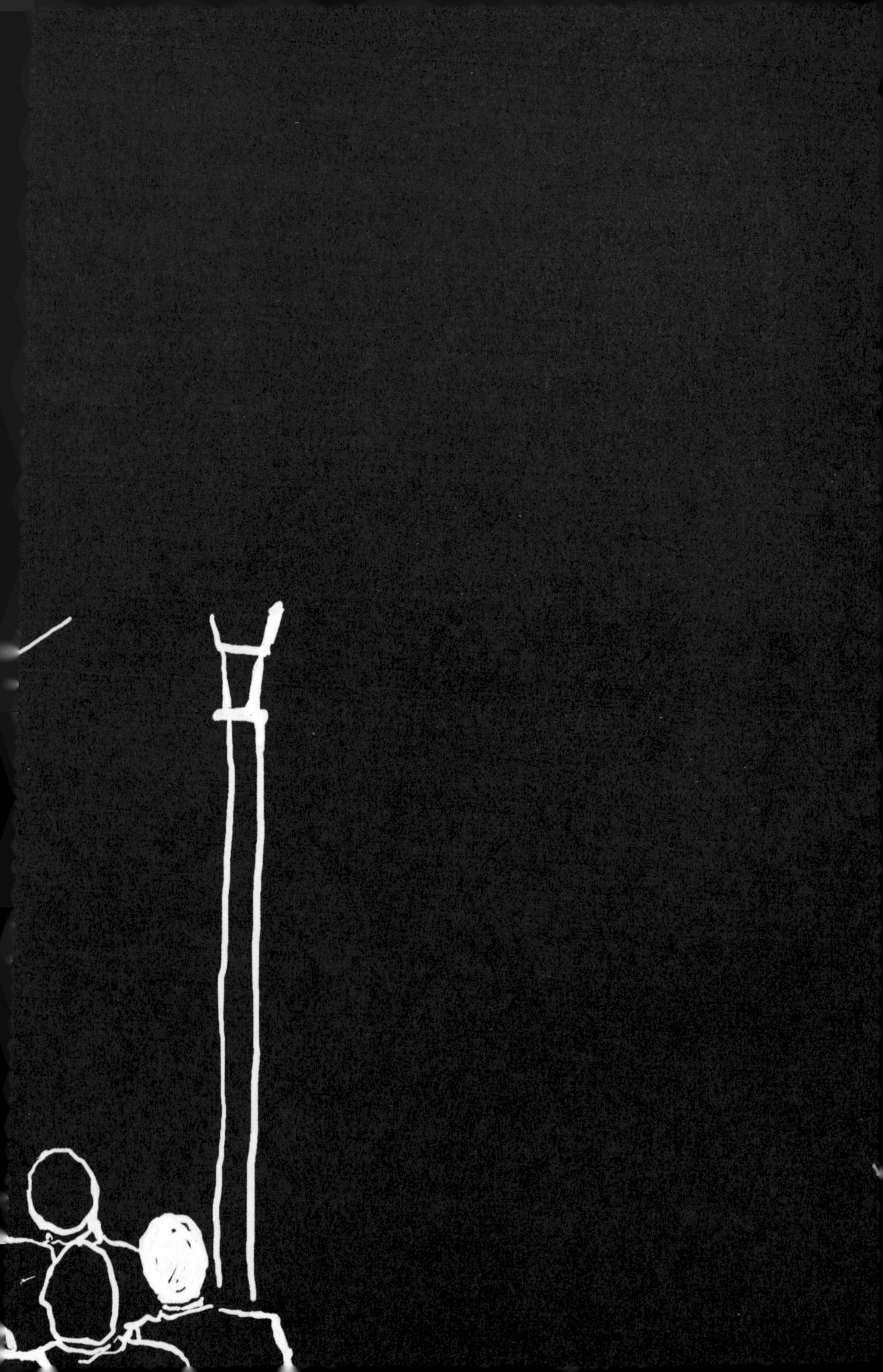

Der Process

我沒有復原，反而更破損了。一個空的容器，雖仍完整但已成碎片，或者說，已成碎片但仍完整。充滿謊言、憎恨和羨慕，充滿無能、愚蠢和遲鈍，充滿懶惰、軟弱和無助。三十一歲。

——《卡夫卡日記·一九一四年八月六日》

第一章　逮捕

一定是有人誹謗約瑟夫．K，因為他並沒有做什麼壞事，某天早上卻被逮捕了。房東古魯巴赫太太的廚娘每天上午八點都會送早餐給他，這一天卻沒有來。這種事還從未發生過。K又等了一陣，從枕頭上望出去，看見住在對面的老太太在觀察他，帶著就她而言頗不尋常的好奇，他既納悶，肚子又餓，便按了鈴。立刻有人敲門，一個男子走進來，是K在這間公寓裡還從不曾見過的人。這人瘦瘦的，但很結實，穿著一件合身的黑色西裝，就像旅行服一樣配有各種皺褶、口袋、扣環、鈕扣和一條皮帶，因此儘管不清楚這衣服有何用途，看起來卻格外實用。「你是誰？」K問，隨即在床上半坐起來。那男子卻不理會這句問話，彷彿別人理應接受他的出現，只說：「你按了鈴嗎？」「安娜應該替我送早餐來。」K說，試著先藉由專注和思索來默默弄清楚這男子到底是誰。但這人沒有讓他打量太久，就朝房門轉過身，把門打開了一點，對顯然就站在門後的某個人說：「他想要安娜把他的早餐送來。」隔壁房間響起一陣輕笑，從聲音聽不出來是否有好幾個人。儘管這個陌生男子不可能從這陣笑聲得知什麼他先前不知道的事，此刻卻還是用通報的語氣向K說：「這辦不到。」「這倒是件新鮮事，」K說，從床上跳下來，迅速穿上長褲，「我倒要看看是什麼人在隔壁房間，看看古魯巴赫太太對於這番打擾要怎麼向我解釋。」雖然他立刻想到他其實無須把這番話大聲說出來，這樣做幾乎等於承認那名陌生人有權監視他，但此刻這顯得並不重要。無論如何，那個陌生人卻是這樣理解的，因為他說：「你不覺得留在這裡比較好嗎？」「我不想留在這裡，而在你沒有做自我介紹之前，我也不想跟你說話。」「我是好意。」那個陌生人說，主動把門打開。K走進隔壁房間，不自覺放慢腳步，乍看之下，隔壁房間裡就跟前一天晚上幾乎一模一樣。那是古魯巴赫太太的客廳，在這個擺滿家具、布套、瓷器和相片的房間裡，今天或許比平常多了一點空間，但不是一眼就看得出來，而最主要的改變在於有一個男子在場，這更非一眼就看得出來。他坐在敞開的窗戶旁，拿著一本書，此時把目光從書上抬起來。「你應該待在你的房間裡！法蘭茲難道沒跟你說嗎？」「你們究竟有什麼事？」K說，看看剛認識的這個人，又看看還站在門裡、被喚作法蘭茲的那人，再把目光移回來。從敞開的窗戶又能瞥見那個老太太，她帶著老人特有的好奇走向這個房間對面的窗戶，好繼續觀察這一切。「我可要去跟古魯巴赫太太——」K說，做了個動作，好像想掙脫那兩名男子，但他們站得離他很遠。他想繼續往前走。「不，」窗邊那人說，把書扔在一張小桌子上，站了起來，「你不准離開，你被捕了。」「看來是如此，」K說，接著問道，「可是為什麼呢？」「我們不是奉命來告訴你為什麼的。回你的房間等著。反正司法程序已經展開，在適當的時候你就會得知一切。我這麼和氣地勸你其實超出了我的任務。而我希望除了法蘭茲以外沒有別人聽到，他違反規定對你相當友善。由我們來看守算你運氣好，如果你繼續擁有這樣的好運，那你大可以放心。」K想要坐下來，卻發現在整個房間裡，除了窗邊那張椅子之外無處可坐。「你將會明白他說的全是真的。」法蘭茲說，同時跟另外那人一起朝他走過來。另外那人尤其比K高出許多，好幾次拍他的肩膀。兩人打量K的睡衣，說他現在將得要穿一件差得多的衣服，不過他們會替他保管這件睡衣和其他衣物，如果他的官司有好結果，就會再還給他。「把東西交給我們要比送進保管處來得好，」他們說，「因為在保管處常常發生侵占事件，而且過了一段時間之後，他們就會把所有的東西都賣掉，不管相關的司法程序結束了沒有。再說，這一類的官司不知道要拖多久！尤其是在最近，如果是那樣，你最後當然會從保管處拿到變賣東西所得的錢，可是第一，這筆錢本來就很少，因為要賣給誰，並不取決於出價高低，而是賄款的多寡；第二，根據經驗，當這些錢被一年又一年地傳下去，經過一隻又一隻的手，就會愈變愈少。」K幾乎不予理會這番話，不是那麼在乎他也許還擁有的衣物支配權，對他來說更為重要的是弄清楚自己的處境；可是他在這兩個人面前甚至無法思考，第二個守衛——他們只可能是守衛——的肚子一再朝他撞過來，簡直像在表示友好，而當他往上看，會看見一張跟這個肥胖的身體毫不相稱的臉，又乾又瘦，粗大的鼻子歪向一邊，越過他向另一名守衛使眼色。這是些什麼人？他們在說些什麼？他們屬於哪個機關？畢竟K生活在一個法治國家，處處祥和，所有的法律都屹立不搖，誰敢在他的住處侵犯他？他一向習慣盡可能輕鬆看待一切，最壞的事情要等到事到臨頭才相信，不去未雨綢繆，就算事情緊迫也一樣。然而此時他卻覺得這種態度不正確，雖然可以把這整件事視為玩笑，是他銀行的同事跟他開的一個低級玩笑，基於他所不知道的原因，也許因為今天是他三十歲生日。這當然不無可能，也許他只需要以某種方式當面嘲笑這兩個守衛，他們就會一起笑。也許他們是街角的雜役，看起來不無幾分相似——儘管如此，這一回，幾乎從第一眼看見守衛法蘭茲開始，他就決心不要放棄他在面對這些人時或許還擁有的一絲優勢。倘若別人事後說他開不起玩笑，這在K看來也無關痛癢，他反倒想起——儘管從經驗中記取教訓本來不是他的習慣——幾次就其本身而言無足輕重的情況，在那些情況中，不同於他的朋友，他有意識地做出大意的舉動，對可能的後果渾然不覺，也由於事情的結果受到懲罰。不該讓這種事情再度發生，至少這一次不該，如果這是樁惡作劇，那他也願意一起玩玩。

他還是自由的。「對不起。」他說，匆匆從那兩名守衛之間穿過去，走進他的房間。「他看起來還滿明理的。」他聽見背後有人這麼說。一進房間他馬上拉開書桌抽屜，裡面的東西擺得整整齊齊，偏偏他要找的身分證件卻由於緊張而一時找不到。最後他找到了他的自行車執照，拿著這張證件就想去找那些守衛，可是他隨即覺得這張證件太微不足道了，便又繼續翻，直到他找到了那張出生證明。等他再度回到隔壁房間，對面的門正好打開，古魯巴赫太太想要走進來。她只露面了一下，因為她一看到K，顯然就感到尷尬，道了聲歉就溜走了，並且小心翼翼地把門關上。「你就進來吧。」K只來得及這麼說。這時他拿著證件站在房間中央，望著那扇沒有再打開的門，直到守衛喊了他一聲，他才嚇得回過神來。他們坐在敞著的窗邊那張小桌旁，此刻K發現他們正在享用他的早餐。「她為什麼不進來？」他問。「她不准進來，」那個高大的守衛回答，「畢竟你被逮捕了。」「我怎麼可能被逮捕了？還是以這種方式？」「你又來了，」那名守衛說，把一塊奶油麵包浸在蜂蜜罐子裡，「我們不回答這種問題。」「你非回答不可，」K說，「這是我的證件，現在請出示你的證件，尤其是逮捕令。」「天哪！」那名守衛說，「你不懂得隨遇而安，看樣子存心要激怒我們，這根本沒必要，在你身邊所有的人當中，我們說不定是如今跟你最親近的。」「的確是這樣，你就相信了吧。」法蘭茲說，沒有把拿在手裡的咖啡杯往嘴邊送，而是久久注視著K，那眼神很可能意味深長，但卻令人費解。K不由得和法蘭茲交換起目光，但隨即又拍拍他的證件說：「這是我的證件。」「我們哪裡在乎什麼證件？」那個高大的守衛喊了起來，「你的舉止比小孩還糟。你想怎麼樣呢？想讓你這樁該死的大官司趕快結束，就憑著跟我們這些守衛討論身分證件和逮捕令嗎？我們是低階人員，幾乎不懂身分證件，我們跟你的案子唯一的關係就是每天在你這兒守衛十小時，並且領到做這件事的酬勞。我們就只是這樣的人，儘管如此，我們卻能看出指派我們的高階單位在下令進行逮捕之前，很仔細了解過逮捕的理由和被逮捕的人。這當中不會出錯。就我所知，我們的單位——我只認識最低的層級——並不會在民眾當中尋找罪過，而是如同法律所說，是被罪過所吸引，不得不派出我們這些守衛。這是法律。哪裡會出錯？」「我不知道有這種法律。」K說。「這對你來說更糟。」那個守衛說。「這法律大概只存在於你們的腦袋裡。」K說，他想設法潛入守衛的思想中，朝著對他有利的方向改變其思想，把他們的思想扭轉成對他有利，或是讓自己習慣他們的思想。但那守衛只是用駁斥的口氣說：「你會見識到的。」法蘭茲插進話來，說：「看吧，威廉，他承認自己不懂法律，卻又聲稱自己無罪。」「你說得對，可是怎麼說他都不懂。」另一個守衛說。K不再回答，心想：難道我得讓這些最低階人員的廢話——他們自己承認是最低階人員——來把我弄得更加糊塗嗎？他們肯定也根本不懂自己說的事，之所以這麼篤定只是出於愚蠢。與其跟這兩個人長篇大論，只要能跟與我階級相當的人說上幾句話，一切就會清楚得多。他在房間裡的空地來回踱步，看見對面那個老婦人把一個年紀更大的老人拖到窗前，抱著他。K必須結束這場戲，說道：「帶我去見你們的上司。」「這得要等到他想見你的時候，」那個被喚作威廉的守衛說，「現在我勸你回到你的房間，冷靜下來，等候發落。我們勸你不要用無用的念頭分散了心思，而是去集中精神，你面臨的考驗將會很大。以你對待我們的方式，其實不值得我們這樣幫你，你忘了，不管我們是什麼身分，就目前而言，相對於你來說，至少我們還是自由之身，這個優勢可不小。儘管如此，如果你有錢的話，我們願意去那邊那家咖啡館替你買份早點來。」

K沒回應這個提議，靜立了一陣子。如果他打開通往下一個房間的門，甚至是打開通往前廳的門，也許這兩個人根本不敢阻止他，或許鋌而走險是解決這整件事最簡單的辦法。可是說不定他們真的會抓住他，一旦他被制服，就會失去所有的優勢。就某方面而言，相對於他們，目前他畢竟還保有一點優勢。因此，他決定還是安全為上，事情的自然發展必然會帶來解決之道。他走回他的房間，沒有再說什麼，那兩名守衛也沒有再說話。

他跳上床，從床頭几上拿起一顆漂亮的蘋果，是他昨天晚上準備好今天當早餐吃的。現在這蘋果成了他唯一的早餐，而在大大咬下第一口之後，他深信這要遠遠勝過從那家骯髒的咖啡館買來的早點，那兩名守衛大發慈悲要去替他買的早點。他感到自在，而且充滿信心，雖然今天上午沒法去銀行上班，但是由於他在銀行裡的職位相當高，很容易得到諒解。他應該照實提出請假的理由嗎？他打算這麼做。假如別人不相信——在這種情況下，別人不相信也是可以理解的——那麼他可以請古魯巴赫太太作證，或許也可以請對面那兩位老人作證，那兩個老人此刻大概正往對面的窗戶走去。K覺得納悶，至少納悶於那兩名守衛的思考邏輯，他們居然把他趕進了房間，留他一個人在這裡，而他明明有十倍的機會可以自殺。然而他同時自問，這回按照他自己的思考邏輯，他有什麼理由這麼做？難道是因為那兩人坐在隔壁房間裡，而且攔截了他的早餐嗎？自殺毫無意義，即使他真想這麼做，基於此舉的了無意義他也終究無法做到。假如那兩名守衛不是如此明顯的頭腦簡單，就可以假定他們基於同樣的信念，認為留他獨自一人不會有什麼危險。如果他們想看，就讓他們看著他此刻走向放著一瓶好酒的壁櫃，看著他先喝下一杯充當早餐，再喝下第二杯來壯膽，最後一杯則只是為了以防萬一。

此時從隔壁房間傳來一聲呼喊，把他嚇了一跳，牙齒撞上了玻璃杯。那喊聲說：「督察叫你。」把他嚇一跳的只是那聲呼喊，他沒料到這種短促、斬釘截鐵的軍事化口令會出自守衛法蘭茲之口，命令本身倒是他樂於接受的。「總算。」他喊回去，關上壁櫃，立刻急忙走進隔壁房間。兩名守衛站在那裡，又把他趕回他的房間，彷彿這是天經地義的事。「你在想什麼？」他們大喊，「穿著睡衣就想來見督察？他會把你痛揍一頓，還會連我們一起揍！」「放開我，該死的，」K喊道，他已經被推回他的衣櫃旁邊，「誰要是趁我在床上的時候闖進來，就不能指望我穿著禮服。」「你喊也沒用。」兩名守衛說，每次K一大喊，他們就冷靜下來，甚至變得悲傷，從而讓他迷惑，或是在某種程度上讓他恢復理智。「可笑的禮節！」他還在嘀咕，但已經從椅子上拿起一件外套，用兩隻手拿著一陣子，像是要那兩名守衛表示意見。他們搖搖頭，說：「得穿一件黑色的外套。」於是K把那件外套扔在地上，說：「又還不是大審。」自己也不知道他說這話是什麼意思。兩名守衛微微一笑，卻還是堅持：「得穿一件黑色的外套。」「如果這樣做可以讓事情進展得快一點，那我也沒意見。」K說，自行打開衣櫃，在那許多衣服裡找了很久，挑出他最好的一件黑色衣服，那是件西裝上衣，其腰身剪裁在熟人之間幾乎引起轟動。此時他也換上了另一件襯衫，開始仔細著裝。由於守衛忘了強迫他去浴室盥洗，他暗中相信自己加快了整件事的速度。他觀察他們，看他們是否還會想起這件事，但他們當然根本沒想到。不過，威廉沒有忘了派法蘭茲去向督察報告K在穿衣服。

等他打扮整齊，他得走在威廉前面，穿過隔壁那個無人的房間，走到下一個房間去，那房間的兩扇門已經打開。K很清楚，這個房間最近住著一位布斯特娜小姐，她是個打字員，通常很早就去上班，很晚才回來，和K只交換過幾聲問候。此刻那張床頭几被當成審訊桌，從床邊被移到了房間中央，督察就坐在桌後。他翹著二郎腿，一條手臂擱在椅背上。房間的一角站著三個年輕人，打量著布斯特娜小姐的照片，那些相片插在掛在牆上的一張軟板上。在打開的窗戶把手上掛著一件白色女衫。那兩個老人又靠在對面的窗邊，不過那裡人變多了，因為在他們身後站著一個比他們高出許多的男子，穿著一件露胸的襯衫，用手指捋著紅金色的山羊鬍。

「約瑟夫．K？」督察問，也許只是想把K渙散的目光轉移到自己身上。K點點頭。「今天早上的事大概讓你很驚訝吧？」督察問，一邊用雙手挪動放在床頭几上的幾件東西，蠟燭和火柴、一本書和一個針插，彷彿那是他進行審訊時需要用到的東西。「當然，」K說，終於碰到一個講理的人，可以和對方談論自己的事，他感到一陣舒坦，「我當然驚訝，但是並沒有太驚訝。」「沒有太驚訝？」督察問，一邊把蠟燭放在桌子中央，把其餘的物品圍著蠟燭放置。「你也許誤解了我的意思，」K急忙補充說明，「我的意思是——」K沒把話說完，四下尋找一把椅子。「我總可以坐下吧？」他問。「通常不行。」督察回答。「我的意思是，」現在K一口氣往下說，「我固然很驚訝，但是像我這樣在世上活了三十年，必須獨自奮鬥，那麼也就見怪不怪了。尤其是今天這件事。」「為什麼尤其是今天這件事？」「我的意思並不是說我把這整件事當成玩笑，就玩笑來說，這個活動的規模在我看來實在太大。這間出租公寓裡的每個人都參加了，又加上你們幾位，這超出了玩笑的界限。所以我不會說這是個玩笑。」「沒錯。」督察說，查看火柴盒裡還有幾根火柴。「可是另一方面，」K往下說，同時轉身面向所有的人，如果可能，甚至也想面向那三個在看照片的人，「另一方面，這件事也不可能太過重要。我之所以得出這個結論，是因為我雖然被控告了，卻連別人可以據以控告我的最小罪過都找不出。不過這也不重要，主要的問題在於：是誰控告了我？審判的程序是由哪個機關進行？你們是公務人員嗎？你們都沒有穿制服，如果不把你們的衣服，」——他轉身面向法蘭茲——「視為一種制服的話，可是你們的衣服實在比較像是旅行服。在這幾個問題上我要求澄清，而我深信，在澄清之後，我們就可以真摯地向彼此道別。」督察把火柴盒扔在桌上。「你大錯特錯了，」他說，「這幾位先生跟我對你這件事來說完全不重要，我們甚至對你的事幾乎一無所知。就算我們穿著最正規的制服，你這案子的情況也不會更糟。我也根本不能說你被控告了，或者應該說我不知道你是否被控告了。你被捕了，這一點沒有錯，其他的我一概不知。也許守衛他們胡說了些別的話，但那也就只是胡說罷了。所以，就算我回答不了你的問題，我還是可以勸你，少去想我們，少去想你會遭遇什麼事，寧可多想想你自己。而且不要拿你自覺無辜的事來大聲嚷嚷，那會妨礙你給別人的印象，而你給別人的印象本來並不差。還有，你根本就應該要少說幾句話，你剛才所說的話幾乎全都可以從你的行為推斷出來，即使你只說了一、兩句也一樣，再說，那些話對你並不怎麼有利。」

K看著督察，目瞪口呆。他居然被一個年紀也許比他還輕的人教訓？他的坦誠竟換來了一頓斥責？而他對被捕的原因和下令逮捕他的人，竟仍一無所知？他有點激動，來回踱步，也沒有人阻止他，他把袖口往上拉，摸摸胸口，把頭髮撫平，從那三位先生旁邊走過，說：「這根本沒有意義。」聽他這樣說，那三個人朝他轉過身來，和氣但嚴肅地看著他。最後他終於又在督察的桌前停下腳步。「檢察官哈斯特爾是我的好朋友，」他說，「我可以打電話給他嗎？」「當然可以，」督察說，「可是我不知道那樣做有什麼意義，除非你有什麼私事想跟他商量。」「有什麼意義？」K大喊，與其說是生氣，不如說是驚愕，「你究竟是什麼人？你想要意義，卻做出天底下最沒有意義的事？這豈不是教人欲哭無淚？那兩位先生先是闖進我那裡，現又在這裡或坐或站，看著我在你面前唱好戲。當你聲稱我被捕了，竟然還問我打電話給一名檢察官有什麼意義？好吧，我不會打電話。」「噢，不，」督察說，伸手指向放著電話的前廳，「請你還是去打電話吧。」「不，我不想打了。」K說，走到了窗前。對面那幾個人還在窗邊，不過，此刻由於K走到了窗前，對他們的安靜注視似乎是種打擾。那兩個老人想要站起來，但是他們身後的男子安撫了他們。「那邊也有這種看熱鬧的人，」K大聲地對督察喊道，伸出食指向外指，然後往那邊大喊，「走開！」那三個人也馬上就退後了幾步，兩個老人甚至走到了那名男子身後，那男子用壯碩的身體遮住他們，從他嘴部的動作來看，是在跟他們說些什麼，但是隔著這段距離聽不清楚。然而他們並沒有完全走開，似乎在等待可以再度悄悄走近窗邊的那一刻。「好管閒事、肆無忌憚的傢伙！」K說，再轉回身子，面向房間。K斜眼一瞥，自覺那督察可能也同意他的看法。不過，那督察也可能根本沒有注意聽，因為他把一隻手緊緊按在桌上，像是在比較手指頭的長度。那兩名守衛坐在一個皮箱上，膝蓋互相摩擦，皮箱上鋪著一塊裝飾用的布。那三個年輕人雙手扠腰，漫無目標地四下張望。房間裡一片安靜，宛如在一間被遺忘的辦公室裡。「現在，各位先生，」K大聲說，有那麼一瞬間，他覺得自己彷彿把所有人都扛在肩上，「從你們的表情來看，我這樁事應該已經結束了。依我看，最好是不要再去思索各位這樣做究竟合不合理，讓我們握手言和，結束這件事。如果各位的看法跟我一樣，那麼——」他走向督察的桌子，向對方伸出手。督察抬起眼睛，咬住嘴唇，看著K伸出的手。K仍舊認為督察會跟他握手，可是那人卻站起來，從布斯特娜小姐的床上拿起一頂硬挺的圓帽子，小心翼翼地用雙手戴在頭上，就像在試戴一頂新帽子，一邊向K說：「你把這一切看得太簡單了！你認為我們應該就此和解，結束這件事？不，不，這真的不行。話說回來，我的意思也並不是說你應該感到絕望。不，何必感到絕望呢？你只是被捕了，如此而已。我奉命來通知你這件事，我話已經說了，也看見了你的反應。今天事情就到此為止，我們可以道別了，不過只是暫時道別。現在你大概想到銀行去吧？」「到銀行去？」K問，「我以為我被捕了。」K問這話帶著一點倔強，因為對方雖然沒有跟他握手，他卻覺得自己愈來愈不受制於這些人，尤其是在督察站起來之後。他跟著捉弄他們。如果他們要走，他打算追著他們跑到公寓門口，請求他們逮捕他。因此，他又再問了一次：「既然我被逮捕了，我怎麼能到銀行去？」「原來如此，」督察說，「你誤會了。你是被捕了沒錯，但是這並不妨礙你繼續從事你的工作。你的日常生活也不會受到任何妨礙。」「這樣的話，被捕就並沒有那麼糟。」K說，朝那督察走近。「我也從來沒有過別的意思。」那人說。「既然如此，似乎也沒什麼必要通知我被捕了。」K說，朝對方走得更近了。其他人也走過來，大家此刻全都聚集在門邊那一小塊地方。「那是我的職責。」督察說。「一種愚蠢的職責。」K毫不讓步地說。「也許吧，」督察回答，「但是我們不必用這些話來浪費時間。我先前是假定你想到銀行去。既然你對每一句話都斤斤計較，我再補充一下：我並不強迫你到銀行去，我只是假定你想去。為了給你方便，讓你盡量不引人注意地抵達銀行，我把你這三位同事留在這裡供你差遣。」「什麼？」K大叫，驚訝地看著那三個人。這些沒有特色、面色蒼白的年輕人，在他記憶中始終只是一群站在照片旁邊的人。他們的確是他銀行裡的工作人員，但並不是他的同事，這樣稱呼太不恰當，也證明督察並非無所不知。不過，他們的確是銀行裡的低階職員。之前K怎麼會沒有看出來呢？想必是他把全副注意力都放在那個督察和那兩名守衛身上，才沒有認出這三個人。模樣呆板、揮動著雙手的拉本史泰納，金髮深眼的庫利希，還有帶著可憎笑容的卡敏納，那笑容是由於慢性肌肉拉傷而產生。「早安！」過了一會K說，向那幾位規規矩矩鞠著躬的先生伸出了手。「我根本沒有認出你們來。那麼，現在我們要去上班了，對吧？」那幾位先生笑著猛點頭，彷彿他們一直都在等這句話。只不過當K要找他留在自己房間裡的帽子，他們全都跑去拿，從這一點至少可以推斷出他們覺得有點尷尬。K靜靜地站著，透過那兩扇敞開的門目送著他們，落在最後的當然是滿不在乎的拉本史泰納，他只是優雅地快走而已。卡敏納把帽子遞給K，而K必須提醒自己，一如在銀行裡他也常得這樣提醒自己：卡敏納不是故意要露出笑容，他根本無法刻意微笑。然後，在前廳裡，古魯巴赫太太替他們打開了公寓的門，看起來並不怎麼感到歉疚。K跟平常一樣向下看著她圍裙的繫帶，那帶子深深勒進她胖大的身軀，實在毫無必要。到了樓下，K把錶拿在手裡，決定叫一輛車，他已經遲了半小時，沒必要再遲到更久。卡敏納跑到街角去叫車，另外兩人顯然努力要給K解悶，此時庫利希突然指向對面那棟房屋的大門，那個留著金色山羊鬍的男子剛剛從門裡現身，在頭一刻有點尷尬自己此刻整個人都讓人看見，走回牆邊，倚牆而立。那兩個老人大概還在樓梯上。K對於庫利希讓他們注意到那個男子感到生氣，先前K就已經看見他了，甚至在等著他。「不要往那邊看。」他脫口而出，沒有察覺用這種口氣跟獨立自主的成年人說話是多麼引人側目。不過也沒必要解釋，因為汽車剛好來了，大家坐上車，車子開動了。此時K想起來，他根本沒察覺督察和那兩個守衛離開了，先前那督察掩護了這三名職員，這三名職員現在又掩護了那督察。這顯示出K心不在焉，他決定在這方面要更加留心。然而他還是不由自主地轉過身，從汽車的後車頂探身出去，看看是否還能看見那個督察和那兩名守衛。但是他並未真的嘗試要尋找某個人，就立刻又轉回身子，舒舒服服地靠坐在車內一角。雖然看不出來，但他此刻其實正需要別人的安慰，可是那三位先生這時好像累了，拉本史泰納從右邊望向車外，庫利希從左邊，只有卡敏納帶著獰笑聽候差遣，只可惜拿他的笑容來開玩笑太不人道。

第二章　和古魯巴赫太太及布斯特娜小姐的談話

這個春天，K習慣這樣度過晚上的時間：在下班之後，如果還可能的話——他通常在辦公室裡一直待到九點——做一趟短短的散步，獨自一人，或是跟熟人一起，然後去一家啤酒屋，在固定的一張桌子旁，跟固定相聚的幾位先生同桌而坐，他們大多比他年長，通常坐到十一點。不過，這種安排也有例外，例如，當K被銀行行長邀請去搭車兜風，或是到他的別墅共進晚餐，行長很賞識K的工作能力和可靠。此外，K每星期會到一個名叫艾爾莎的女孩那裡去，她在一家酒館當服務生，從深夜到清晨，白天則只在床上見客。

然而，在這天晚上——白天在辛苦的工作和眾多親切有禮的生日祝賀之中很快地過去——K卻想要馬上回家。白天上班時的每次短暫休息中，他都想起這件事；雖然並不明確知道自己在想什麼，他覺得早上的事件似乎在古魯巴赫太太的公寓裡造成了大混亂，而正該由他再把秩序建立起來。這個秩序一旦建立起來，那樁事件的所有痕跡就會被消除，一切重新恢復舊觀。尤其無須擔心那三名職員，他們又被淹沒在銀行的大批職員之中，看不出他們有什麼改變。K好幾次把他們個別或一起叫到他辦公室來，就只為了觀察他們，沒有別的目的，而他總是能夠心滿意足地讓他們退下。

當他在晚上九點半回到他所住的屋子前，在大門口碰到一個小伙子叉開雙腿站在那裡，抽著一根菸斗。「你是誰？」K立刻問，把臉湊近那個小伙子，在昏暗的走道上看不太清楚。「我是管理員的兒子，先生。」那個小伙子回答，把菸斗從嘴裡拿出來，站到一旁。「管理員的兒子？」K問，用手杖不耐煩地敲著地面。「先生需要些什麼嗎？要我去叫父親來嗎？」「不用，不用。」K說，帶著原諒的語氣，彷彿那個小伙子做了什麼壞事，但他卻原諒他。「沒事。」他接著說，繼續往前走，可是在爬上樓梯之前又再度轉身看了一眼。

他本來可以直接走進他的房間，但是因為他想跟古魯巴赫太太談一談，便去敲她的門。她坐在桌旁，鉤著一隻襪子，桌上還擺著一堆舊襪子。K為了自己這麼晚前來心不在焉地道歉，但古魯巴赫太太很和氣，要他別道什麼歉：他隨時可以來找她說話，他很清楚他是她最好、最喜歡的房客。K環顧那個房間，房間已經完全回復原狀，早晨放在窗邊那張小桌上的早餐餐具也已經被收走了。女人家的手總是默默地完成許多事，他想，換作是他，也許會把那套餐具就地砸碎，但肯定不會把它端出去。他懷著一絲感謝看著古魯巴赫太太。「這麼晚了你怎麼還在工作？」他問。此刻他們兩人都坐在桌旁，K不時把一隻手塞進那些襪子裡。「有很多工作要做，」她說，「白天裡我忙著房客的事，只剩下晚上能整理我自己的東西。」「今天我大概又替你添了非比尋常的麻煩。」「怎麼說呢？」她問，態度更殷勤了一些，把手上的活兒擱在懷裡。「我指的是早上在這裡的那些人。」

「原來如此，」她說，又回復了平靜，「那沒有給我添什麼麻煩。」K沉默地看著她又拿起那隻襪子。「她似乎納悶我談起這件事，」他想，「她似乎認為我不應該提起這件事，那我就更應該要提。這件事我也只能跟一位老太太說。」於是他說：「不，那肯定給你添了麻煩，不過這事不會再發生了。」「對，這事不會再發生了。」她表示贊同，向K微笑，幾乎帶著憂愁。「你真的這麼認為嗎？」K問。「是的，」她小聲地說，「不過，首先你不必太過在意這件事。這世界上什麼樣的事沒有！K先生，既然你這麼體己地跟我說話，我可以向你承認，我在門後面偷聽了一下，而那兩名守衛也跟我說了一些事。畢竟事關你的幸福，而我真的很關心，也許超出了我的本分，因為我只不過是你的房東太太罷了。嗯，對，我聽到了一些事，但我不會說那是什麼特別糟糕的事。你雖然被逮捕了，但並非像一個小偷被逮捕了那樣。如果像個小偷一樣被逮捕了，那就很糟，可是這個逮捕……讓我覺得是種深奧的東西——請原諒我，如果我說了些蠢話——讓我覺得是種深奧的東西，我雖然不了解，卻也不是非了解不可。」

「古魯巴赫太太，你說的話一點也不蠢，至少我也部分同意你的想法，只不過我對這整件事的判斷比你還要尖銳，我甚至不認為那是種深奧的東西，而根本就認為那什麼也不是。我被偷襲了，如此而已。假如我醒來以後立刻起床，不要因為安娜沒有出現而感到迷惑，不去理會任何擋住我去路的人，而是去找你，假如我今天破例在廚房裡吃早餐，假如我請你去我房間裡替我把衣服拿來，簡而言之，假如我按照理智行事，那麼就不會發生後來的事，所有想要發生的事都無從發生。可是我完全措手不及。舉例來說，在銀行裡我是有準備的，在那裡，這種事絕對不可能發生在我身上，在那裡我有自己的工友，有公共電話，而內線電話就放在我面前的桌子上，不斷有人進來，包括客戶和職員。此外，最重要的是，在那裡我始終都跟工作有所關連，因此沉著鎮定，假如我是在那裡碰上這樣一件事，對我來說簡直會是樁樂事。現在事情過去了，本來我根本不想再提起這件事，只是想聽聽你的看法，聽聽一位明理的太太的看法，而我很高興我們的意見一致。現在你該跟我握手，像這樣的意見一致得要用握手來加強。」

她會跟我握手嗎？那個督察沒有跟我握手，他想，用不同於之前的目光打量這個婦人。她站起來，因為他也站了起來，她有點侷促，因為她並不完全了解K所說的話。而由於這份侷促，她說了句她根本不想說、也根本不恰當的話：「K先生，你別把這件事看得太重。」她說，聲音裡帶著淚，當然也忘了跟他握手。「我並不覺得我把這件事看得很重。」K說，頓時感到疲憊，看出這個婦人的所有贊同都毫無價值。

在門邊他又問：「布斯特娜小姐在嗎？」「不，」古魯巴赫太太說，在這個不動感情的答覆之後，她又露出微笑，帶著遲來的合理關切，「她在劇院。你找她有什麼事嗎？有什麼事要我轉達嗎？」「噢，我只是想跟她說幾句話。」「可惜我不知道她什麼時候回來。如果她在劇院，通常很晚才會回來。」「這完全無關緊要，」K說，已經低著頭轉過身，面對著門，準備要走，「我只是想向她道歉，我今天用了她的房間。」「沒有這個必要，K先生，你太周到了，那位小姐根本什麼也不知道，從今天一早到現在她都不在家，房間也已經完全整理好了，你自己來看。」她打開通往布斯特娜小姐房間的門。「謝了，我相信你。」K說，但隨即還是走到那扇打開的門前。月光靜靜地照進這個黑暗的房間，凡是看得見的地方，一切的確都物歸原位，那件女衫也不再掛在窗戶的把手上。床上的墊褥似乎高得出奇，有一部分躺在月光裡。「這位小姐經常很晚回家。」K說，看著古魯巴赫太太，彷彿這件事她要負責。「年輕人就是這樣！」古魯巴赫太太帶著歉意說。「當然，當然，」K說，「但是有可能太過火了。」「是有可能，」古魯巴赫太太說，「K先生，你說的沒錯，尤其在這件事情上或許更是如此。我當然不想說布斯特娜小姐的壞話，她是個可愛的好女孩，和氣、整潔、守時、勤勞，這一切我都很欣賞。不過，有一件事倒是真的，她應該更自重、更矜持一點。這個月我已經兩次看見她在僻靜的街道上，每次都跟不同的男士在一起。這讓我很難堪，老天爺在上，K先生，我就只有告訴你一個人，不過我勢必也得跟她本人談談這件事。再說，這還不是她唯一讓我覺得可疑的地方。」「你完全弄錯了，」K說，怒氣沖沖，而且幾乎隱藏不了，「而且你顯然也誤會了我針對這位小姐所說的話，我不是這個意思。我甚至要明白地警告你別去跟她說什麼，你完全弄錯了，我很了解這位小姐，你所說的話都不是真的。話說回來，也許我太過火了，你想跟她說什麼你就說吧，我不會阻止你。晚安。」「K先生，」古魯巴赫太太央求著，急忙跟在K身後走到他的房門邊，他已經把門打開了，「我還根本沒有要跟這位小姐談，在那之前我當然還會繼續觀察她，我所知道的事就只有向你一個人透露。畢竟，如果能夠維持這間公寓的純淨，想必每個房客都會贊成，我也就只有這個目的。」「純淨！」K還透過門縫喊道，「如果你想維持這間公寓的純淨，就應該先跟我解約。」接著他把門摔上，一陣輕輕的敲門聲響起，但他不再加以理會。

由於他了無睡意，他決定保持清醒，趁這個機會順便弄清楚布斯特娜小姐什麼時候回來。到時候也許還有可能跟她說幾句話，不管這時機有多麼不恰當。當他趴在窗戶上，揉著疲倦的雙眼，有那麼一刻他甚至想要懲罰古魯巴赫太太，想勸布斯特娜小姐跟他一起解除租約。但是他立刻覺得這太過誇張，甚至懷疑自己是為了早上那樁事件而想更換住處。再沒有什麼比這更荒唐、更無謂、更可鄙了。

等他厭倦了望向那空蕩蕩的街道，他把通往前廳的門稍微打開了一點，然後在沙發上躺下，這樣一來，只要有人走進公寓，他就能從沙發上立刻看見。他平靜地躺在沙發上，抽著雪茄，直到大約十一點。但是後來他在沙發上待不住了，稍微踏進前廳，彷彿藉此能讓布斯特娜小姐快點回來。他並沒有特別渴望見到她，就連她的長相都記不太清楚，然而此刻他想跟她說話，由於她的遲歸，也替這一天的結束帶來了不安和混亂，這令他惱怒。今天他沒吃晚餐，沒依原先的計畫去找艾爾莎，這也都要怪她。不過，如果他現在到艾爾莎工作的那家酒館去，這兩件事都還可以補做。等他跟布斯特娜小姐談過之後，他也的確還想到酒館去。

聽見樓梯間裡有人的時候，已經過了十一點半。陷入沉思的K原本在前廳裡重重地來回踱步，彷彿那是他自己的房間，此時躲回他的房門後面。來的人是布斯特娜小姐，她一邊把門鎖上，一邊打著哆嗦，用一條絲巾裹住她瘦削的肩膀。接下來她肯定將走進她的房間，而在這午夜時分，K當然不能闖進去，所以他必須現在就去跟她攀談。可是偏偏他忘了把他房間裡的電燈打開，倘若他從黑漆漆的房間裡走出來，會顯得像是偷襲，至少肯定會很嚇人。他不知如何是好，又得要把握時間，於是從門縫裡輕聲叫喚：「布斯特娜小姐。」聽起來像是央求，而不像呼喚。「有人在這裡嗎？」布斯特娜小姐問，睜大了眼睛四下張望。「是我。」K說，走了出來。「啊，K先生！」布斯特娜小姐微笑著說「你好」，向他伸出了手。「我想跟你說幾句話，現在跟你說可以嗎？」「現在？」布斯特娜小姐問，「非現在不可嗎？這有點奇怪，不是嗎？」「我從晚上九點就開始等你。」「噢，我在劇院，我並不知道你在等我。」「我想跟你談話的原因是今天才出現的。」「喔，原則上我並不反對，只不過我已經快累垮了。那就請你到我房間裡待幾分鐘吧，我們可不能在這裡聊天，否則會把大家都吵醒，那會讓我不自在，不僅是由於其他人的緣故，更是由於我們兩個的緣故。你在這裡等一下，我先去打開我房裡的燈，然後請你把這裡的燈關掉。」K照做了，但仍然等到布斯特娜小姐從她房間裡再次輕聲請他過去。「請坐。」她說，指著那張矮沙發，自己則直挺挺地倚著床柱，儘管她剛才說自己累壞了。她連帽子都沒有摘下，那頂帽子很小，但是裝飾了許多花朵。「你想說什麼呢？我真的很好奇。」她把雙腿微微交叉。「也許你會說，」K開始述說，「這件事沒那麼急迫，非得要現在就談，可是——」「我一向懶得聽開場白。」布斯特娜小姐說。「這讓我的任務更輕鬆了，」K說，「今天早晨你的房間被弄亂了，在某種程度上那得要怪我，那是由於幾個陌生人而引起的，並非我所願意，然而如同我剛才所說的，這還是得怪我。為了這件事，我想請你原諒。」「我的房間？」布斯特娜小姐問，沒有打量她的房間，反而打量著K。「是這樣的，」K說，此時兩人的目光頭一次相遇，「事情發生的方式本身並不值得一提。」「可是那才是真正有趣的部分。」布斯特娜小姐說。「不。」K說。「嗯，」布斯特娜小姐說，「我不想打探祕密，如果你堅持那並不有趣，我也不想表示反對。你請求我原諒，我很樂意原諒你，尤其是我看不出有弄亂的痕跡。」她雙手扠腰，在房間裡走了一圈，在插著相片的軟板旁停下腳步。「你看，」她喊道，「我的照片的確被弄亂了，真討厭。所以說，曾經有人未經允許到我的房間裡來。」K點點頭，暗自咒罵那個職員卡敏納，他一向克制不住自己無聊、愚蠢的好動。「怪了，」布斯特娜小姐說，「我不得不禁止你去做你本來就該禁止自己去做的事，也就是當我不在的時候不該進我的房間。」「小姐，我剛才不是向你解釋過了，」K說，也朝那些相片走過去，「亂碰你照片的人不是我。既然你不相信，我只好承認，調查委員會還帶了三個銀行職員來，其中一個很可能動過這些照片，下一次有機會，我就會把他從銀行攆出去。」由於那位小姐用詢問的眼神看著他，K又加了一句：「是的，有一個調查委員會來過這裡。」「為了你而來嗎？」那位小姐問。「是的。」K回答。「不會吧。」那小姐笑著喊道。「的確是的，」K說，「所以說，你認為我是無辜的囉？」「嗯，無辜……」那小姐說，「我不想馬上做判決，這後果可能會很嚴重。再說，我並不了解你，畢竟，想必是犯了重罪的人才會立刻遭到調查委員會的盤問。可是既然你還是自由之身——至少我從你的平靜可以推斷出你不是從監獄裡逃出來的——那麼你就不可能犯了這種重罪。」「對，」Ｋ說，「不過，也可能是調查委員會看出我是無辜的，或是看出我犯的罪並不像他們所認為的那麼嚴重。」「當然，是有這個可能。」布斯特娜小姐殷勤地說。「看吧，」Ｋ說，「你對法律事務沒什麼經驗。」「我是沒什麼經驗，」布斯特娜小姐說，「而我也常常覺得遺憾，因為我什麼都想知道，對法律事務尤其感興趣。法院具有一種獨特的吸引力，不是嗎？不過，我肯定會充實我在這方面的知識，因為下個月我就要去一家律師事務所擔任辦事員。」「這很好，」Ｋ說，「這樣你就可以在我的官司裡幫上一點忙。」「是有這個可能，」布斯特娜小姐說，「為什麼不呢？我很樂意運用我的知識。」「我說這話是認真的，」Ｋ說，「至少有你說這話的一半認真。為了這件事請律師未免太小題大作，但是一個顧問倒是可以派上用場。」「是啊，可是如果要我當顧問，我就得知道這是怎麼一回事。」布斯特娜小姐說。「問題就在這裡，」Ｋ說，「我自己也不知道這是怎麼一回事。」「那你是在開我玩笑了，」布斯特娜小姐大為失望地說，「實在沒必要挑這麼晚的時間來開這種玩笑。」她從那些照片旁邊走開，他們一起在那站了很久。「事情並不是這樣的，小姐，」Ｋ說，「我沒有開玩笑。你居然不肯相信我！我知道的已經都跟你說了，甚至還超過我所知道的，因為那根本不是什麼調查委員會，我之所以這樣稱呼它，是因為我不知道還能用什麼名稱來稱呼它。他們根本沒有調查，我只是被逮捕了，不過是被一個委員會逮捕。」布斯特娜小姐坐在那張矮沙發上，又笑了：「當時的情況如何？」她問。「糟透了。」K說，但此刻他根本沒去想那件事，而完全被布斯特娜小姐的樣子給打動了，她用一隻手托著臉，手肘擱在矮沙發的墊子上，一邊用另一隻手緩緩撫過臀部。「這太籠統了。」布斯特娜小姐說。「什麼太籠統了？」K問，隨即想了起來，問道，「要我把當時的情形示範給你看嗎？」他想要動一動，但是還不想離開。「我已經累了。」布斯特娜小姐說。「你回來得這麼晚。」K說。「結果你反倒怪起我來了，這也很合理，因為先前我就不該讓你進來，而事實也證明其實並沒有必要讓你進來。」「有必要的，你馬上就會看出來，」K說，「我可以把那張小桌子從你的床邊搬過來嗎？」「你在想什麼？」布斯特娜小姐說，「當然不行！」「這樣的話，我就沒辦法示範給你看。」K激動地說，彷彿他因此蒙受了無可估計的損失。「好吧，如果你為了表演需要這麼做，那就儘管去搬吧。」布斯特娜小姐說，過了一會兒又比較小聲地加了一句：「我太累了，本來不該允許的事也允許了。」K把那張小桌擺在房間中央，坐在桌子後面。「你得對人物的位置有清楚的概念，那非常有趣。我是那個督察，那邊那個箱子上坐著兩名守衛，三個年輕人站在那些照片旁邊。順帶一提，在窗戶的把手上掛著一件白色的女衫。現在要開始了。對了，我還忘了最重要的人物——我自己，我站在這張桌子前面。那個督察舒舒服服地坐著，翹著二郎腿，手臂搭在椅背上，一個超級大無賴。現在真的要開始了。那個督察說話很大聲，彷彿要把我叫醒，簡直就是在大喊，如果我想讓你明白，那我也只好大喊，對了，他喊的只不過是我的名字。」布斯特娜小姐笑著聽他說，把食指放在嘴上，要K

別大喊。可是太遲了，K過於融入那個角色，緩緩地大聲說：「約瑟夫．K！」雖然並不像他預先警告的那麼大聲，但還是大聲到在發出之後，似乎才漸漸地在房間裡擴散開來。

此時有人在隔壁房間的門上敲了幾下，又重又短，而且很規律。布斯特娜小姐臉色發白，把手放在心窩上。K尤其嚇了一大跳，因為在那一瞬間，他還完全無法去想別的事，只想著早上發生的事，想著他在為她表演這些事件的那個女孩。他一回過神來，就跳到布斯特娜小姐身邊，執起她的手。「別害怕，」他小聲地說，「我會處理一切。可是那會是誰呢？隔壁只不過是客廳，沒有人睡在那裡。」「不，」布斯特娜小姐附在K耳邊低語，「從昨天開始，古魯巴赫太太的一個外甥就睡在那裡，他是個上尉。剛好沒有別的房間空著。我也忘了這件事，而你偏偏要喊得這麼大聲！這讓我很難過。」「根本沒理由難過。」K說，當她跌坐回墊子上，他吻了她的額頭。「走開，走開，」她說，急忙又坐直了，「你還是走吧，走吧。你想做什麼呢？他可是在門邊偷聽，他什麼都聽得到。你真會折磨我！」「我要等你稍微平靜下來再走，」K說，「到房間的另一個角落去吧，在那裡他聽不見我們。」她由著他把她帶到那裡去。「你沒有考慮到，」K說，「雖然這對你來說是個麻煩，但絕對不是個危險。你知道古魯巴赫太太非常尊敬我，我說什麼她都一定會相信，畢竟這件事情由她作主，尤其那個上尉是她外甥。再說她也得依靠我，因為她從我這裡借了一筆金額不小的錢。你要怎麼解釋我們在一起這件事我都能接受，只要能說得過去，我保證讓古魯巴赫太太相信這個解釋，不僅是在大家面前，而且是真正、衷心地相信。你完全不必保護我。如果你想傳話出去，說我侵犯了你，那麼我就會這樣告訴古魯巴赫太太，而她將會相信，卻不會失去對我的信賴，因為她對我的依賴是這麼深。」布斯特娜小姐靜靜地望著面前的地板，有點垂頭喪氣。「古魯巴赫太太為何不該相信我侵犯了你。」K又加了一句。他看見她的頭髮在他面前，緊緊綁住的紅金色頭髮，分了線，低低地鼓起。他以為她會把目光移向他，但是她沒有改變姿勢，說道：「對不起，我是被那突然響起的敲門聲給嚇到了，倒不是被那個上尉在場而可能會有的後果給嚇到。在你喊了那一聲之後房裡是那麼安靜，這時候響起敲門聲，我才被嚇一大跳，我坐的地方也離門很近，敲門聲幾乎就在我身邊響起。謝謝你的建議，但我不能接受。凡是在我房間裡發生的事，我都能負責，而且能對任何人負責。我很奇怪你竟然沒有察覺你的建議含有對我多麼大的侮辱，當然我承認你是一片好意。不過，現在請你走吧，讓我一個人靜一靜，比起之前，現在我更需要獨處。你先前請我給你幾分鐘，現在已經超過半小時了。」K抓住她的手，接著握住她的手腕，說：「你沒有生我的氣吧？」她撥開他的手，答道：「沒有，沒有，我從來不生任何人的氣。」他又伸手去抓她的手腕，這次她容忍了，就這樣領著他走到門邊。他下定決心要走，可是到了門前，他停下腳步，彷彿沒料到這裡會有一扇門。布斯特娜小姐趁機擺脫了他，把門打開，溜進前廳，從那裡低聲對K說：「你就出來吧，拜託。你看，」——她指著那個上尉的門，門下透出一絲光線——「他點了燈，在看我們的好戲呢。」「我這就出來了。」K說，跑向前，抱住她，吻了她的唇，然後吻她整張臉，像一隻渴極的野獸終於找到了泉水，伸出舌頭四處舔吮。最後他吻了她的脖子，在咽喉的部位，他的唇在那裡停佇良久。從那個上尉的房間裡傳出一陣聲響，讓他抬起頭來。「現在我要走了。」他說，他想直呼布斯特娜小姐的名字，卻不知道她的名字叫什麼。她疲憊地點點頭，已經半轉過身去，任由他親吻她的手，彷彿她不知道他在做什麼，低著頭走進她房間。不久之後，K躺在他的床上，很快就睡著了。在入睡前他又回想了一下自己的舉止，對自己的舉止很滿意，卻納悶自己沒有感到更滿意；由於那個上尉，他認真地替布斯特娜小姐擔起心來。

第三章　初審

K接獲電話通知，下週日將針對他的案子舉行一次小型審訊。對方提醒他，這些審訊如今將會定期舉行，即使不見得是每週，但還是會相當頻繁地接連舉行。一方面，為了公眾利益，應該盡速結束審判過程；另一方面，審訊在各方面都需要徹底，可是由於與之而來的辛勞，每次不能持續太久，因此才選擇了這種迅速接連舉行的簡短審訊。審訊日期訂在星期天，是為了不要妨礙K上班。對方假定K同意此一安排，如果他希望改期，他們也會盡量配合。例如，審訊也可以在夜間舉行，不過那個時段K的精神可能不夠好。總之，只要K沒有異議，日期就會保持原訂的星期天。當然，他務必要出席，這一點想來不需要再提醒他。對方告知了他應該前往之處的門牌號碼，那房子位於偏僻郊區的街道上，那條街K還從不曾去過。

接獲了這個通知之後，K沒有回答，就掛上了聽筒。他當下就決定星期天要去，這肯定有必要，審判程序已經展開，而他必須與之對抗，這第一次審訊就也該是最後一次。他還若有所思地站在電話機旁，這時他聽見副行長的聲音在他背後響起，副行長想要打電話，卻被K擋住了路。「是壞消息嗎？」副行長隨口問道，並非真想知道，只是想讓K從電話旁邊走開。「不是，不是。」K

說，站到一旁，但卻沒有走開。副行長拿起聽筒，等待電話被接通，一邊越過話筒對K說：「問你一件事，K先生，星期天上午你願意賞光，一起搭我的帆船出遊嗎？會有很多人參加，其中想必也會有你認識的人，包括檢察官哈斯特爾。你願意來嗎？一起來吧！」K設法集中精神去聽副行長在說些什麼。這對他並非不重要，因為他跟這位副行長一向處得並不怎麼好，對方的這個邀請意味著想跟他和解，這顯示出K在銀行裡的地位變得多麼重要，銀行裡地位次高的主管也這麼看重他的友誼，至少是看重他的中立。這個邀請對副行長來說是種屈辱，就算只是在等待電話接通時順帶一提。可是K不得不讓第二個屈辱繼之而來，他說：「非常感謝！可惜我這個星期天沒空，我已經有別的事了。」「可惜。」副行長說，轉而對著電話講話，線路剛剛接通。那通電話不算短，可是心神渙散的K始終還站在電話旁邊。一直等到副行長掛掉電話，他才嚇了一跳，為了解釋自己何以無所事事地站在這裡，他說：「我剛才接到電話，要我到某個地方去，可是對方卻忘了告訴我要在幾點鐘去。」「那你就再問一下吧。」副行長說。「這事沒有那麼重要。」K說，儘管這樣一來，他先前那原本就嫌不足的解釋更顯牽強。副行長走開時還說了些別的事，K也勉強作答，但一心還是想著他最好在星期天上午九點鐘去，因為凡是法院平常都從九點開始上班。

星期日天氣陰沉，K很疲倦，因為前一夜裡，跟他固定聚會的那群人有慶祝活動，他在酒館裡待到很晚，早上差點睡過頭。他沒有時間考慮，沒有時間把這一週以來他所想出的各種計畫組織起來，就急忙穿好衣服，奔向對方向他描述的那個郊區，連早餐也沒吃。奇怪的是他碰到了參與這件事的那三名職員：拉本史泰納、庫利希和卡敏納，儘管他並沒有什麼時間東張西望。前兩人搭乘一輛電車，在K所走的路上橫越而過；卡敏納則坐在一家咖啡館的露台上，當K從旁邊經過，他正好奇地趴在欄杆上。他們大概全都目送著他，想不通他們的上司怎麼會在路上跑。出於某種倔強，K不願意搭車，在這件事上，他厭惡任何外來的幫助，哪怕是再小不過的幫助。他也不想麻煩任何人，免得要透露此事，哪怕只透露一點點。最後，他也絲毫無意由於過度準時而在調查委員會面前貶低自己的地位。不過，現在他跑了起來，為了盡可能在九點抵達，雖然對方根本沒有說要他在什麼時間去。

他原本以為從遠處就能認出那棟屋子，藉由某種他自己也無法確切想像的標誌，或是藉由門口一種特別的動靜。然而，那條他該前往的尤里烏斯街，兩邊都是幾乎一模一樣的房子，灰灰的樓房，是窮人家所住的出租公寓，K站在街口，佇立了一會兒。此刻，在星期天上午，大多數的窗邊都站了人。只穿著襯衣的男人站在窗邊抽菸，或是小心而溫柔地把小孩抱在窗台上。其餘的窗戶則高高地疊著被褥，女人髮絲凌亂的頭部在被褥上方匆匆一現。有人隔著街互相叫喚，一聲叫喚在K的正上方掀起了一陣笑聲。矮於路面的小店規律地分布在長長的街道上，往下走幾個台階就能抵達，賣著各種民生用品。婦女在那些店裡進進出出，或是站在台階上聊天。一個賣水果的朝著那些窗戶吆喝叫賣，跟K一樣沒有留心，推車差點把K撞倒在地。一架從較高尚的城區汰換下來的留聲機剛剛開始死命地播放。

K沿著街道往下走，走得很慢，彷彿這時他不趕時間了，又彷彿那位初審法官能從哪扇窗戶看見他，所以曉得K已經到了。時間剛過九點。那棟屋子座落在相當遠的地方，屋身延伸得很長，有點不太尋常，尤其是大門入口又高又寬，顯然是供貨車出入的，貨車屬於圍著那座大院子的各個倉庫。那些倉庫此刻上了鎖，上面寫著公司的名稱，從銀行的業務中，K認得其中幾個。他一反平常的習慣，較為仔細地留心這一切瑣碎的小事，也在院子的入口停留了一會兒。在他附近，一個打赤腳的男子坐在一個箱子上看報，兩個男孩在用一個手推車玩蹺蹺板，一個穿著睡衣的瘦弱女孩站在一個打水唧筒前面，在水流進桶子裡時把目光投向K。院子的一角，在兩扇窗戶之間拉起了一條繩子，等待曬乾的衣物已經晾在上面。一個男子站在下方吆喝，指揮著工作。

K朝樓梯走過去，以便前往審訊室，卻再度停下腳步，因為除了這道樓梯之外，在院子裡他還看見三個不同的樓梯入口，此外，院子盡頭的一條窄小過道似乎還可以通往第二座院子。他氣對方沒有更仔細向他描述那個房間的位置，他們對待他實在是特別馬虎，要不然就是毫不在乎，他打算清楚地大聲指出這一點。最後他還是爬上了第一道樓梯，在腦中思索守衛威廉所說的話，說法院被罪行所吸引，由此推論，那麼審訊室肯定就位在K湊巧選擇的那道樓梯上。

上樓梯時他打攪了許多在樓梯上玩耍的小孩，當他從他們之間走過，他們惡狠狠地瞪著他。「如果下次我還要再來這裡，」他暗忖，「要不就得帶糖果來籠絡他們，要不就得帶棍子來揍他們。」快爬到二樓時，他甚至得稍等一下，等一粒彈珠滾完，此時兩個小男孩抓住他的長褲，臉上帶著成年流氓的複雜表情。假如他想把他們甩開，勢必會弄痛他們，而他害怕他們會哭叫。

真正的尋找在二樓才展開。由於他總不能問調查委員會在哪裡，便虛構了一個叫藍茲的木匠──他想到這個名字是因為那個上尉就姓藍茲，古魯巴赫太太的外甥──他打算挨家挨戶地詢問，問是否有一個叫藍茲的木匠住在那裡，以便趁機看進那些房間裡。結果卻發現，在大多數情況下，不必費事就能看進房裡，因為幾乎所有的房門都敞著，小孩子跑進跑出。通常那都是只有一扇窗戶的小房間，煮飯也在那裡。有些婦女一手抱著嬰兒，用另一隻手在爐子上忙著。半大不小的女孩勤快地跑來跑去，身上似乎只穿著圍裙。在所有的房間裡，床上都還有人躺著，有些是病人，有些還在睡覺，也有人和衣躺在床上休息。房門關著的，K就敲門詢問那裡是否住著一個叫藍茲的木匠。來開門的大多是婦人，聽了他的詢問之後，就朝屋裡轉過身，問某個從床上坐起來的人：「這位先生問有沒有一個叫藍茲的木匠住在這裡。」「叫藍茲的木匠？」那人從床上問。「是的。」K說，儘管他已經達到了目的，因為調查委員會肯定不會在這裡。許多人以為K很在乎要找到那個叫藍茲的木匠，想了很久，提起一個並不叫藍茲的木匠，或是提起一個跟藍茲只勉強有點相似的名字，要不就是詢問鄰居，或是陪著K到很遠的一扇門前，認為可能有這樣一號人物跟二房東租了房子住在那裡，或是有某個人比他們更能答覆這個問題。到最後K自己幾乎不必再開口問，而是就這樣被他們從一層樓帶到另一層樓。他對自己的計畫感到後悔，原先他還覺得這個計畫很實際。快到六樓的時候，他決定放棄尋找，向一個和氣的年輕工人道別之後就下樓了，那人本來想帶他上樓繼續去找。然而他隨即又為了這整樁行動的徒勞而生氣，又再往回走，敲了六樓的第一扇門。在那個小房間裡，他第一眼看見的東西是一個大壁鐘，已經指著十點。「有一個叫藍茲的木匠住在這裡嗎？」他問。「請進。」一個年輕女子說，她有一雙閃亮的黑眼睛，正在一個桶子裡洗濯小孩衣物，舉起濕漉漉的手，指向隔壁房間敞著的門。

K覺得自己走進了一場集會之中。形形色色的人擠在一起——沒有人去管這個進來的人——塞滿了一個中等大小的房間，房間有兩扇窗戶，接近天花板處有一圈迴廊，也站滿了人，他們只能彎腰站著，腦袋和背部頂著天花板。K覺得空氣太汙濁，又走了出來，向那個大概誤會了他意思的少婦說：「我問的是一名木匠，一個叫藍茲的？」「對，」那婦人說，「請你進去。」那女子朝他走過來，握住了門把，說：「等你進去之後，我就得把門鎖上，不再讓任何人進去。」若非如此，K也許不會聽從。「這很明智，」K說，「可是人已經太多了。」但他隨後還是走了進去。

兩名男子站在門邊聊天，其中一個伸出兩隻手，做出數錢的動作，另一個緊緊盯著他的眼睛。一隻手從這兩人之間伸出來抓住K，那是個臉頰紅潤的小男孩。「請過來，請過來。」他說。K讓他帶著走，結果發現在這混亂的人群中，還是空出了一條窄窄的通道，可能把人群分成了兩方。K之所以這麼想，是因為在最前面幾排，不論往左看還是往右看，都沒有一張臉面向著他，只看見眾人的背部，他們的言語和動作都只是針對自己那一方的人而發。大多數的人穿著黑色衣服，是節日穿的長外套，衣服老舊，鬆鬆垮垮地垂下來。只有這服裝令K困惑，否則的話，他會把這視為地方上的一場政治集會。

K被帶到大廳的另一端，那裡有一個低矮的講台，上面也擠得滿滿的，一張小桌子橫放在講台上，桌子後面，靠近講台的邊緣，坐著一個矮胖的男子，他氣喘吁吁，正跟站在他身後的一個人大聲談笑，那人把手肘撐在椅背上，雙腿交叉。偶爾那個矮胖男子會在半空中揮動手臂，彷彿在滑稽地模仿某個人。帶領K的那個男孩要傳達他的通報很不容易。他已經踮起腳尖，兩度嘗試報告，講台上那個人卻沒有注意到他。直到講台上眾人當中有人促使那人注意這個男孩，此人才朝著男孩轉過來，彎下身子，聽他報告。接著那人掏出懷錶，迅速朝K看了一眼。「你在一個小時又五分鐘前就該出現了。」他說。K想要回答，卻沒有時間，因為那男子才說了這句話，大廳右半邊就響起了一陣嘀咕。「你在一個小時又五分鐘前就該出現了。」此刻那男子提高了音量又說了一次，同時也向下朝大廳望了一眼。那陣嘀咕也立刻大聲起來，由於那男子沒有再說什麼，那聲音才漸漸消失。比起K剛進來的時候，大廳裡現在要安靜得多。只有迴廊上那些人還在議論紛紛。在霧氣、灰塵和昏暗的光線中，勉強能看出他們的衣著要比下面的人來得寒酸。有些人帶了軟墊來，塞在頭部跟天花板之間，免得把頭碰傷了。

K決定多觀察，少說話，因此放棄了為對方聲稱他遲到一事辯解，只說：「就算我遲到了，現在我來了。」大廳的右半邊又響起一陣掌聲。「這些人很容易籠絡。」K想，只有大廳左半邊的安靜令他心煩，那半邊位在他正後方，只有零零落落的掌聲從那邊響起。他思索著他該說些什麼，才能一舉籠絡所有的人，就算無法做到，至少也暫時籠絡另外那一群人。

「沒錯，」那人說，「可是現在我不再有義務來審訊你，」——又是一陣嘀咕，但這一次卻是誤會了，因為那人把手一揮，示意要那些人安靜——他接下去說，「不過，今天我就破例一次，可是以後不准再遲到。現在請你站到前面來！」一個人從台上跳下來，好把位子讓出來給K，而K就走上講台。他緊緊貼著那張桌子站著，身後的人群是那麼擁擠，他不得不使勁把他們擋住，否則就會把初審法官的桌子推下講台，也許還連法官一起推下去。

但初審法官對這個情形不予理會，而舒舒服服地坐在他的椅子上，跟他身後那人再說了最後一句話，然後拿起一本小小的記事本，那是他桌上唯一的物品，像是學生用的寫字簿，很舊，由於經常翻閱，形狀已經走了樣。「嗯，」初審法官說，翻了翻本子，以確認事實的語氣對K說，「你是粉刷匠？」「不，」K說，「我是一家大銀行的首席經理。」這個回答在右後方的群眾裡引發了一陣笑聲，笑得那麼真心，K也不由得跟著笑了。那些人把手撐在膝蓋上，笑得全身打顫，就像咳嗽咳得太厲害一樣。就連迴廊上也有零星的笑聲。初審法官大為光火，他大概對於坐在下面的人無能為力，於是想拿迴廊上的人出氣，他跳起來，恐嚇迴廊上的人，本來不顯眼的眉毛在眼睛上方皺在一起，顯得又濃又黑又粗。

但大廳的左半邊仍然很安靜，那裡的人成排站立，把臉朝向講台，聆聽講台上所交換的話語就跟聆聽另一邊的吵嚷一樣平靜，甚至容忍他們之中幾個人偶爾跟另一邊唱和。左邊這一方人數比較少，其實這些人也許就跟右邊那些人一樣無足輕重，但是他們平靜的舉止讓他們顯得比較重要。當K此刻開始說話，他深信自己說出了他們心裡的話。

「法官先生，你問我是否是粉刷匠——其實你根本不是在問我，而是劈頭就這麼認定了——你問的問題就彰顯出針對我而起的這樁司法程序的進行方式。你可以反駁，說這根本不是個司法程序，你完全有理，因為只有當我承認這是個司法程序，它才算是。不過，此刻我姑且承認它，算是出於同情吧。如果非加以關注不可，除了用同情的態度之外沒有別的辦法。我沒說這是個無恥的司法程序，但我想提供這個說法讓你自行體悟。」

K停頓下來，從台上往大廳裡看。他所說的話很尖銳，超出他原本的意圖，可是他並沒有說錯。其實應該有人向他喝采，但大廳裡一片寂靜，大家顯然在屏息等待接下來要發生的事，也許在寂靜中醞釀著一場風暴，將結束這一切。擾人的是，此刻大廳末端的門開了，那個洗衣的少婦走進來，大概已經忙完了，儘管她十分小心，卻還是引來了一些目光。只有那個初審法官讓K立刻高興起來，因為K的那番話看來給了他很大的打擊。先前當他為了制止迴廊上的人而站起來的時候，K突然對他講話，因此到目前為止他都站著聆聽。此刻K停頓下來，法官緩緩坐下，彷彿不想引人注意。他又拿起那本簿子，也許是為了緩和自己臉上的表情。

「沒有用的，」K繼續說，「法官先生，就連你的簿子也會證實我所說的話。」在這個陌生的集會中，K只聽見自己平靜的話語，這讓他感到得意，甚至大膽地乾脆把那本簿子從法官那裡拿過來，用指尖拎起中間的一頁，彷彿不願意去碰，乃至於其餘的頁面從兩邊垂落下來，頁面上有汙漬，邊緣泛黃，上面寫得密密麻麻。「這就是初審法官的檔案。」他說，讓那本簿子落在桌上。「法官先生，你儘管繼續讀吧，老實說，我一點也不怕這本罪行登記簿，雖然我沒法讀，因為我只願意用兩個指尖去碰。」初審法官在那本簿子落在桌上之後伸手去拿，試圖把簿子稍微弄整齊，再拿向前來讀，這只可能是因為他深深感到屈辱，至少應該理解為如此。

最前排的人面向K，神情緊張，K往下朝他們看了一會兒。那全都是些年紀較長的男子，有幾個鬍子都白了。或許他們是做決定的人，足可左右這整個集會，自從K開始說話，這個集會就陷入寂靜，就連法官的受辱也不曾打破這片寂靜。

「發生在我身上的事，」K繼續說，聲音比先前小了一點，一再用目光搜尋最前排的那幾張臉，這使得他的發言顯得稍嫌毛躁，「發生在我身上的事只是個單一事件，就其本身而言並不重要，因為我並沒有把它看得很嚴重。但是，這代表了許多人都會碰到的司法程序。在此我是為了這些人而出面，並非為了我自己。」

他不自覺地提高了嗓門。某處有人舉起雙手鼓掌，喊道：「說得好！這有何不可？說得好！再叫一聲好！」第一排的人有幾個摸摸自己的鬍子，沒有人由於那聲呼喊而轉過頭去。K也不認為那聲呼喊有何重要，但還是受到了鼓勵。現在他認為根本沒必要讓所有的人鼓掌喝采，只要大家開始思索這件事，只要偶爾有一個人能被他說服也就夠了。

基於這個念頭，K說：「我並不是想做個成功的講者，或許也做不來。法官先生的口才可能比我好得多，畢竟那是他的工作。我只想公開討論一個明顯的弊端。請聽我說：我在大約十天前被逮捕，對於被捕這件事連我自己都想笑，但現在不是笑的時候。我一大早在床上被人騷擾，對方也許接獲了命令，要逮捕某個跟我一樣無辜的粉刷匠——照初審法官剛才所說的話來看，這不無可能——但卻挑中了我。隔壁的房間被兩個粗魯的守衛給霸占了。假如我是個危險的強盜，他們也不可能更為小心。而且這些守衛是紀律渙散的無賴，在我耳邊喋喋不休，想要我賄賂他們，他們捏造事實，想誘我交出內衣和外衣，他們想要錢，他們當著我的面無恥地吃光了我的早餐，然後佯稱要替我去買早餐，想跟我要錢。這還不夠，我又被帶到另一個房間，被帶到督察面前。那個房間屬於我很尊重的一位女士，而我得眼睜睜地看著這個房間為了我的緣故，被在場的守衛和督察給弄髒了，雖然錯不在我。在當時那種情況下，要保持冷靜並不容易，但我做到了，我十分冷靜地問那名督察我為什麼被捕——假如他也在這裡，就必須證實我說的沒錯。而那個督察是怎麼回答我的呢？他的樣子此刻都還浮現在我眼前，能看見他坐在剛才提及的那位女士的椅子上，流露出最麻木不仁的傲慢。各位先生，他其實什麼也沒回答，也許他的確什麼也不知道，他逮捕了我，這樣他就滿意了。他甚至還把我銀行裡三名低階職員帶進那位女士的房間，他們亂摸那位女士的照片，把照片弄亂了。這三名職員之所以在場當然還有另一個目的，就跟房東太太和她的女傭一樣，他們來散播我被捕的消息，損壞我在社會上的名聲，尤其是動搖我在銀行裡的地位。不過，這些全都沒有成功，就連我的房東太太，一個很單純的人——在此我說出她的名字以示尊敬，她叫古魯巴赫太太——就連古魯巴赫太太都明理到足以看出，這樣的逮捕就跟野孩子在街上出手偷襲相去不遠。我再重複一次，這整件事只給我帶來了不便和一時的惱怒，但這種事難道不會帶來更糟糕的後果嗎？」

說到這裡，K停頓下來，朝著默不作聲的初審法官望過去，他自覺看出那法官正在用眼神向群眾當中的某個人示意。K露出微笑，說：「剛才在我旁邊的法官先生向各位當中的某個人打了一個暗號。也就是說，各位當中有人接受講台上的指揮。我不知道這個暗號是要引發噓聲還是喝采，由於我提前揭露了此事，我主動放棄得知這個暗號的意義。我完全不在乎，而且我公開地授權給法官先生，他可以不必用暗號來命令這些被他收買的手下，大可用言語大聲發號施令，例如這一次說：『現在發出噓聲。』下一次則說：『現在鼓掌。』」

初審法官在他的椅子上動來動去，不知道是出於尷尬還是不耐煩。在他身後，先前跟他聊天的那名男子再度朝他彎下身子，不管是想籠統地替他打氣，還是給他一項特別的建議。台下的人低聲聊天，但是很熱烈。先前似乎持相反意見的兩方彼此交融，有幾個人用手指著K，另外一些人指著法官。房間裡汙濁的霧狀空氣尤其討厭，甚至讓人無法仔細觀察站得比較遠的那些人，對迴廊上的觀眾來說想必格外擾人，他們被迫輕聲向參與集會的人提問，好進一步了解情況，不過他們這麼做時會心虛地偷瞄初審法官。回答的人也同樣小聲，用手遮著嘴來掩飾。

「我馬上就說完了，」K說，由於沒有鈴可用，他用拳頭敲桌子，把初審法官跟他那位顧問嚇了一跳，兩人湊在一起的腦袋暫時分開，「這整件事跟我不相干，因此我冷靜地加以評斷，而你們若是專心聽我說，對你們會有很大的好處，如果你們對這個所謂的法庭還有一點在乎。對於我所說的話，你們若想要互相商量，請稍後再討論，因為我沒有時間，待會我就要走了。」

大家立刻安靜下來，K顯然已經掌控了這場集會。眾人不再像剛開始時那樣大喊大叫，甚至也不再鼓掌喝采，但他們似乎已經被說服了，或是就快要被說服了。

「毫無疑問，」K說，聲音很小，因為他很高興全場都聚精會神地仔細聆聽，在這片寂靜中響起了輕輕的耳語，比最熱烈的喝采還要令人陶醉，「毫無疑問，在這個法庭的所有行動背後有一個大型組織，以我的案子來說，是在那場逮捕和今天的審訊背後。這個組織不僅雇用了收受賄賂的守衛、愚蠢的督察、還有在最好的情況下也只能稱之為平庸的初審法官，而且還養著一批高階和最高階的法官，連同無數不可缺少的隨員：工友、書記、憲兵和其他助手，也許還有劊子手，我不怕說出這幾個字。而各位先生，這個大型組織的意義在哪裡呢？在於逮捕無辜的人，對他們提起毫無意義的司法程序，而這些司法程序多半也沒有結果，如同在我這個案子上。以這整件事的了無意義，要如何避免政府官員最嚴重的腐敗？這是辦不到的，就算是最高階的法官也辦不到，哪怕是為了他自己。因此，守衛試圖從被逮捕之人的身上竊取衣物，督察闖進陌生人的住宅，無辜的人沒有受審，卻在整個集會前受辱。那些守衛向我提起過保管處，被逮捕之人的財物會被送到那裡去，我很想看看這些保管處，被逮捕之人辛苦掙來的財產在那裡發霉，倘若沒有被喜歡偷竊的保管處官員偷走。」

大廳末端傳來一聲尖叫，打斷了K，他用手遮在眼睛上方，朝那邊望過去，因為汙濁的空氣在昏暗的日光中近於白色，使人目眩。是那個洗衣女子，剛才她進來的時候，K就已經看出她是個重大干擾，至於此刻是否該怪她，卻無法看出來。只見一名男子把她拉到門邊一角，摟住了她。可是尖叫的人不是她，而是那名男子，他張大了嘴，望向天花板。一小撮人圍在他們兩個旁邊，K帶進會場的肅穆就此被打斷，這似乎令近處迴廊上的觀眾感到興奮莫名。K的第一個念頭是想馬上跑過去，他也認為大家都很在意要恢復秩序，至少把那對男女逐出大廳，可是他面前第一排的人牢牢站定了，沒有人動一下，也沒有人讓K通過，反而阻擋他。幾個老人伸出手臂，不知道哪個人的手——K沒有時間轉頭——從後面抓住他的衣領。K其實已經不再去想那對男女，但覺得他的自由彷彿受到了限制，彷彿他們認真想要逮捕他，於是他不顧一切地從講台上跳下來。現在他跟擁擠的人群面面相覷。難道他對這群人判斷錯誤嗎？難道他高估了他那番話的效果？難道他們在他說話時是在裝模作樣？而此刻由於他已講到結論，他們不想再假裝了？看看他周圍那些臉孔！黑色的小眼睛閃爍不定，臉頰就像酗酒的人一樣鬆垮，長長的鬍子硬而稀疏，如果伸手去抓，那就好像只是把手做成爪子的形狀，卻不像抓到了鬍子。然而，在那些鬍子下方——這是K的真正發現——在外套領子上隱約露出顏色和大小不一的記號。舉目所及，每個人都有這些記號，看似各成一方的左邊和右邊其實全都是一夥的。K猛然轉身，在初審法官的衣領上看到同樣的記號，法官把雙手擱在懷裡，冷靜地看著台下。「原來如此，」K大喊，把手臂高高舉起，乍然認清的事實需要空間，「可見你們全都是公務人員，是腐敗的一群，我為了反抗你們而發言，你們擠到這裡，充當聽眾和間諜，假裝分成了兩方，其中一方鼓掌，是為了要考驗我，你們想要學會引誘無辜的人。但願你們這一趟沒有白來，你們若非拿有人指望你們來為無辜之人辯護這件事當作消遣，就是——放開我，不然我就要打人了——」K對著一個顫抖的老人喊，那老人擠到了離他特別近的地方，「就是真的學到了什麼。祝你們事業興隆。」他的帽子就放在桌緣，他迅速拿起帽子，在一片靜默中擠到出口去，只不過那片靜默是出於吃驚。可是法官的動作似乎比K還快，因為他已在門邊等他。「稍等一下。」他說，K停下腳步，但沒有看著那個法官，而是看著門，手已經握住了門把。「我只是想提醒你，」法官說，「你今天——也許你還沒有意識到——剝奪了自己原本可得到的那份好處，一場審訊對於被捕之人無論如何都有好處。」K對著門笑了。「你們這些敗類，」他喊道，「去你們的審訊。」他打開門，急急走下樓梯。在他身後，會場再度活潑起來，嘈雜聲響起，大概開始像大學生一樣討論起這幾件插曲。

第四章　在空蕩蕩的會議廳裡・大學生・辦事處

接下來那個星期裡，K每天都等著再次收到通知，他不相信他們居然把他放棄審訊的那番話當了真。一直到星期六晚上，他所等待的通知果真還是沒來，他就假定對方是默示他在同一時間到同一地點去。因此，星期天他又去了那裡，這一次他直接爬上樓梯穿過走道，有些人還記得他，站在自家門邊跟他打招呼，但他無須再向任何人詢問，很快就走到正確的那扇門前。他敲門之後，門立刻就開了，那個他見過的女子還站在門邊，而他沒有再轉過頭來看她，就想馬上走進旁邊的房間。「今天沒有會議。」那個女子說。「怎麼會沒有會議呢？」他問，不願意相信。但是那女子打開了隔壁房間的門，讓他不得不相信。那房間果然是空的，空蕩蕩的樣子看起來比上個星期天還要可悲。那張桌子還立在講台上，沒有改變，桌上放著幾本書。「我可以看看那些書嗎？」K問，倒不是特別好奇，只是不希望完全白跑了這一趟。「不行，」那女子說，又把門關上，「這是不被允許的。那些是初審法官的書。」「原來如此，」K說，點點頭，「那大概是些法律書籍，這就是這個法律機構的作風，不但讓人無辜地遭到判決，也讓人無知地遭到判決。」「大概是吧。」那女子說，並不完全明白他的意思。「嗯，那我就走了。」K說。「有什麼話要我轉告初審法官嗎？」那女子說。「你認識他？」K問。「當然，」那女子說，「我先生是法院工友呀。」此刻K才注意到，這房間裡上回只放著一個洗衣服的圓桶，現在卻是間家具齊全的客廳。那女子察覺了他的驚訝，說道：「我們這個住處是免費的，但是必須在開會的日子把房間騰出來。我先生的工作就有這個缺點。」「對這個房間我倒不是那麼驚訝，」K說，惡狠狠地看著她，「我驚訝的是你是個已婚的女人。」「你大概是指上次開會時那樁意外吧？由於那樁意外，我打斷了你的發言。」那女子問。「當然，」K說，「如今事情已經過去了，我也幾乎忘了，可是當時那簡直讓我火冒三丈。而現在你自己說你是個已婚的婦人。」「你的發言被打斷對你並沒有壞處。在那之後，大家對你還有十分不利的批評。」「有可能，」K轉移了話題，「但這並不表示你就能被原諒。」「凡是認識我的人都會原諒我，」那女子說，「當時抱住我的那個人從很久以前就看上了我。就一般的標準來說，我也許不算有魅力，可是他卻覺得我很有魅力。這件事防不了，就連我先生也已經認命了，要想保住他的職位，他就只好容忍，因為那人是個大學生，將來可能會握有更大的權力。他總是纏著我，就在你來之前，他才剛走。」「這跟所有其他的事很相稱，」K說，「我並不驚訝。」「看來你是想改變這裡的一些事？」那女子問，她這話說得很慢，注視著K，彷彿她說了些對她和K都很危險的話，「這一點從你的發言我就聽出來了，我很欣賞你所說的話。不過，我只聽到一部分，開頭我錯過了，而你說到結論的時候，我跟那個大學生躺在地板上。」頓了一會兒之後她說：「這裡實在令人厭惡，」她握住K的手，「你認為你改善得了嗎？」K露出微笑，把他的手在她柔軟的雙手中轉動了一下。「其實，」他說，「我不是如同你所說的，要來改善這裡的情況，假如你去跟別人這樣說，例如那個初審法官，那你就會遭到嘲笑，或是受到處罰。事實上，我本來肯定不會出於自願來管這些事，也絕對不會因為法律界需要改善而在夜裡失眠。可是，由於他們說我被逮捕了——因為我是被捕了——迫使我不得不插手干預，而且是為了我自己。不過，如果我這樣做能幫上你一點忙，我當然也很樂意。倒不只是出於博愛，而是因為你也可以幫我的忙。」「我怎麼能幫得上你的忙？」那女子問。「例如，你可以把那張桌子上的書拿給我看。」「啊，沒錯。」那女子喊道，急忙拉著他向前走。那是已經磨損的舊書，封面幾乎已經從中斷裂，只靠著纖維連在一起。「這裡真是髒。」K搖著頭說，在K伸手去拿那些書之前，女子用她的圍裙擦掉了灰塵，至少是粗略地擦過。K打開最上面那本書，一幅猥褻的圖畫出現在眼前。一男一女光著身子坐在一張長沙發上，繪圖者的下流意圖顯然可見，但是他的技巧太過拙劣，最終就只看見一男一女過於立體地突顯於畫中，僵直地坐著，由於透視畫法錯誤，只能不自然地面向彼此。K沒有繼續往下翻，下一本書他只打開了扉頁，那是本小說，書名是：《葛蕾特從丈夫漢斯那兒所受的折磨》。「原來這就是這裡所研讀的法律書籍，」K說，「要來審判我的是這種人。」「我會幫你。」那女子說。「你願意嗎？你真能幫我，而不至於給你自己帶來危險嗎？你剛剛不是才說你先生很仰賴他的上司。」「儘管如此，我還是願意幫你，」那女子說，「來吧，我們得商量一下。別再說什麼我會有危險，只有在我想要害怕的時候，我才害怕危險。來吧。」她指著那個講台，請他跟她一起坐在台階上。

「你有漂亮的黑眼睛，」在他們坐下之後她說，仰望著K的臉，「別人也說我的眼睛很漂亮，但是你的眼睛更漂亮。順帶一提，你第一次到這裡來的時候，我就注意到了，所以我後來才會走進這個會議室，平常我從來不會這麼做，甚至可以說被禁止這麼做。」「原來是這麼回事，」K心想，「她在引誘我，她就跟這裡所有的人一樣墮落，她厭倦了法院那些公務員，而這也不難理解，因此碰到任何一個陌生人，她就讚美他的眼睛來表示歡迎。」K不發一言地站起來，彷彿已經把自己的想法大聲說了出來，因此向那女子解釋了他的行為。「我不認為你能夠幫我，」他說，「如果真的想幫我，就必須跟高階官員有來往，而你多半只認得那一堆在這兒打轉的低階職員。這些人你想必很熟，也能藉由他們達成某些事，這一點我並不懷疑。然而，能藉由他們達成的事再大，對於審判的最終結果也無關痛癢。你卻可能因此而失去幾個朋友。我不想要這樣。你就維持你跟這些人到目前為止的關係吧，因為我覺得你少不了這種關係。我這樣說其實是有點遺憾的，因為我也很喜歡你，這是為了稍微回報一下你的讚美，尤其是像你現在這樣悲傷地看著我，而你其實沒理由這樣悲傷地看著我。你屬於那一群我必須對抗的人，而你在他們之中也感到很自在，你甚至愛那個大學生，就算你不愛他，至少你還是喜歡他勝過你的丈夫。這一點從你所說的話裡很容易就能聽出來。」「不，」她喊道，仍然坐著，只伸手去抓K的手，他沒有及時把手抽走，「你現在不能走，你不能帶著對我的錯誤判斷而走。你真的忍心現在就走嗎？我真的這樣毫無價值，就連幫我一個忙，在這裡多待一會兒，你都不願意嗎？」「你誤會我了，」K說，坐了下來，「如果你真的在乎要我留在這裡，那我很樂意留下來，反正我有時間，畢竟我到這裡來是以為今天會有一場審訊。我先前那樣說，只是想請你不要插手我的官司。但你也不必因此而感到難過，你想一想，我根本不在乎這樁官司的結果，對於判決我只會一笑置之。這是假定這場官司果真會有結果，對於這一點我很懷疑。我其實認為，這個司法程序已經由於那群公務人員的懶惰、健忘、甚至是恐懼而中止，或是在不久之後即將中止。不過，他們也有可能為了收取大筆賄賂而做做樣子，把官司繼續進行下去，我現在就可以說他們這樣做是白費心機，因為我不會賄賂任何人。你倒的確可以替我做一件事，可以去轉告那位初審法官，或是另外哪個樂於散播重要消息的人，說我絕對不會被說動去行賄，不管他們使出什麼花招都沒用，那些先生想必有的是花招。你可以坦白地告訴他們根本不必指望。此外，說不定他們自己也已經察覺了這一點，而就算他們還沒有察覺，我也並不介意現在就讓他們知道。這只會替那些先生省點事，但也可以讓我省點麻煩，不過，如果我知道每一項麻煩同時也是給對方的一次打擊，那我會樂於忍受這些麻煩。而我會設法讓事情就這樣發展。你認識那個初審法官嗎？」「當然，」那女子說，「我甚至第一個想到的就是他，當我說要幫你。我本來不知道他只是個低階官員，不過既然你這麼說，你說的大概就沒錯。儘管如此，我相信他往上呈遞的報告多少還是有點影響力。而他寫的報告真多。你說公務員懶惰，但肯定不是每個人都這樣，這個初審法官尤其不懶惰，他寫了很多東西。舉例來說，上個星期天，會議一直開到將近晚上。所有的人都走了，但是那個初審法官還留在大廳裡，我得拿一盞燈去給他，我只有一盞廚房用的小燈，但是他有那盞燈就滿意了，立刻寫了起來。那時候我先生也已經回來了，每個星期天剛好都是他的休假日，我們把家具搬回來，再把房間布置好，後來又有鄰居來，我們還就著燭光聊天，總之，我們忘了那個法官還在，就去睡覺了。夜裡我突然醒來，那時想必已經是深夜了，那個法官站在床邊，用手遮住那盞燈，免得光線照到我先生，其實那沒有必要，我先生睡得很熟，就算是有光線也不會弄醒他。我嚇了一大跳，差點尖叫起來，但那個法官卻很和氣，提醒我要小心一點，輕聲對我說他一直寫到現在，說他現在把那盞燈拿來還我，還說他永遠不會忘記我睡覺時的模樣。我說這些只是想告訴你，那個初審法官的確寫了很多報告，尤其是針對你，因為你的受審肯定是星期天開會的重點。而這麼長的報告總不可能完全沒有意義。另外，從那件事你也可以看出那個初審法官在追求我，他一定是現在才注意到我，而在剛開始這段時間裡，我正好會對他有很大的影響力。他很在乎我，關於這一點，我現在也還有別的證據。昨天他請那個大學生拿了絲襪來送我，那個大學生是他的同事，很受他信賴。據說他送我絲襪是因為我整理了那間會議室，可是這只是個藉口，因為這本來就是我的義務，他們為了這件工作付錢給我先生。那是很漂亮的絲襪，你看——」她伸直了腿，把裙子拉到膝蓋上，自己也看著那雙絲襪，「這襪子很漂亮，可是其實太精緻了，並不適合我。」

她突然停止說話，把手放在K的手裡，像是要安撫他，輕聲低語：「別出聲，貝爾托在看著我們！」K緩緩抬起目光。在會議室的門裡站著一個年輕人，他個子矮小，一雙腿有點彎，蓄著短而稀疏的紅色絡腮鬍，想替自己增添一點威嚴，手指不停撫弄著鬍子。K好奇地看著他，畢竟這是他頭一次親身遇見一個研究那陌生法學的大學生，此人將來說不定會升至更高的職位。那個大學生卻根本不理會K，只是把一根手指頭暫時從他的鬍子裡抽出來，用那根手指向那女子示意，然後走到窗邊。那女子朝K俯下身子，輕聲低語：「請不要生我的氣，我求求你，也不要把我想得很壞，現在我得到他那邊去，到這個討厭鬼那邊。看看他那雙歪扭的腿。可是我待會就會回來，然後我就跟你走，如果你帶我走，你去哪我就去哪，你想怎麼待我都可以。如果我能盡量離開這裡久一點，我會很快樂，不過最好是能永遠離開。」她又摸了摸K的手，跳起來，跑到窗邊。K還不由自主地伸手去抓她的手，卻沒有抓到。這個女人的確在引誘他，而儘管他再三思量，卻也想不出任何站得住腳的理由，為什麼他不該接受引誘。反對的念頭一閃而過，警告他這個女人是在替法庭捉拿他，而他輕易地揮開了這個念頭，她能以什麼方式捉拿他呢？他不是自由依舊，自由到可以立刻將整個法庭搗毀嗎？至少是涉及他的這一部分。他難道不能對自己有一點信心嗎？而且她提議要幫他，聽起來很真誠，也許並非毫無價值。再說，要報復那個初審法官和他的手下，最好的辦法也許莫過於把這個女人從他們那裡搶過來據為己有。這樣一來，當那個初審法官辛辛苦苦針對K寫出謊話連篇的報告之後，會在深夜裡發現那個女子的床是空的。之所以是空的，是因為她屬於K，因為這個站在窗邊的女子，這具豐滿、靈活、溫暖、穿著粗厚黑衣的身體完完全全只屬於K。

撇開對這女子的疑慮之後，他覺得窗邊那兩人的竊竊私語講得太久了，他用指節敲著講台，然後又用拳頭去敲。那個大學生越過女子的肩膀朝K瞥了一眼，卻不為所動，甚至還把身體跟那女子貼得更近了，摟住了她。她低著頭，像是在專心聽他說話，當她彎下腰，他大聲親吻她的脖子，卻並沒有停止說話。K從中看出那個大學生果然如那女子所抱怨地對她為所欲為。K站起來，在房間裡來回踱步，斜眼瞄向那個大學生，思量著該如何儘快把他弄走。因此，當那個大學生開口說話，K倒是挺高興。K的來回踱步——K的走動有時已經變成跺腳——顯然打擾了那個大學生，大學生說：「你要是不耐煩，大可以走。你其實早就可以走了，也不會有人想念你。沒錯，其實你早在我進來的時候就應該要走，而且愈快愈好。」他所有的怒氣也許都在這番話裡爆發，但其中卻也含有未來的法院官員對一個不受歡迎的被告說話時的傲慢。K在離他很近的地方站定，微笑地說：「我是不耐煩沒錯，不過，解決這份不耐煩最簡單的辦法，就是你離開我們。如果你是到這裡來讀書的——我聽說你是大學生——那我很樂意帶著這女子一起離開，把地方留給你。順帶一提，在你成為法官之前，還得要讀很多書。雖然我對於你們法律界並不熟悉，但我假定，單單靠著講話粗魯是遠遠不夠的，不過，講話粗魯這件事你倒是已經不要臉地擅長得很。」「他們不應該讓他這樣自由地到處亂跑，」那個大學生說，彷彿想針對K這番侮辱的話向那女子提出一個解釋，「那是個錯誤，我也這樣對初審法官說了。在兩次審訊之間至少應該要他待在他房間裡。有時候真是弄不懂那個初審法官。」「少說廢話，」K說，向那女子伸出手，「來吧。」「原來如此，」那個大學生說，「不，不行，你得不到她。」他用一隻手抱起她，沒想到他竟有這個力氣，他彎著腰，往門邊跑，一邊溫柔地抬起頭來看她。看得出他對K有一點畏懼，儘管如此，他還是敢於進一步去激怒

K，用空著的那隻手在那女子的手臂上又摸又揉。K跟在他旁邊跑了幾步，打算抓住他，必要的話將勒住他脖子，這時候那女子說：「沒有用的，那個初審法官要他帶我過去，我沒辦法跟你走。這個討厭的小鬼，」她用手在那個大學生臉上摸了一把，「這個討厭的小鬼不會讓我走。」「而你也並不想被解救。」K喊道，用手按住那個大學生的肩膀，對方則用牙齒去咬他的手。「不，」那女子大叫，用兩隻手把K推開，「不，不，千萬別這樣，你在想什麼！這樣做會給我帶來不幸。請你放開他吧，求求你，放開他吧。他只不過是執行初審法官的命令，把我帶到他那兒去。」「那就讓他去吧，而我再也不想見到你了。」K怒氣沖沖地說，出於失望，從那大學生的背後推了他一把。大學生踉蹌了一下，慶幸自己沒有跌倒，隨即帶著懷中的重負跳得比之前更高。K慢慢走在他們後面，看出這是他第一次確實敗在這些人手中。當然，他毫無理由為此感到害怕，他之所以遭受失敗，乃是因為他去尋釁。假如他留在家裡，過著平日的生活，那麼他比這些人要優越千百倍，可以把每一個擋了他路的人一腳踢開。他想像著最可笑不過的情景，例如當這個可悲的大學生，這個自以為了不起的小子，這個彎腿的大鬍子，跪在艾爾莎的床前，雙手交握，懇求她垂青。這個想像讓K十分開心，乃至於他決定只要有機會，就要帶這個大學生一起去找艾爾莎。

出於好奇，K又跑到門邊，想看看那女子會被抱到哪裡去，那個大學生總不可能抱著她過馬路。結果他發現他們所走的路要短得多，就在這間住屋的大門對面，有一道窄窄的木梯，大概是通往閣樓的，這道樓梯拐了一個彎，所以看不見盡頭。那個大學生從這道樓梯把女子抱上樓，這會兒走得很慢，還一邊呻吟，因為跑這一段路已經耗盡了他的力氣。那女子伸手向K打招呼，聳聳肩膀，表示這番誘拐錯不在她，但是這個動作中並未帶有太多遺憾。K面無表情地看著她，像是看著一個陌生人，他既不想洩露出失望之情，也不想洩露出他很容易就能克服這份失望。

那兩人已然不見蹤影，但K仍然站在門邊。他不得不認為，那女子不但欺騙了他，而且她聲稱自己要被抱到初審法官那邊也是謊話。初審法官總不可能坐在閣樓上等。再怎麼盯著那道木梯看，也看不出什麼端倪。此時K注意到在樓梯旁有張小紙條，便走過去，讀出那孩子般不熟練的字跡：「法院辦事處入口」。這麼說來，法院辦事處位在一棟出租公寓的閣樓上。這樣的機構無法讓人產生多少敬意，對於被告來說，這倒是令人心安，想到這個法院能用的經費居然這麼少，不得不把辦事處設在這些房客堆放無用雜物的地方，而這些房客本身就已經夠窮了。不過，也有可能是他們雖有足夠的經費，但是早在那些錢被用於法院事務之前，就被那些官員給侵占了。根據K到目前為止的經驗，這種情況甚至大有可能。不過，法院如此墮落，對於被告來說固然是種侮辱，但比起此事係出於法院的拮据，墮落的法院還是比較令人心安。如今K也明白了對方何以在第一次問話時羞於把被告傳喚到這個閣樓上來，而寧願去他的住處打攪他。相對於這位坐在閣樓裡的法官，K的地位何其高，他在銀行裡擁有一間附有接待室的大辦公室，隔著一大片玻璃，可以向下眺望熱鬧的市區廣場。只不過他沒有從收賄和貪汙所賺取的外快，也不能派手下去把哪個女人抱進辦公室。可是K樂意放棄這些，至少是在這一輩子。

K還站在那張紙條前面，此時一名男子從樓下上來，透過敞開的門望進客廳，從客廳也能望進那間會議室，最後他問K不久之前是否在這裡見過一個女子。「你是那個法院工友，對吧？」「是的，」那男子回答，「噢，你是那個被告K，現在我也認出你來了，歡迎。」他向K伸出了手，完全出乎K意料之外。K沒有說話，於是那個法院工友說：「可是今天並沒有通知要開會。」「我知道。」K說，打量著這個法院工友的制服外套，這外套唯一像是官方制服之處在於除了幾顆普通的鈕扣之外，還有兩顆鍍金鈕扣，看來像是從一件舊的軍官大衣上拆下來的。「不久之前我跟你太太說過話。她已經不在這裡了，那個大學生把她抱到初審法官那裡去了。」「看吧，」那個法院工友說，「他們老是把她從我這裡抱走。今天明明是星期天，我沒有工作的義務，可是就為了把我從這裡支開，他們派我出門，去做一件肯定沒有必要的通報。而且他們沒有派我到很遠的地方去，讓我還懷著希望，心想如果我動作快一點，也許還能及時趕回來。所以我盡量用跑的，跑到我被派去的那個公家機關，對著門縫把我要通報的事喊出來，我喊得上氣不接下氣，對方可能幾乎聽不懂，又急忙跑回來。可是那個大學生的動作比我還快，不過他可以抄近路，只需要從通往頂樓的樓梯跑下來。要不是我這麼依賴他們，我早就把那個大學生在這面牆上壓扁了，就在這張紙條旁邊。我一直夢想著這麼做。讓他被緊緊壓在這個地方，比地板高一點，手臂伸開來，手指張開，兩條彎腿被扭成圓圈，四周都是斑斑血跡。但是到目前為止，這只是一個夢。」「沒有別的辦法嗎？」K微笑著問。「我不知道有什麼辦法，」那個法院工友說，「而現在的情況更氣人了，到目前為止，他只把她抱到他那兒去，現在他還把她抱到初審法官那兒去，不過這早就在我意料之中。」「難道你太太在這件事情上都沒有錯嗎？」K問，他得要克制住自己，因為他此刻也感到十分嫉妒。「她當然有錯，」那個法院工友說，「她的錯甚至是最大的，是她去黏著他。至於他，所有的女人他都要追。單是在這棟屋子裡，他就已經偷溜進去五間公寓，又被趕了出來。不過，我太太是這整棟屋子裡最漂亮的，而偏偏我沒辦法自衛。」「如果事情是這樣的話，那的確是沒有辦法。」K說。「怎麼沒有？」那個法院工友問，「那個大學生是個膽小鬼，只需要在他想碰我太太的時候把他痛揍一頓，讓他從此以後再也不敢這麼做。可是我不能揍他，而其他人也不幫我這個忙，因為大家都害怕他的勢力。只有像你這樣的人可以揍他。」「怎麼會是我呢？」K詫異地問。「你不是被控告了嗎？」那個法院工友說。「沒錯，」K說，「可是我豈不是更得要擔心？就算他對審判的結果沒有影響力，但說不定能夠影響初審。」「對，沒錯，」那個法院工友說，彷彿K的看法跟他自己的看法都一樣正確，「不過，在我們這兒通常不會處理毫無指望的官司。」「我跟你看法不同，」K說，「但是這並不妨礙我找機會修理一下那個大學生。」「那樣的話我會很感激。」那個法院工友客套地說，看來他其實並不相信自己能夠一償夙願。K繼續說：「也許你們這裡其他的公務人員也該被教訓一下，也許甚至是所有的人。」「對，對。」那法院工友說，彷彿這是件理所當然的事。接著他用信賴的眼神看著K，到目前為止，雖然他很友善，卻不曾用過這種眼神，他又加了一句：「人總是會反抗。」不過，這番談話似乎還是開始讓他感到不自在，因為他沒有把話講完，轉而說：

「現在我得去辦事處報到，你想一起來嗎？」「那邊沒有我的事。」K說。「你可以去看看那些辦事處。不會有人來管你。」「那值得一看嗎？」K猶豫地問，但卻很有興趣一起去。「嗯，」那個法院工友說，「我覺得你會感興趣。」「好吧，」K終於說，「我跟你一起去。」他跑上了樓梯，跑得比那個法院工友還快。

走進去時他差點跌倒，因為在門後還有一道台階。「他們不怎麼替大眾著想。」他說。「他們根本不替任何人著想，」那法院工友說，「光是看看這間等候室就知道了。」那是一道長廊，簡陋的門從這裡通往這閣樓上的各個部門。雖然沒有光線直接照進來，卻也不是完全黑暗，因為有些部門面向走廊的這一側並沒有連成一片的木板牆，只有高達天花板的木柵欄，從柵欄裡透出一些光線，透過柵欄也看得見幾個公務員，看見他們在桌前寫字，或是乾脆站在柵欄邊，從縫隙裡觀察走廊上的人。走廊上人不多，也許因為今天是星期天。他們的樣子很樸素。走廊兩側擺著兩排長長的木凳，他們以近乎規律的間隔坐在上面。所有的人都穿得很隨便，儘管從臉部表情、姿勢、鬍子的式樣，和許多不易確認的小細節來看，他們大多屬於中上階層。由於那裡沒有掛衣帽的鉤子，他們把帽子放在長凳下面，大概是看到有人這麼做，就一個接一個地這麼做了。當那些坐得離門最近的人瞥見K和那個法院工友，就站起來打招呼；其他人看見他們這麼做，就認為自己也得要打招呼，於是在他們兩個走過時，所有的人都站了起來。他們始終沒有完全把身體站直，而是駝著背，彎著膝蓋，像街上的乞丐一樣站著。K等著稍微落在他後面的法庭工友，說：「他們真是卑躬屈膝。」

「是的，」那法院工友說，「那些是被告，你在這裡看見的全都是被告。」「真的嗎？」K說，「那他們等於是我的同行。」於是他轉身朝向旁邊一個高高瘦瘦、頭髮幾乎已經灰白的男子，有禮貌地問：「你在這裡等待什麼呢？」。那人沒有料到會有人跟他說話，一時不知所措，他的不知所措顯得格外令人難堪，因為他顯然是個見過世面的人，在別的場所肯定能夠泰然自若，而且不會輕易放棄他勝過許多人而贏得的優越地位。然而在這裡他卻不曉得該如何回答這麼簡單的一個問題，他望向其他人，彷彿他們有義務幫他，彷彿要是沒人幫他，就沒有人能夠要求他做出回答。此時那個法院工友走過來，為了安撫他並鼓勵他，說道：「這位先生只不過是問你在等什麼，你就回答了吧。」法院工友的聲音那人大概認得，所以收到了比較好的效果：「我在等——」他起了個頭，又停頓下來。顯然他之所以這樣起頭，是為了要準確地回答這個問題，此刻卻不知道接下來要說什麼。幾個等待的人走過來，把他們圍住。那法院工友向他們說：「走開，走開，把走道空出來。」他們稍微退後了一點，但是並沒有回到原先的座位上。此時那個被問的人打起精神，甚至帶著一絲微笑地回答：「我在一個月前就我的案子提出了幾項證據調查聲請，我在等事情解決。」「看來你費了許多心。」K說。「是的，」那人說，「畢竟這是我的官司。」「不是每個人的想法都跟你一樣，」K說，「就拿我來說吧，我也被控告了，但是我可以對天發誓，我既沒有提出證據調查聲請，也沒有做任何類似的事。你覺得這麼做有必要嗎？」「我不太清楚。」那人說，又變得毫無把握。他顯然認為K在跟他開玩笑，因此大概巴不得把他之前的回答再重複一次，以免又犯下什麼新錯誤，但是在K不耐煩的目光下，他只說：「就我而言，我提出了證據調查聲請。」「你大概不相信我被控告了。」K問。「噢，怎麼會，一定是真的。」那人說，稍微往旁邊靠了一點，但是從他的回答裡聽不出相信，只聽得出恐懼。「所以說你不相信我？」K問，抓住那人的手臂，由於那人性格溫順，K忍不住覺得該這麼做，彷彿想強迫對方相信。但他不想弄痛對方，也只是輕輕抓住他，儘管如此，那人卻叫了起來，彷彿K不是用兩根手指頭抓住他，而是用一把燒紅的鉗子。這聲可笑的叫喊讓K徹底對他感到厭煩；如果別人不相信他被控告了，那還更好；說不定對方甚至以為他是個法官。此刻在道別時，他真的把那人抓得更緊，把他推回長凳上，自己繼續往前走。「大多數的被告都很敏感。」那個法院工友說。此刻，在他們身後，凡是在等待的人幾乎都圍在那人身邊，似乎在仔細詢問他剛才發生的事，那人已經不再喊叫。這時候一名警衛朝K迎面走來，能看出他是警衛主要是由於他身上的佩劍，那佩劍的劍鞘是鋁製的，至少從顏色看來是如此。K對此感到驚訝，甚至伸手去摸。那警衛是被那聲叫喊引來，詢問發生了什麼事。那個法院工友設法用幾句話來讓他放心，但是那警衛表示自己還是得去看一下，行了個禮，就繼續往前走，步伐急促但是很小，大概是由於痛風而無法邁出大步。

沒多久，K就不再去管那名警衛和走廊上那群人，尤其是他看出大約在走廊中間處，穿過一個沒有門的出入口，可以向右轉。他向那個法院工友打個手勢，問這條路是否正確，法院工友點點頭，而K果真從那裡轉了進去。他不喜歡自己老是得走在那法院工友前面一兩步，看起來好像他正被押解，至少在這個地方會給人這種感覺。於是他常常等那個法院工友跟上來，可是這人馬上就又落在後面。為了終止這種不愉快的感覺，K終於說：「既然我已經看過這裡是什麼樣子，現在我想走了。」「你還沒有看到全部。」那個法院工友說，完全不帶惡意。「我並不想看到全部，」K說，再說他也真的有點累了，「我要走了，到出口要怎麼走？」「你該不會已經迷路了吧，」那個法院工友驚訝地說，「你從這裡走到那個轉角，然後向右沿著走廊一直走到門口。」「你跟我一起來，」K說，「替我指路，這裡有這麼多條路，我會錯過那條路的。」「那是唯一一條路，」那個法院工友說，這時已經語帶責備，「我不能再跟你一起走回去，我還得去傳達消息，為了你，我已經耽誤很多時間了。」「你跟我一起來。」K又說了一次，這一回比較尖銳，彷彿他終於逮到那個法院工友說了句假話。「你別這樣大聲喊，」那個法院工友輕聲地說，「這裡到處都是辦公室。如果你不想獨自往回走，就再跟我一起走一小段路，或是在這裡等，等我通報完畢，我很樂意再跟你一起往回走。」「不，不，」K說，「我不要等，你現在就得跟我一起走。」K還根本不曾四下打量他所處的地方，直到此時，周圍那許多木門當中有一扇打開了，他才望過去。一個女孩大概是聽見K在大聲說話，走過來問道：「這位先生有什麼事嗎？」在她身後，在一片昏暗之中，還遠遠地看見有一個男子正朝這邊走過來。K看著那個法院工友，這人明明說過不會有人來管他，結果現在已經來了兩個，只需要一點動靜，這群公務員就注意到他了，他們會想要他解釋他為什麼在這裡。聲稱他是被告，想得知下一次審訊的日期，這是唯一能被理解和被接受的解釋，但他偏偏不想這樣解釋，尤其是這也與事實不符，因為他來這裡只是出於好奇，或者說他是想確認這個法律機構的內部就跟外觀一樣令人作嘔，可是要這樣解釋更是不可能。而且看來他想的沒有錯。他不想再往裡面走，到目前為止他所看到的就已經讓他覺得透不過氣來，此刻他實在沒有心情來面對更高階的公務員，這公務員可能從每一扇門後出現，他想走，而且想跟那個法院工友一起走，如果必要，他也會自己走。

可是他這樣不吭聲地站在那裡，想必很引人注目，女孩跟那個法院工友也果真盯著他看，彷彿在下一分鐘他就會產生某種巨大的變化，而他們不想錯過觀察的機會。而K之前遠遠望見的那個男子站在門裡，抓著那扇矮門的門梁，踮著腳尖微微搖晃，像個不耐煩的觀眾。不過，還是那個女孩最早看出K的舉止是由於身體微感不適，她搬來一張椅子，問道：「你要不要坐下來？」K立刻坐下，把手肘撐在扶手上，以求坐得更穩。「你有點頭暈，對吧？」她問他。此刻她的臉離他很近，臉上有種嚴肅的神情，有些女子正是在最美的青春年華帶有這種表情。「別擔心，」她說，「這種事在這兒很普通，幾乎每個人第一次到這兒來的時候都會發作一次。你是第一次來吧？嗯，所以說這很普通。太陽照在屋梁上，把木頭曬熱了，空氣變得汙濁而沉重，因此這個地方不是很適合拿來做辦公室，就算它另有很大的優點。可是說到空氣，在人來人往的日子裡簡直讓人無法呼吸，而幾乎每天人都很多。另外這兒也常常掛著要晾乾的衣物——沒法完全禁止那些房客這麼做——把這些都考慮進來，你就不會再納悶自己何以感到不舒服。不過，久而久之，大家就習慣這種空氣了。等你第二次或第三次再到這兒來，多半就不會再有這種喘不過氣來的感覺。你覺得好一點了嗎？」K沒有回答，由於這突如其來的虛弱而得在這裡任由別人擺布，他覺得很難為情，此外，在得知他感到不適的原因之後，他不但沒有覺得好一點，反而覺得更不舒服。那女孩立刻察覺了，為了讓K能有一點新鮮空氣，她拿起一根靠在牆邊的帶鉤棍子，撐開了在K正上方的小天窗，那個天窗通往戶外。可是因為有許多煤灰掉下來，那女孩隨即又把天窗關閉，用手帕擦掉K手上的煤灰，因為K累得無法自行處理。他很想靜靜地坐在這裡，直到他有足夠的力氣走開，而別人愈不要來照顧他，他的力氣想必就會恢復得愈快。此刻那個女孩卻說：「你不能待在這裡，在這裡我們會阻礙交通，」——K用眼神詢問他在這裡妨礙了什麼交通——「如果你願意的話，我帶你到病房去。」「請過來幫個忙。」她向門邊那個男子說，那人也隨即走近。但是K不想到病房去，他根本不想再被人帶著走，他走得愈遠，情況想必就愈糟。因此他說：「我已經能走了。」由於之前坐得太舒服了，他顫巍巍地站起來，但卻無法站直。「還是不行。」他搖搖頭說，嘆了口氣，又坐了下來。他想起那個法院工友，不管怎麼樣，那個工友都還是能輕易地帶他走出去，可是那人似乎早就走開了。K從那個女孩和站在他面前的那個男子之間望出去，卻未能發現那個法院工友。

「我認為，」那個男子說，他的穿著很體面，一件灰色的背心尤其顯眼，背心下襬剪裁成兩個銳利的尖端，「這位先生之所以身體不適是由於這裡的氣氛，所以最好不要帶他到病房去，乾脆帶他離開這個辦事處，我想他也寧願這樣。」「沒錯，」K喊道，出於喜悅，幾乎打斷那個男子的話，「我一定馬上就會好多了，我也根本沒有那麼虛弱，只需要有人撐我一把，我不會讓你們太費力，這段路也並不長，你們只需要帶我到門邊，然後我在台階上再坐一下，就會立刻恢復，因為我本來並沒有這種毛病，我自己也很驚訝會這樣。我也是坐辦公室的，很習慣辦公室裡的空氣，可是這裡的空氣似乎還是太差了。你們自己也這麼說。那麼，你們願意好心地帶我一下嗎？因為我有點頭暈，如果要我自己站起來，我會感到不舒服。」他把肩膀抬起來，好讓那兩個人能夠很容易地撐住他。

可是那男子沒有遵照他的要求，而是平靜地把雙手插在褲袋裡，大聲地笑了。「你看吧，」他對那個女孩說，「我果然說對了。這位先生只是在這裡覺得不舒服，並不是整體說來有什麼不舒服。」女孩也露出微笑，但用指尖輕輕敲了一下那男子的手臂，彷彿他擅自開了K一個很大的玩笑。「你想到哪裡去了，」那個男子說，仍舊笑著，「我當然會帶這位先生出去。」「那就好。」女孩說，把她嬌小的頭部歪向一邊。「不要太在意他的笑聲，」那女孩對K說，K又悶悶不樂地凝視前方，似乎並不需要她來解釋，「這位先生——我可以介紹你一下吧？」——那位先生把手一揮，表示許可——「這位先生是負責回答詢問的。凡是那些等待的當事人所需要的答覆，他都會給他們。由於民眾對我們的法院體制不是很熟悉，他們有許多疑問，而他對所有的問題都有答案，如果你有興趣的話，不妨考考他。不過，這不是他唯一的優點，他的第二個優點是他體面的服裝。我們認為，所謂的『我們』是指所有的公務人員，我們認為負責回答詢問的人也應該要穿得體面，為了給對方莊重的第一印象，他總是在跟當事人打交道，而且是頭一個跟他們打交道的人。可惜我們其他人穿的衣服就很差，而且老舊過時，這一點從我身上就可以看得出來。為了衣服花錢也沒有什麼意義，因為我們幾乎一直待在辦事處裡，就連睡覺也在這裡。不過，如同我剛才所說，我們認為負責回答詢問的人必須穿著漂亮的衣服。由於我們無法從管理單位拿到，在這一點上，我們的管理單位有點奇怪，我們就大家捐款——那些訴訟當事人也捐了一些——替他買了這件漂亮衣服還有其他衣物。這一切都是為了給別人一個好印象，可是他卻用他的笑聲糟蹋了這個好印象，把那些人嚇壞了。」「的確是這樣，」那位先生譏諷地說，「可是小姐，我不明白，你何必把這些內部的事告訴這位先生，或者應該說是硬要說給他聽，因為他根本不想知道。看看他是怎麼坐在那兒的，顯然在想他自己的事。」K連反駁的興致都沒有，也許那女孩是出於好意，也許是想替他解悶，或是給他機會來集中精神，但這個方法卻沒有發揮作用。「我必須向他解釋你的笑聲，」那女孩說，「你的笑聲很侮辱人。」「我認為只要我最後帶他出去，再過分的侮辱他也會原諒。」K一言不發，甚至沒有抬起眼睛，他容忍這兩個人討論他就像在討論一件事情，甚至還寧願這樣。可是他突然感覺到那個負責回答詢問的人把手放在他手臂上，女孩的手則放在他的另一隻手臂上。「起來吧，你這個軟弱的人。」那個詢問處職員說。「多謝兩位。」K驚喜地說，慢慢站起來，主動把別人那兩隻手移到他最需要支撐的部位。女孩輕聲附在K耳邊說：「看起來好像我很在乎讓他給別人一個好印象，不過，你可以相信我只是想說出事實。他並非鐵石心腸。他沒有義務帶生病的當事人出去，卻還是這麼做了，如你所見。也許我們當中沒有人是鐵石心腸，也許我們全都樂意幫忙，可是身為法院的公務人員，我們很容易給別人心腸很硬的印象，好像我們不願意幫助任何人。這實在令我難過。」──「你要不要在這裡坐一下？」那個負責回答詢問的人問，他們已經來到走道上，就在之前K攀談過的那個被告面前。K在他面前幾乎感到羞恥，先前他是那般挺直地站在他面前，此刻卻得要兩個人扶著，他的帽子被那個負責回答詢問的人用張開的手指滴溜溜地轉動，他的髮型整個亂了，頭髮垂在汗水淋漓的額頭上。但是那個被告似乎什麼也沒注意到，恭謹地站在那個詢問處職員面前，只想為了自己在這裡而道歉，那人的目光並未看著他。「我知道，」他說，「我的申請今天還不可能有結果。但我還是來了，我想我也許可以在這裡等，今天是禮拜天，我反正有時間，而我在這裡也不會打擾到別人。」──「你不需要道歉，」那個詢問處職員說，「你的謹慎很值得誇獎，雖然你沒必要地占了這裡的位置，但只要沒有打擾到我，我完全不會阻止你密切注意你這樁案子的進行。看到有些人恬不知恥地忽略自己的義務，就會懂得耐心對待像你這樣的人。你坐下吧。」──「他真懂得跟當事人說話。」那女孩輕聲地說。K點點頭，但隨即嚇了一跳，因為那個詢問處職員再次問他：「你不要在這裡坐下來嗎？」「不，」K說，「我不想休息。」他盡可能堅決地說，事實上，坐下來會讓他覺得很舒服。他彷彿在暈船，覺得自己在一艘大船上，海上波濤洶湧，彷彿海水拍擊著木板牆，彷彿海水翻騰的聲音自走道深處響起，彷彿那走道橫向搖晃，彷彿那些在等待的當事人往兩邊下沉又再浮上來。因此，帶領他的那個女孩和那名男子的沉靜更加令人費解。他只能任他們擺布，如果他們鬆開他，他就會像塊木板一樣倒下。他們的小眼睛來回交換著銳利的目光，K感覺到他們規律的步伐，卻沒有跟上，因為他幾乎是一步一步地被抬著走。終於他意識到他們在對他說話，但卻聽不懂他們在說些什麼，只聽見那片填滿一切的嘈雜，而依稀有一個不變的高亢聲音在那片嘈雜聲中響起，像是汽笛聲。「大聲一點。」他垂著頭低語，覺得難為情，因為他知道他們說得夠大聲，儘管他沒有聽懂。此時總算有一股新鮮的氣流迎面撲來，彷彿他面前那道牆裂開了，而他聽見旁邊有人說：「起初他想走，然後就算別人跟他說了一百遍這裡是出口，他還是一動也不動。」K發現自己站在出口的門前，女孩把門打開了。他覺得自己的力氣好像頓時完全恢復，為了先體會一下自由的滋味，他隨即踩在樓梯的一個台階上，向陪同他的那兩位道別，他們朝他俯下身子。「多謝了。」他又說了一次，一再跟那兩人握手，直到他自以為看出，習慣了辦事處空氣的他們不太受得了樓梯上相對新鮮的空氣，他才鬆手。他們幾乎無法答話，而如果不是K迅速把門關上的話，那女孩也許差點要摔下來。K還靜靜地站了一會兒，從口袋裡掏出一面鏡子，用手把頭髮弄整齊，拾起他的帽子，那帽子躺在下一個樓梯平台上——大概是被那個詢問處職員扔下來的——跑下樓梯，如此神清氣爽，大步跳躍，乃至於這驟然的改變幾乎令他感到害怕。他的健康狀況一向頗為可靠，還從不曾給他帶來這樣的意外。由於他輕鬆承受了原先這一場，莫非他的身體也想鬧革命，想給他製造一場新的官司？他不排斥改天找個機會去看醫生，但不論如何——這一點他自己就可以拿定主意——他決定從今以後要把每一個星期天上午用在更好的事情上。

第五章 毆打手

幾天後的一個晚上，K經過隔開他辦公室跟主要樓梯的走道——這天他幾乎是最晚回家的一個，只有收發室裡還有兩名工友在一盞燈泡小小的光暈下工作——此時他聽見從一扇門後傳出了嘆息，他一直以為在那扇門後只是個雜物間，但從不曾去看過。他詫異地停下腳步，再一次豎耳傾聽，好確認自己是否聽錯了。有一會兒的時間靜悄悄的，然後嘆息聲又再度響起。起初他想去叫工友來，說不定會需要有人作證，但他心中湧起一股難以抑制的好奇，於是他幾乎是將門一把扯開。他想的沒錯，那是個雜物間。門檻後面散放著無用的舊印刷品和翻倒的陶製空墨水瓶。然而卻有三名男子站在房間裡，在這個低矮的空間裡彎著腰。一支蠟燭被固定在一個架子上，替他們照明。「你們在這裡做什麼？」K問，由於激動而說話急促，但是音量並不大。其中一人顯然控制著另外兩人，首先吸引住K的目光，那人穿著一件深色皮衣，從脖子直到胸前下方都裸著，兩條手臂也完全赤裸。他沒有回答，但另外兩人喊道：「先生！我們必須接受毆打，因為你在初審法官那兒抱怨我們。」此時K才認出來，那兩人果然是法蘭茲和威廉那兩個守衛，而第三個人手裡拿著一條鞭子要打他們。「嗯，」K說，盯著他們看，「我沒有抱怨，我只說了在我的住處所發生的事。而你們的行為也並非無可指責。」「先生，」威廉說，此時法蘭茲設法躲在他身後，顯然想保護自己，躲過那第三人，「如果你知道我們的待遇有多差，你對我們的看法就會有所不同。我有一家人要養，而法蘭茲想要結婚，我們想盡辦法賺點意外之財，光靠工作是沒辦法的，哪怕是再辛苦的工作也一樣，你那些高級衣物吸引了我，守衛當然是被禁止這樣做，這樣做的確不對，可是相信我，在傳統上，衣物一向屬於守衛。這也不難理解，對於那個不幸被捕的人來說，這些東西哪還有什麼意義。可是如果他公開提起這件事，守衛就必須受到處罰。」「你現在說的情況，我先前並不知道，我也絕對沒有要求要處罰你們，我在乎的只是原則。」「法蘭茲，」威廉轉向另一名守衛，「我不是跟你說了嗎？這位先生並沒有要求要處罰我們。現在你聽見了，他甚至並不知道我們得接受處罰。」「你別被這些話給影響，」第三個人對K說，「這處罰是公正的，而且無法避免。」「別聽他的，」威廉說，可是因為手被鞭打了一下，他迅速把手抬到嘴邊，稍微停頓了一下，「我們之所以被處罰，只是因為你檢舉了我們，否則我們就不會有事，就算有人知道我們做了什麼。這能夠稱之為正義嗎？我們兩個，尤其是我，長期以來證明了自己身為守衛的能耐——你自己也得承認，從政府機關的角度來看，我們看守得很好——我們有希望晉升，肯定很快就也能成為毆打手，就跟這個人一樣。他只不過是運氣好，沒有被任何人檢舉，因為像這種檢舉實在很少見。而現在，先生，一切都完了，我們的職業生涯結束了，將得從事比守衛更低階的工作，而且現在還得接受這一頓痛打。」「這條鞭子打人會這麼痛嗎？」K問，打量那名毆打手在他面前揮動的鞭子。「我們得要把衣服脫光。」威廉說。「原來如此。」K說，更加仔細地端詳那個毆打手，那人曬得跟水手一樣黑，有張精力充沛的臉，帶著野氣。「難道沒有可能讓他們免於被毆打嗎？」K問他。「沒有。」毆打手說，微笑地搖搖頭。「把衣服脫掉。」他命令那兩名守衛，對K則說：「你不必完全相信他們的話。他們因為害怕被打，已經變得有點神智不清了。舉例來說，這個人，」——他指著威廉——「說他可能晉升的事，簡直就是可笑。你看，他有多胖——頭幾鞭根本就只會打到那些肥肉——你知道他怎麼會變得這麼胖嗎？他習慣吃掉每個被捕之人的早餐。他不是也把你的早餐吃掉了嗎？我就說嘛。挺著這麼一個大肚子的人永遠不可能成為毆打手，這是絕對不可能的。」「也有這樣的毆打手。」威廉聲稱，他正在解開長褲的皮帶。「不！」毆打手說，用鞭子掃過他脖子，把他嚇了一跳，「你不該聽我們說話，而應該脫掉衣服。」「如果你放了他們，我會好好獎賞你。」K說，掏出皮夾，沒有再去看那個毆打手——這種事最好是在雙方都垂下目光時進行。「你大概是日後也想檢舉我吧，」那個毆打手說，「讓我也得挨打。不行！」「你理智一點吧，」K說，「假如我當初想要這兩個人受處罰，那我現在就不會想要替他們贖身。我可以就這樣關上這扇門，什麼也不再看，什麼也不再聽，就這樣回家去，但我卻沒有這麼做，反而認真地想解救他們。假如我預先知道他們將會受到處罰，或者只是有可能會受罰，那我就絕對不會提起他們的名字。因為我根本不認為他們有過失，有過失的是那個組織，是那些高階公務員。」「沒錯。」那兩名守衛喊道，他們已經赤裸的背上立刻挨了一鞭。「假如此刻在你鞭子底下的是個高階法官，」K說，一邊把那已經又再舉起的鞭子往下按，「那我就不會阻止你打下去，正好相反，我還會給你錢，讓你更起勁地來做這件好事。」「你說的話聽起來很可信，」毆打手說，「但是我不接受賄賂。我是被雇來打人的，所以我就打人。」守衛法蘭茲到目前為止保持觀望，也許是期待K的干預會有好的結果，此時只穿著褲子的他走到門邊，抓著K的手臂，跪下來低語：「如果你保護不了我們兩個人，那至少想個辦法救救我。威廉年紀比我大，從各方面來說都比較不敏感，而且他在幾年前就已經受過輕度挨打的處罰，我卻還沒有受過這種侮辱，再說我會那樣做也只是因為威廉的緣故，好事和壞事我都是跟他學的。在樓下，我可憐的未婚妻還在銀行門口等我，我實在慚愧極了。」他用K的外套擦乾自己流滿淚水的臉。「我不再等了。」毆打手說，用雙手握住鞭子，朝法蘭茲打下去，威廉蜷縮在一個角落，偷偷地望過來，連頭都不敢動一下。此時法蘭茲尖叫起來，那叫聲持續不變，彷彿不是一個人類發出的，而是由一件被折磨的樂器發出的，響徹整個走道，整棟屋子想必都聽見了。「別叫。」K喊道，他緊張地朝著工友勢必將會出現的方向望去，忍不住推了法蘭茲一下，力量不大，但足以讓那個失去知覺的人倒下，痙攣地用雙手摸索著地面。但他逃不過那頓打，就算躺在地上，鞭子也找得到他，他在鞭子下翻滾，鞭子的尖端規律地上下舞動。而一名工友也已經在遠處出現，另一名跟在他身後幾步。K迅速把門甩上，走到旁邊臨著院子的一扇窗前，把窗戶打開。那聲尖叫完全停止了。為了讓那兩名工友不要走過來，他喊道：「是我。」「經理先生，你好，」對方回喊，「出了什麼事嗎？」「沒有，沒有，」K回答，「只是一隻狗在院子裡叫。」等到那兩名工友果然站住不動，他又加了一句：「你們可以回去做你們的事。」為了不必跟那些工友談話，他從窗戶探身出去。等他過了一會兒之後再望進走道，他們已經走了。但此刻K留在窗邊，他不敢再走進那個雜物間，卻也不想回家。他向下望，看見一個四方形的小院子，四邊都是辦公室，所有的窗戶此刻都已一片漆黑，只有最上方的窗戶映照著月光。K吃力地望進院子一角的黑暗中，幾部手推車錯落地擱在那裡。他很難過自己沒能阻止那場毆打，可是事情沒能成功不是他的錯，假如法蘭茲沒有尖叫——沒錯，那想必很痛，可是一個人在關鍵時刻得要自制——假如他沒有尖叫，那麼K還能找出辦法來說服那個毆打手，至少是很可能。如果所有的低階公務員都是無賴，那個毆打手又怎麼可能會是例外，他的職務最沒有人性，K也看得很清楚，他在看見那些鈔票時眼睛閃閃發亮，他之所以認真要打人，顯然只是想把賄賂的金額再提高一點。而K也絕不會省這個錢，他是真心想救那兩名守衛，既然他已開始對抗這個法庭機構的腐敗，那他自然也該從這方面著手。然而法蘭茲一開始尖叫，一切就完了。K不能讓工友和其他可能出現的人發現他在雜物間和這夥人談判，誰也不能要求他做這種犧牲。假如他有意這麼做，那麼叫K脫掉自己的衣服，自願代替那兩名守衛挨打，幾乎還更容易一些。再說那個毆打手肯定不會接受這種替代，因為這樣一來，他既得不到任何好處，反而嚴重地有虧職守，說不定這損害還是雙重的，因為當K還在受審階段，法院的所有人員想必都不准傷害K。不過，在這件事上也可能會適用特別的規定。不論如何，K除了把門關上別無選擇，儘管如此，關上門還不表示K完全排除了所有的危險。他最後還推了法蘭茲一把，這件事令人惋惜，只能用他過於激動來辯解。

他聽見工友的腳步聲在遠處響起，為了不要引起他們的注意，他關上窗戶，朝著主樓梯的方向走去。他在雜物間的門旁停了一下，豎耳傾聽，裡面一片安靜。那人說不定把那兩個守衛打死了，畢竟他們完全任他宰割。K已經把手伸向門把，卻又縮了回來。他誰也幫不了了，而且那兩名工友想必馬上就會過來，但他發誓還會把這件事提出來，就他能力所及，讓那些真正有過失的人受到應有的懲罰，那些高階官員，他們之中還沒有人敢在他面前現身。當他走下銀行的露天台階，他仔細觀察所有的行人，但是放眼望去都沒有看見有哪個女孩像在等人。這證明了法蘭茲說他未婚妻在等他是個謊話，只不過這謊話的目的只在於喚起更大的同情，值得原諒。

就連在次日，那兩名守衛依然縈繞在K腦中。他在工作時心神渙散，為了把工作做完，得在辦公室裡待得比前一天更久。當他要回家時再度經過那個雜物間，他打開門，像是出於習慣。他原以為會看見一片黑暗，而眼前所見令他無法理解。一切都沒有改變，一如他昨晚打開門時所見。門檻後面的印刷品跟墨水瓶、手持鞭子的毆打手、那兩名還穿著全部衣服的守衛、架子上的蠟燭，而那兩名守衛開始訴苦，喊道：「先生！」K立刻把門摔上，還用拳頭往門上敲，彷彿這樣一來門會鎖得更牢。他差點要哭出來，跑去找那幾個工友，他們平靜地在複印機旁工作，訝異地停了下來。「雜物間該整理一下了吧，」他喊，「我們都要被髒東西淹沒了。」那些工友願意在隔天去整理，K點點頭，此刻已是晚上，他不能在這麼晚的時間還強迫他們去做，雖然他原本是這麼打算。他坐了一下，想把那些工友留在身邊一會兒，弄亂了幾張複印出來的紙張，自以為能讓人以為他在檢視，由於看出那些工友不敢跟他同時離開，他就疲倦而恍惚地回家了。

第六章　叔叔・蕾妮

一天下午——K正忙著處理要交送郵寄的書信——K的叔叔卡爾從兩名正要送文件進來的工友中間擠進辦公室裡，他是個鄉下的小地主。K看見叔叔時嚇了一跳，但是要比他長久以來想到叔叔會來而受到的驚嚇來得小。大約這一個月以來，K就已經確定了叔叔一定會來，當時叔叔的樣子就已經如在眼前：微欠著身子，左手拿著壓凹的巴拿馬草帽，右手從老遠就向他伸出來，在不顧一切的倉促中把手越過辦公桌遞過來，把所有擋住他去路的東西都碰倒。這位叔叔總是匆匆忙忙地行事，他在首都總是只停留一天，而他擺脫不了那個不幸的念頭，認為他在這一天裡必須把他打算處理的一切全部都處理完，而碰巧出現的談話或生意或消遣也都不能錯過。他曾經是K的監護人，因此K對他格外具有義務，叔叔的來時候，K得在各種事務上幫忙，此外還得讓他在自己那裡過夜。K習慣稱他為「鄉下來的鬼魂」。

打過招呼之後——K請他在靠背椅上坐下，但他沒有時間——他立即要求單獨跟K談一談。「這是必要的，」他說，吃力地嚥著口水，「為了讓我安心，這是必要的。」K立刻請工友出去，並且指示別讓任何人進來。「你知道我聽到了什麼消息，約瑟夫？」叔叔喊道，當房間裡只剩下他們，他坐在桌子上，看也不看，就把好幾份文件塞在屁股下，以求坐得更舒服一點。K沉默不語，他知道接下來會發生什麼事，但是像他這樣突然從辛苦的工作中放鬆下來，他首先沉浸於一種舒服的倦意之中，透過窗戶望向街道的另一邊，從他的座位只能看到一小段三角形的部分，是在兩個商店櫥窗之間一小塊空白的圍牆。「你在看窗外，」叔叔舉起手臂大喊，「看在老天的份上，約瑟夫，快回答我。那是真的嗎？可能是真的嗎？」「親愛的叔叔，」K說，抖落他的心不在焉，「我還根本不知道你來找我有什麼事。」「約瑟夫，」叔叔語帶警告地說，「就我所知，你向來說實話。那我該把你剛才這句話當成壞兆頭。」「我已經猜到你是為了什麼事而來，」K順從地說，「你大概是聽說了我的官司。」「沒錯，」叔叔回答，緩緩地點頭，「我聽說了你的官司。」「誰告訴你的？」K問。「艾爾娜寫信告訴我的，」叔叔說，「她跟你沒有來往，這很遺憾，你沒怎麼照顧她，儘管如此，她還是知道了。今天我收到她的信，當然就立刻搭車過來了。沒有別的原因，但這個原因似乎就足夠了。我可以把信裡關於你的部分唸給你聽，」他把那封信從皮夾裡抽出來，「在這裡。她寫道：『我已經很久沒見到約瑟夫了，上星期我去了銀行一趟，但是約瑟夫很忙，他們沒讓我進去。我等了快一個小時，但後來我必須回家，因為我有鋼琴課。我很想跟他談一談，也許以後還會有機會。他在我的生日送了我一大盒巧克力，他那樣做很親切，也很周到。當時我忘了寫信告訴你們，直到你問起，我才想起來。你們得要曉得，巧克力在寄宿公寓裡很快就會消失，你幾乎還沒意識到有人送了巧克力給你，東西就已經不見了。不過，關於約瑟夫，我還有件事要告訴你們：如同我剛才提到的，在銀行裡他們沒有讓我去見他，因為他正在跟一位先生談事情。我靜靜地等了好一會兒，然後我問一位工友，他們是否還要談很久。他說這很可能，因為那大概是涉及經理先生的那樁官司。我問那是樁什麼樣的官司，問他是否弄錯了，他卻說他沒有弄錯，那是一樁官司，而且很嚴重，但是其他的他就不知道了。他自己很想幫經理先生的忙，因為經理是個好人，又很公正，但是他不知道該怎麼著手，只能希望那些具有影響力的先生會關照經理。他們也肯定會關照他，最後會有好的結局，可是從經理先生的情緒看來，目前的情況卻一點也不好。我當然並不怎麼重視這番話，也試著安慰這個頭腦簡單的工友，要他別跟其他人說起這件事，我把這整件事當成是閒話。儘管如此，親愛的父親，如果你下次去拜訪時把事情弄個清楚，或許也很好，對你來說，要得知更確切的情況會很容易，倘若真的必要，你也可以透過你認識的那許多有力人士來插手干預。而若是沒有必要，這也是最可能的情況，那麼至少你的女兒很快會有擁抱你的機會，這會讓她很高興。』」叔叔唸完了之後說：「真是個好孩子。」從眼睛擦掉了幾滴眼淚。K點點頭，由於最近的種種麻煩，他完全把艾爾娜給忘了，就連她的生日他也忘了，那個關於巧克力的故事顯然是她編出來的，只是為了在叔叔和嬸嬸面前維護他。這很令他感動，從現在起，他打算定期寄劇院的票給她，而作為獎賞這肯定還嫌不足，可是他自覺目前並不適合到寄宿公寓去探望她，跟這個十七歲的中學小女生聊天。「現在你怎麼說？」叔叔問，由於那封信，他忘了所有的倉促和激動，似乎又再把信讀了一遍。「是的，叔叔，」K說，「那是真的。」「真的？」叔叔喊道，「什麼是真的？

怎麼可能是真的？什麼樣的官司？該不會是刑事訴訟吧？」「是刑事訴訟。」K回答。「你有一樁刑事訴訟纏身，現在還冷靜地坐在這兒？」叔叔大喊，他的聲音愈來愈大。「我愈冷靜，對事情的結果就愈好，」K疲倦地說，「你別擔心。」「這沒法讓我安心，」叔叔喊道，「約瑟夫，親愛的約瑟夫，替你自己想一想，替你的親戚想一想，替我們的好名聲想一想。到目前為止你是我們的榮耀，你可不能變成我們的恥辱，」他歪著頭看著K，「我不欣賞你的態度，只要還有一點力氣，沒有哪個無罪的被告會抱持這種態度。快告訴我是怎麼回事，好讓我來幫助你。事情想必是跟銀行有關囉？」「不，」K說，站了起來，「親愛的叔叔，你說話太大聲了，那個工友說不定就站在門邊偷聽。這讓我感到難堪，我們還是離開這裡吧，然後我就會盡我所能地回答你所有的問題。我很清楚，我有責任向家人解釋。」「沒錯，」叔叔喊道，「對極了，那你就快一點吧，約瑟夫，動作快一點。」「我只需要再交代幾件事。」K說，打電話把他的代理人找來，沒多久對方就進來了。由於激動，叔叔用手指了一下，讓對方明白是K喊他過來，而這一點本來就毫無疑問。K站在辦公桌前，用好幾份文件輕聲向那個年輕人說明，在K不在時還有哪些事必須在今天完成，那年輕人冷淡但專注地傾聽。叔叔在一旁干擾，先是睜大了眼睛，緊張地咬著嘴唇，站在一邊，卻沒有注意聽，光是他那副模樣就已經是種干擾了。然後他又在房間裡來回踱步，偶爾在窗前或是一幅畫前停下腳步，一邊不停嚷嚷，像是「我實在不懂」或是「現在你倒說說看這事兒會怎麼收場」。那個年輕人假裝根本沒注意到，靜靜地聽完K交代的事，也做了些筆記，然後就走了，走之前還向K跟他叔叔鞠了個躬，但叔叔正好背對著他，看向窗外，伸出雙手把窗簾扭成一團。門才要關上，叔叔就喊道：「這個唯命是從的傢伙總算走了，現在我們也可以走了。終於！」在前廳裡，幾個銀行職員和工友四處站著，副行長也剛好從前廳走過，可惜K無法讓叔叔不要在這裡問起有關訴訟的事。「所以，約瑟夫，」叔叔這樣起了個頭，一邊微微舉手碰一下帽子，來向周圍那些鞠躬的人答禮，「現在坦白告訴我，那是樁什麼樣的官司。」K支吾了幾句，又笑了幾聲，到了樓梯上，他才向叔叔解釋，說他不想在眾人面前公開地談起。「這很正確，」叔叔說，「不過現在說吧。」叔叔把頭歪向一邊，急促地抽著一根雪茄，聽他說話。「首先，叔叔，」K說，「這根本不是件普通法庭上的官司。」「這很糟。」叔叔說。「怎麼說？」K說，看著他叔叔。「我的意思是這很糟。」叔叔又重複了一次。他們站在通往街道的露天台階上，由於門房似乎在偷聽，K拉著叔叔走下台階。他們融入街上熱鬧的交通，叔叔挽著K的手臂，不再那麼急切地問起那樁官司，有一會兒他們甚至默不作聲地往前走。「可是事情是怎麼發生的？」叔叔終於問道，驟然停下腳步，走在他後面的人嚇了一跳，閃開了，「這種事情總不會突然發生，而是從很久以前就開始醞釀，應該先前就有了徵兆，為什麼你沒有寫信告訴我？你知道，我會為你做任何事，說起來我也還是你的監護人，直到如今我都還以此自豪。當然，現在我也還是會幫你，只不過如今訴訟已經展開，要幫你就很難了。不論如何，你現在最好是休幾天假，到我們鄉下來。現在我也注意到你瘦了一些，在鄉下你將能恢復體力，那是件好事，因為你肯定要面對一些累人的事。再說，這樣一來，在某種程度上，你也可以避開法院。在這裡他們擁有各種權力工具，自然而然，不可避免地也會拿來對付你；可是在鄉下，他們先得要派人前往，不然就只能藉由寫信、拍電報、打電話來影響你，效果當然就會減弱。這雖然不能使你自由，但是能讓你鬆一口氣。」「但他們可以禁止我離開這裡。」K說，叔叔的話讓他不禁按照叔叔的思維邏輯去思考。「我不認為他們會這麼做，」叔叔深思地說，「你的離開並沒有讓他們承受太大的權力損失。」「我原本以為，」K說，抓住了叔叔的手臂，以阻止他停下腳步，「你會比我更不看重這整件事，現在你卻把事情看得這麼嚴重。」「約瑟夫，」叔叔喊道，想要把K甩開，以便能停下腳步，可是K不放開他，「你變了，你一向擁有正確的理解力，偏偏現在沒有了嗎？難道你想輸掉這場官司嗎？你知道這意味著什麼嗎？這意味著你將就此被除名。所有的親戚都會被捲進去，至少會受到徹底的屈辱。約瑟夫，你可要當心。你這種滿不在乎的態度會讓我發瘋。看你這個樣子，簡直讓人想相信那句俗話：『捲入這樣一場官司就表示已經輸了。』」「親愛的叔叔，」K說，「激動沒有用，對你來說沒有用，對我來說也沒有用。靠著激動是打不贏官司的，請你也稍微承認我的實務經驗，一如我一向很尊重你的實務經驗，就算你的經驗有時令我驚訝。既然你說全家人都會被這樁官司拖累——這一點我完全無法理解，但這不重要——我很樂意凡事都聽你的。只不過，我不認為到鄉下去有什麼好處，即使是按照你的說法，因為那將意味著畏罪潛逃。再說，我在這裡雖然被盯得更厲害，卻也更能夠自行加速案子的進展。」「沒錯，」叔叔說，從他的語氣聽來，彷彿他們這會兒總算意見相仿，「我之所以那樣提議，是因為我覺得你若留在這裡，你這種漠不關心的態度會損及你的案子，覺得如果由我來替你處理會比較好。可是如果你願意用全力來加速事情的進展，那當然更好。」「所以說，在這一點上我們意見一致，」K說，「對於我接下來該怎麼做，你有什麼建議嗎？」「我當然還得要想一想，」叔叔說，「你得考慮到如今我已經在鄉下住了快二十年，察覺這些事的能力就退化了。那些也許更懂得這些事的人，我跟他們之間的重要聯繫自然也鬆動了。我在鄉下跟別人少有來往，這你是知道的。其實，要到了遇上這種事情，我才察覺到這一點。部分原因也在於你的官司出乎我意料之外。不過，說也奇怪，收到艾爾娜的信之後，我就已經有了預感，而今天一見到你，我就幾乎確定了。不過這都無所謂了，現在最重要的是不要耽誤時間。」他一邊說，一邊已經踮起腳尖，招來一輛汽車，把K拖上車，同時大聲地向司機說了一個地址。「現在我們搭車去找胡德律師，」他說，「他是我同學。想必你也聽過他的名字吧？沒聽過？這倒奇怪了。身為辯護人和窮人律師他很有名望，而我對他的為人尤其十分信賴。」「你要做什麼，我都沒意見。」K說，儘管叔叔處理這件事的那種急迫讓他感到不自在。身為被告，搭車去找一名窮人律師不是什麼愉快的事。他說：「我還不知道這種官司也可以找律師。」「當然可以，」叔叔說，「這是理所當然的事。有何不可？現在把到目前為止發生的事全部告訴我，好讓我更詳細地了解這樁官司。」K立刻開始敘述，毫無隱瞞，既然叔叔認為這樁官司乃是一大恥辱，全盤托出是他唯一能做的抗議。他只提起一次布斯特娜小姐的名字，而且是匆匆帶過，但這無損於他的坦誠，因為布斯特娜小姐跟這場官司一點關係也沒有。他一邊敘述，一邊望出車窗外，看到他們正要接近法院辦事處所在的那個郊區，他指給叔叔看，然而此一巧合並未讓叔叔覺得值得注意。車子停在一棟陰暗的屋子前，叔叔立刻在一樓的第一扇門邊按了鈴。在等待時，叔叔露出大大的牙齒微笑，輕聲說道：「八點鐘通常不是當事人登門造訪的時間，但是胡德不會怪我的。」門上的小窗露出一雙大大的黑眼睛，盯著這兩位客人看了一會兒，隨即消失，然而門卻並未打開。叔叔和K向彼此確認的確看見了那一雙黑眼睛。「一個新來的女傭，她害怕陌生人。」叔叔說，又敲了敲門。那雙眼睛又出現了，此刻幾乎顯得悲傷，不過，這也可能只是裸露的煤氣火焰所造成的假象，那火焰在接近頭頂處燃燒，發出強烈的嘶嘶聲，但光線卻很微弱。「請開門，」叔叔喊道，用拳頭敲門，「我們是律師先生的朋友。」「律師先生病了。」有人在他們背後輕聲地說。在這窄小走道的另一端有一扇門，一位身穿睡袍的先生站在門裡，很小聲地通報了這個消息。由於久候已然發怒的叔叔猛然轉過身，喊道：「生病？你說他生病了？」來勢洶洶地朝他走過去，彷彿那位先生就是疾病。「已經有人開門了。」那位先生說，把睡袍收攏，消失了。那門的確開了，一個年輕女孩——K認出了那雙有點凸出的黑眼睛——穿著長長的白圍裙站在玄關裡，手裡拿著一支蠟燭。「下次請你早一點開門。」叔叔用這句話代替了問候，那女孩微微行了個屈膝禮。「來吧，約瑟夫。」他隨後對K說，K緩緩地從那女孩身邊擠過去。「律師先生病了。」那女孩說，因為叔叔沒有停留就急忙朝一扇門走去。K還驚訝地注視著那個女孩，而她已經轉過身去，把公寓的門再度拴上。她有張洋娃娃般的圓臉，不僅那蒼白的臉頰和下巴圓圓的，鬢角和額頭邊緣也圓圓的。

「約瑟夫。」叔叔又喊了，然後問那女孩：「是心臟的毛病嗎？」「我想是的。」女孩說，她有了時間拿著蠟燭走在前頭，打開了房間的門。在房間一角，燭光還照不到的地方，一張蓄著長長鬍鬚的臉從床上抬起來。「蕾妮，是誰來了？」那律師問，被燭光照得眼花，尚未認出來客。「是亞伯特，你的老朋友。」叔叔說。「噢，亞伯特。」那律師說，倒回枕頭上，彷彿在這個訪客面前無須裝模作樣。「情況真的這麼糟嗎？」叔叔問，在床緣坐下，「我不相信。是你的心臟病又發作了，就跟前幾次一樣會再好起來的。」「有可能，」那律師小聲地說，「可是這回要比任何一次都更嚴重。我呼吸困難，根本睡不著，體力一天比一天差。」「這樣啊，」叔叔說，用他的大手把那頂巴拿馬草帽緊緊壓在膝蓋上，「這是壞消息。對了，有人好好照顧你嗎？這裡也這麼淒涼，這麼暗。從我最後一次到這兒來已經過了很久了，當時這裡看起來比較令人愉快。你這位小姑娘看起來也不怎麼開朗，要不然就是她裝的。」那女孩始終還拿著蠟燭站在門邊，從她不明確的目光看來，她並非看著他叔叔，而是看著K，儘管他叔叔此刻正說到她。K把一張椅子推到那女孩身邊，倚著椅子站立。「誰要是病得像我這麼重，」律師說，「就得要靜養。我不覺得這裡淒涼。」他停頓了一會兒，又加了一句：「而且蕾妮把我照顧得很好，她很乖。」但是這話並未讓叔叔信服，看得出來他對那個看護懷有成見，就算此刻他沒有反駁那個病人，卻用嚴厲的目光盯著她，看她此刻往床邊走去，把蠟燭放在床頭几上，朝著病人彎下身子，一邊整理枕頭，一邊對他輕聲低語。叔叔幾乎忘了要顧及病人，站起來，在那看護的背後走來走去，假如他從後面抓住她的裙子，把她從床邊拖開，

K也不會驚訝。K冷靜地看著這一切，他其實並非不樂見那律師生病，他反抗不了叔叔對他的官司所展現的熱心，而如今他樂於接受這份熱心在他並未插手的情況下轉移了方向。此時，也許只是為了惹惱那個看護，叔叔說：「小姐，請你讓我們單獨談一會兒，我跟我朋友有件私事要談。」那看護還俯身在病人身上，正把牆邊的床單撫平，她只把頭轉過來，十分平靜地說：「您看見了，先生病得這麼厲害，他沒辦法談什麼事。」她的平靜跟叔叔形成強烈的對比，他先是由於發怒而結結巴巴，然後又把話說得過於流利。她之所以重複叔叔的用語，大概只是為了省事，然而就連旁觀者也可能將之理解為嘲諷，而叔叔當然表現得像是被螫了一下。「你這個混蛋。」他說，由於激動地吞嚥口水，聽起來還含混不清。K嚇了一跳，儘管他早就料到類似的情況，他朝叔叔跑過去，打算用雙手摀住叔叔的嘴。幸好那病人在女孩身後坐起來，叔叔臉色陰沉，像是把一句難聽的話給嚥了下去，然後較為平靜地說：「我們當然也還沒有失去理智；如果我所要求的是不可能的事，那我也就不會要求。現在請你走開。」那看護在床邊站直了，整個人面向叔叔，K自覺看見了她用一隻手在撫摸律師的手。「在蕾妮面前你什麼都可以說。」那病人說，用的無疑是懇求的語氣。「事情不是關於我，」叔叔說，「不是我的祕密。」他轉身，彷彿不想再做任何交涉，但還給對方一點時間考慮。「那是跟誰有關？」律師用微弱的聲音問，又躺了回去。「我的姪兒，」叔叔說，「我也把他帶來了。」於是向他介紹：「銀行經理約瑟夫．K。」「噢，」那個病人說，這會兒有精神多了，向K伸出手，「抱歉，我根本沒注意到你。」「走吧，蕾妮。」接著他對那看護說，她也不再抗拒，他把手遞給她，彷彿是為了即將久別。「所以，」他終於向叔叔說，叔叔也表示和解地走近了一點，「你不是來探病的，而是為了正事來的。」到目前為止，以為對方是來探病的這個念頭彷彿讓那個律師全身無力，此刻他看起來精神好多了，一直用手肘撐著身體，那想必很累人，同時一再拉著鬍鬚中間的一綹。「你看起來已經健康多了，」叔叔說，「自從那個巫婆出了房間以後。」他停頓下來，低聲說：「我敢打賭她在偷聽。」他衝向門邊，但門後什麼人也沒有。叔叔走回來，不是失望，而是不滿，因為在他看來，她沒有偷聽是一種更大的惡意。「你錯看她了。」律師說，並未進一步維護那個看護，也許是想藉此表達她並不需要維護。不過，他用更加關切的語氣繼續說：「至於你姪兒的事，如果我的力氣足以勝任這件極為困難的任務，那我會很高興。我很擔心自己的力氣將不足以勝任，不過，我會盡一切努力，要是我一個人還不夠，那也還可以再另請別人。老實說，我對這件官司太感興趣了，實在捨不得放棄參與。萬一我的心臟負荷不了，至少它為了這件事而完全衰竭也是值得的。」這番話Ｋ一句也聽不懂，他看著叔叔，想從叔叔那兒得到解釋。然而叔叔坐在那裡，手裡拿著蠟燭，把手擱在床頭几上，一個藥瓶從床頭几滾到了地毯上，他對律師所說的每一句話點頭，對一切都表示同意，偶爾望向Ｋ，期望他同樣表現出贊同。難道叔叔先前已經向這位律師談過Ｋ的官司嗎？但這是不可能的，到目前為止所發生的一切都證明事情並非如此。因此他說：「我不懂——」「噢，難道是我誤會了你的意思嗎？」那律師問，跟Ｋ一樣詫異而且尷尬，「也許是我操之過急了。那麼你是想跟我談什麼事呢？我以為是跟你的官司有關？」「當然是。」

叔叔說，接著問K：「你是怎麼搞的？」「噢，可是你怎麼會知道我的事，還有我的官司？」K問。「原來是這樣，」那律師微笑地說，「我畢竟是個律師，跟法院圈子的人有來往，大家會談起各式各樣的官司，還有引人注目的官司，尤其是如果牽涉到一個朋友的姪兒，你自然就會記住。這沒有什麼好奇怪的。」「你是怎麼搞的，」叔叔又問了一次，「你的樣子這麼不安。」「你跟這個法院圈子的人有來往？」K問。「是的。」律師說。「你問起話來像個小孩子。」叔叔說。「如果不跟我這一行的人打交道，那我該跟什麼人打交道呢？」律師又加了一句。這話聽起來是如此難以反駁，乃至於K根本沒有回答。他本來想說：「可是你是在司法大樓的法院工作，而不是在閣樓上的法院。」但實在說不出口。「你得要考量到，」律師繼續說，語氣像是在解釋某件理所當然的事，彷彿多此一舉，而且只是順帶一提，「你得要考量到，從這種來往中我也能為我的委託人取得很大的好處，而且是在許多方面，這事我其實不該一直提起。當然，由於生病的關係，現在我稍微有點受限，但儘管如此，法院的好朋友還是會來探望我，所以我還是會得知一些事。我知道的也許比有些身體健康、整天待在法院裡的人還多。例如，我現在就有一位親切的訪客。」他指著房間裡一個黑暗的角落。「在哪裡？」K問，一時驚訝，問得幾乎有點粗魯。他不安地四下張望，那支小蠟燭的光線遠遠照不到對面的牆壁，而在角落裡果然有樣東西在動。此刻叔叔把蠟燭舉高，在燭光裡看得見有位年長的先生坐在那邊一張小桌旁。他大概根本沒有呼吸，所以這麼久都沒人注意到他。此刻他費勁地站起來，對於有人注意到他顯然不太高興。他揮動雙手，像在揮動短短的翅膀，彷彿想藉此擋掉所有的介紹和問候，彷彿他無論如何不想因他的在場而打擾其他人，彷彿他急切地央求讓他再回到黑暗中，央求別人忘了他在場。但是現在別人無法再允許他這麼做了。「其實是你們出乎我們意料之外地突然出現，」律師解釋，一邊鼓勵地向那位先生示意，要他走近，那位先生也慢慢走近，猶豫地環顧四周，但還是帶著某種威嚴，「這位辦事處主任——對了，抱歉，我還沒有介紹——這位是我的朋友亞伯特・K，這位是他的姪兒，銀行經理約瑟夫・K，而這一位先生是辦事處主任——他很親切地來探望我。只有熟悉內情的人才懂得尊重這番探望的價值，要知道辦事處主任的工作有多麼繁重。儘管如此，他還是來了，我們平靜地聊天，在我虛弱的體力所允許的範圍內，我們雖然沒有禁止蕾妮讓訪客進來，因為我們沒料到會有訪客，但我們還是認為我們應該獨處，可是接著你就用拳頭敲起門來了，亞伯特，於是辦事處主任就把桌椅挪到角落去。不過，現在看來，我們很可能有一件共同的事情要討論，意思是如果兩位願意的話，所以我們很可以再聚攏在一起。辦事處主任先生。」他低下頭，指著床邊一張椅子，帶著恭謹的微笑說。「可惜我只能再待幾分鐘，」辦事處主任和氣地說，叉開腿在椅子上坐下，看著時鐘，「我還有公事要辦。不過，我不想錯過這個機會來認識我朋友的朋友。」他向叔叔微微頷首，叔叔看來很高興認識這個人，但是由於自己的天性，表達不出謙恭，在辦事處主任說話時尷尬地大聲笑著。這幅景象真難看！K能夠靜靜地觀察這一切，因為沒有人在意他。辦事處主任取得了談話的掌控權，看來這是他的習慣，既然現在他被拉到前面來。那律師把手擱在耳邊，仔細聆聽，他起初的虛弱模樣也許只是為了用來趕走新來的客人。叔叔拿著蠟燭——他把蠟燭擱在大腿上保持平衡，律師好幾次擔心地望過去——很快就不再感到尷尬，而沉醉於辦事處主任說話的方式，以及他說話時那波浪般的輕柔手勢。辦事處主任也許是故意忽略了K，K倚著床柱，只充當那幾位老先生的聽眾。而且他幾乎不曉得他們在談些什麼，他一會兒想起那個看護，想起叔叔對待她那麼惡劣，一會兒思索他是否曾見過這個辦事處主任，說不定還是在他頭一次接受審訊的那場集會中。就算他大概弄錯了，把這個辦事處主任放進會場第一排那些留著稀疏鬍鬚的老先生當中還是很合適。

此時從玄關傳來一個聲響，像是瓷器打碎了，使得大家都豎起耳朵。「我去看看發生了什麼事。」K說，慢慢走出房間，彷彿要給其他人機會把他叫住。他才走進玄關，正想熟悉那片黑暗，此時一隻小手按住他還扶在門上的手，那隻手比K的手小得多，輕輕把門關上。是那個等在這裡的看護。「沒發生什麼事，」她輕聲地說，「我只是把一個盤子往牆上摔過去，好讓你出來。」K忸怩地說：「我剛才也想到你。」「這樣更好，」那看護說，「跟我來。」走了幾步之後，他們來到一扇不透明的玻璃門前，看護在K面前把門打開。「進來吧。」她說。那肯定是律師的辦公室，就著月光，能看出房間裡擺放著沉重的舊家具，此時月光只把兩扇大窗戶下方地板上一小塊四方形的部分照得特別亮。「到這邊來。」看護說，指著一張有木雕靠背的長凳。K一邊坐下，一邊環顧這個房間，這是個挑高的大房間，這位窮人律師的委託人在這裡想必會感到迷失。K自覺彷彿看見了那些訪客邁著小小的步伐走向那張巨大的書桌。但他隨即忘了此事，只盯著那個看護，她坐在他旁邊，貼得很近，幾乎把他擠到扶手上。「我本來以為，」她說，「你會自己出來找我，不必等到我叫你。這實在很奇怪。你先是在進門時就不停地盯著我，卻又讓我等待。」她很快地又補了一句，彷彿這番談話一刻也不能耽擱：「對了，請叫我蕾妮。」「我很樂意，」K說，「至於你覺得奇怪的那件事，蕾妮，其實很容易解釋。首先，我必須聽那兩位老先生說的廢話，不能沒有理由就跑開；其次，我並不大膽，反而有點害羞，而你看起來也實在不像是能夠馬上就贏得的女孩。」「並不是這樣，」蕾妮說，把手臂擱在扶手上，看著K，「是我不討你喜歡，說不定就連現在也還是不討你喜歡。」「喜歡不算什麼。」K避重就輕地說。「噢！」她微笑地說，由於K的話和這一聲輕喊，她略微占了上風，因此K沉默了一會兒。由於他已經習慣了房間裡的黑暗，他能看出室內布置的各種細節，掛在門右邊的一大幅畫尤其引起他的注意，他傾身向前，好把那幅畫看清楚一點。畫上是個身穿法官長袍的男子，坐在一張高高的高背椅上，椅子上的鍍金在畫上很顯眼。不尋常之處在於這位法官並非平靜而莊嚴地坐在那裡，而是左手臂緊貼著椅背和扶手，右手臂卻完全自由，只用手掌抓住扶手，彷彿他接下來要猛然轉身，也許是憤怒地轉身，跳起來說出某些重要的話，甚至是宣布判決。被告想來是在那道階梯的底端，畫上還看得見最上面幾個台階，鋪著黃色的地毯。「那也許是我的法官。」K說，指著那幅畫。「我認得他，」蕾妮說，也抬眼去看那幅畫，「他常到這兒來。這幅畫畫的是他年輕的時候，不過就算是那時候他也不可能跟這幅畫有相似之處，因為他矮得不得了。儘管如此，他卻讓自己在畫上被拉得這麼長，因為他虛榮得要命，跟這裡所有的人一樣。不過我也是虛榮的，我很不開心自己一點也不討你喜歡。」針對她最後說的這幾句話，K只摟住了她作為回答，把她拉向自己，她靜靜地把頭靠在他肩膀上。針對她另外所說的話，他則說：「他是什麼階級的？」「他是初審法官。」她說，抓起K摟著她的手，玩弄著他的手指頭。「又只是個初審法官，」K失望地說，「那些高階官員全都躲起來了。可是他明明坐在一張像王座的高背椅上。」「這全都是編出來的，」蕾妮說，把臉貼在K的手上，「其實他是坐在一把廚房椅子上，上面放了一條摺起來的舊馬毯。可是你非得一直想著你的官司嗎？」她緩緩地加了這一句。「不，完全不必，」K說，「說不定我甚至太少想著我的官司。」「這不是你所犯的錯誤，」蕾妮說，「我所聽到的是你太過不肯退讓。」「是誰說的？」K問，他感覺到她的身體靠在他胸膛上，往下看著她綁得緊緊的濃密黑髮。「我要是說出來，那我就洩露得太多了，」蕾妮回答，「請你不要問起姓名，但是要改正你的錯誤，不要再這麼不肯退讓，面對這樣的法院你是無法自衛的，必須要招認。下一次有機會，你就招認了吧。要在那之後你才有機會脫身，要在那之後，而且也得有人幫忙才有可能。不過，這個你不必擔心，我自己會幫你。」「你很了解這個法庭，也很了解在這件事上必須要做的欺騙。」K說，由於她貼著他貼得太緊，他把她抱起來坐在他懷中。「這樣很好。」她說，在他的懷裡坐好，把裙子撫平，把襯衫拉拉整齊。然後她用雙手摟住他的脖子，向後仰，注視他良久。「如果我不招認，你就沒辦法幫我？」K試探地問。我在募集女救星，他想，幾乎感到驚奇，先是布斯特娜小姐，然後是那個法院工友的太太，最後則是這個嬌小的看護，她對我似乎有種難以理解的需要，看她坐在我懷裡的樣子，彷彿這是她唯一該坐的位子！「不，」蕾妮回答，緩緩搖著頭，「那樣我就沒辦法幫你。可是你根本不想要我幫忙，你根本不在乎，你很固執，不讓別人說服你。」過了一會兒她問：「你有情人嗎？」「沒有。」K回答。「噢，才怪。」她說。「對，的確是有，」K說，「你瞧，我否認了她，卻把她的照片帶在身上。」由於她的央求，他把艾爾莎的照片拿給她看，她蜷縮在他懷裡，仔細研究那張照片。那是張快照，艾爾莎在跳了一支旋轉舞之後拍的，她很喜歡在那家酒館跳這種舞，她的裙褶還在轉動中飛揚，她把雙手擱在臀部，伸直了脖子，笑著望向一側；至於她在對誰笑，從照片上看不出來。「她把腰束得很緊，」蕾妮說，指著她認為可以看得出來的那個部位，「我不喜歡她，她又笨拙，又粗野。不過，也許她在你面前既溫柔又親切，從這張照片上可以看得出來。這麼高大強壯的女孩子往往只懂得要溫柔親切。可是她會為了你而犧牲自己嗎？」「不，」K說，「她既不溫柔親切，也不會為了我而犧牲自己。而且到目前為止，我也不曾要求她要溫柔親切或是為了我犧牲自己。我甚至不曾像你這麼仔細地看過這張照片。」「所以你根本沒有那麼在乎她，」蕾妮說，「所以她根本不是你的情人。」「她是的，」K說，「我不會收回我的話。」「就算她是你的情人好了，」蕾妮說，「可是你並不會多麼想念她，如果你失去了她，或是拿其他人跟她交換的話，例如拿我跟她交換。」「當然是有這個可能，」K微笑著說，「但是相對於你，她有一個很大的優點，她對我的官司一無所知，而就算她知道了，她也不會去想這件事。她不會想要說服我讓步。」「這不是優點，」蕾妮說，「如果她沒有其他的優點，那我就不會失去勇氣。她有什麼身體上的缺陷嗎？」「身體上的缺陷？」K問。「對，」蕾妮說，「因為我就有這樣一個小缺陷，你看。」她把右手的中指和無名指撐開，連接兩根手指頭的肉膜幾乎一直延伸到無名指最上端的指節。在黑暗中，K沒有馬上看出她想讓他看什麼，因此她領著他的手去摸。「好一個奇妙的自然現象。」K說，當他看到她的整隻手，又加了一句：「好漂亮的一隻爪子！」蕾妮帶著自豪，看著K驚訝地一再把她的兩根手指頭分開又合上，直到他終於匆匆地吻了她的手一下，放開了她的手。「噢！」她立刻喊道，「你吻了我！」她急忙張開嘴，用膝蓋爬進他懷裡，K抬起頭來看著她，幾乎感到驚恐，此刻由於她跟他如此靠近，一股像是胡椒的刺鼻氣味從她身上散發出來，她摟住他的頭，俯身到他腦後，在他的脖子上又吻又咬，就連他的頭髮都咬。「你把我跟她交換了，」她不時喊道，「你看，你現在還是把我跟她交換了！」此時她的膝蓋滑了下去，她輕輕叫了一聲，差點摔到地毯上，K抱住了她，免得她滑下去，卻被她往下拉。「現在你屬於我了。」她說。

「這裡是房門鑰匙，你想來隨時可以來。」這是她最後說的幾句話，他走開時，一個漫無目標的吻還落在他背上。當他走出那棟屋子的大門，一陣細雨落下，他想走到街道中央，也許還能看見蕾妮站在窗前，此時他叔叔從一輛在屋前等待的汽車裡衝出來，心神渙散的K原先根本沒有注意到那部車，叔叔抓住他的手臂，把他推向那棟屋子的大門，彷彿想把他釘牢在門上。「孩子，」他喊道，「你怎麼能做出這種事！你嚴重地損害了你的官司，而你的官司情況原本很好。跟一個骯髒的小妞一起躲起來，幾個小時不見人影，何況她顯然是那律師的情人。你甚至連個藉口都沒找，一點也不隱瞞，不，你公然跑去找她，留在她身邊。同一時間我們坐在一起，為你費心的叔叔，你應該爭取他來協助你的律師，尤其是那個辦事處主任，這位大人物，在現階段你的官司簡直就是掌控在他手中。我們想要商量該如何幫助你，我得小心翼翼地對待那個律師，他又得小心翼翼地對待那個辦事處主任，而你大有理由至少給我一點支持。結果你卻待在別的地方。到最後這件事瞞不住了，他們是有禮貌、懂世故的人，沒有提起這件事，免得我難堪，可是到最後他們也按捺不住了，由於他們無法談起這件事，他們就默不作聲。我們沉默地坐在那裡好幾分鐘，豎起耳朵來聽你是否終於會回來，卻都是徒勞。那個辦事處主任終於站起來，他待的時間已經比他原先打算待的時間長了很多，他道了別，顯然很同情我，卻又幫不了我，還在門裡等了一會兒，親切得不可思議，然後就走了。我當然很高興他走了，我已經沒辦法呼吸了。這一切對那個生病的律師造成的影響更大，那個好人在我向他道別時根本說不出話來。說不定你促使他完全崩潰，而加速了這人的死亡，你得要依賴的這個人。而你讓我，你叔叔，在雨中等了幾個鐘頭，你摸摸看，我整個人都濕透了。」

第七章　律師・廠主・畫家

一個冬日上午——外面雪花在黯淡的光線中落下——K坐在他辦公室裡，儘管還是早上，他已經感到極為疲倦。為了至少免受底下職員的打擾，他交代工友不讓他們當中任何人進來，說他正在忙著一件更重要的工作。但是他並沒有在工作，而是坐在椅子上轉來轉去，慢慢挪動桌上的幾件物品，然後卻不自覺地把整條手臂伸直在桌面上，低著頭，一動也不動地坐著。

他無法不再去想那樁官司。他已經考慮了好幾次，是否該擬定一份答辯書呈遞法院。他打算在答辯書裡敘述一段簡短的生平，針對每一個稍微算得上重要的事件，說明他是基於哪些理由而如此行事，說明此一行事方式按照他目前的判斷是該予以摒棄還是贊同，以及理由為何。比起純粹由律師來做辯護，這樣一份答辯書無疑有許多優點，再說那個律師也談不上無可指摘。其實K根本不知道那律師做了什麼；無論如何他做得不多，已經長達一個月沒有再把K叫去，而在前幾次的商談中，K也不覺得他能替自己做多少事。尤其是他幾乎根本沒有詢問K，而可問的事明明那麼多。提問是最重要的，K覺得自己彷彿就能提出所有必要的問題，然而律師卻沒有提問，反而自己說了起來，或是默默地坐在他對面，也許是因為他聽力不好，在書桌上微微俯身向前，捋著一綹鬍鬚，目光向下看著地毯，也許看的正是之前K跟蕾妮所躺的地方。偶爾他會給K一些空洞的告誡，就像告誡小孩子一樣。這些話既無用又無聊，在結算帳單時K一毛錢也不打算付。等到那律師認為把K教訓得夠了，通常又會再鼓勵他一下，說起他曾經打贏過許多類似的官司，完全打贏，或是部分打贏，那些官司在實際上也許不像這一樁這麼困難，但在表面上卻更加沒有希望。他在抽屜裡有這些官司的清單——他敲敲那張桌子的某個抽屜——可惜他不能出示那些文件，因為那涉及職務上的機密。儘管如此，他在這些官司中所獲得的豐富經驗對K肯定會有好處。他當然也立刻著手工作，第一份答辯書也幾乎就要完成。這份答辯書很重要，因為辯護人給人的第一印象往往會決定整個司法程序的方向。不過，他得要提醒K，很遺憾地，偶爾也會發生第一份答辯書根本沒被庭上閱讀這種事。對方只把答辯書放進檔案中，表示目前對被告的傳訊和觀察要比所有的書面資料更重要。如果遞交答辯書的人催起來，對方就會再補充說明，說等到所有的資料都蒐集齊備，在做決定之前，他們在綜覽全案時自然會檢視所有的檔案，包括這第一份答辯書。只可惜這話在大多數情況下也不正確，第一份答辯書通常會被擱在一邊，到後來不是找不到，就是完全搞丟，而就算它到最後都還被保留著，也幾乎不會有人去讀，不過，關於這一點那律師也只是由傳言得知。這一切令人遺憾，但並非完全不合理，K可別忘了，這個司法程序並未公開，如果法院覺得有必要，這個程序也可以變成公開的，但法律卻並未規定要公開。由於這個緣故，被告和他的辯護人看不到法院的書狀，尤其是起訴書，因此，一般說來，大家並不知道第一份答辯書究竟要針對何事來寫，至少是並不確切知道，所以這份答辯書其實也只可能碰巧含有某些對這樁官司而言重要的內容。真正切合實際並且提供證據的答辯書要在之後才能擬定，要等到在傳訊被告期間個別的起訴理由及其根據更清楚地彰顯出來，或是能被猜出。在這種情況下，辯護人的處境當然十分不利而且困難。不過，就連這一點也是故意的。因為法律其實並未允許辯護，只是加以容忍，而就連相關條文是否至少可解讀為具有容忍之意，這也還有爭議。因此，嚴格說來，根本沒有由法院所認可的辯護律師，所有在法庭上出席的辯護律師其實都只是不合格的律師。這當然貶低了這整個行業，下一次K如果到法院辦事處去，不妨去看看辯護律師的房間，好親眼見識一下。聚集在那兒的人想來會讓他大吃一驚。光是分配給他們的那個低矮狹窄的小房間就顯示出法院對這些人的蔑視。光線只能從一個小天窗進入那個小房間，而天窗的位置很高，如果有人想望出窗外，得先找個同事來把他扛在背上，而從前方壁爐冒出來的煙會跑進他鼻子裡，把他的臉燻黑。在這個小房間的地板上——只是再替這種情況舉個例子——從一年多以來就有一個洞，沒有大到會讓人掉下去，但卻足以讓人的一條腿整個陷下去。辯護律師的房間位在閣樓的第二層，所以如果有人陷下去了，他的腿就會垂到閣樓的第一層，而且就在走道的正上方，那是當事人等待的地方。如果在律師圈子裡大家稱這種情況為可恥，也並不過分。向管理部門抱怨毫無效果，而那些律師也被嚴禁自己出錢來在那個房間裡做任何改善。不過，律師之所以受到的這種待遇也有其根據。法院想盡可能把辯護人排除在外，一切都應該由被告自己來。這個立場其實也有道理，但是如果由此而得出結論，認為在這個法庭上，辯護律師對被告來說可有可無，那就大錯特錯了。正好相反，在任何其他法庭上，辯護律師的必要性都不如在這個法庭上。因為一般說來，這個司法程序不僅對公眾保密，而且也對被告保密。當然，只能在可能的範圍內保密，但這在很大的程度上是可能的。因為被告也看不到法庭的書狀，而要從審訊來推斷出作為審訊依據的書狀十分困難，尤其是對被告來說，畢竟他心裡有成見，而且有各種可能的憂慮令他分心。這就是辯護人派上用場的地方。一般說來，辯護人在審訊時不能在場，因此他們得在審訊之後向被告打聽審訊的情形，而且最好是在審訊室的門口就問，從這些往往已經十分模糊的報導中摘取對辯護來說有用的部分。但這還不是最重要的，因為以這種方式所能得知的有限，雖然一個能幹的人能夠得知的當然比其他人更多，這在哪裡都一樣。儘管如此，最重要的還是辯護律師的人脈，辯護人的主要價值就在於此。嗯，K大概已經從自己的經驗中得知，法院最底層的組織有欠完善，人員怠忽職守、收受賄賂，在某種程度上使得法院的嚴密隔離有了漏洞。而大多數的辯護律師就從這裡鑽進去，進行賄賂和探聽，甚至發生過竊取檔案的事，至少在從前出現過。不可否認地，短期來說，以這種方式可以獲得一些對被告有利的結果，甚至是出人意料的結果，這些小律師也因此而趾高氣昂，藉此招徠新的客戶，但是對於官司的後續發展來說，這若非毫無意義，就是不意味著什麼好事。只有誠實的人際關係才真正具有價值，而且是跟高階官員的關係，而這指的當然是高階官員中等級較低者。唯有如此才能影響官司的進展，就算這影響起初不太察覺得到，但之後就會愈來愈明顯。當然，這只有少數律師能辦得到，就這一點而言，K所做的選擇十分有利。在胡德博士之外，大概只有一、兩位律師能證明自己擁有類似的人脈。這些律師不在乎法院律師室裡那群人，也跟他們毫無關係，但他們跟法院官員之間的關係卻更加密切。胡德博士甚至無須到法庭去，無須在初審法官的接待室裡等待他們湊巧出現，視他們的情緒而定，獲得一丁點多半只是表面上的成功，有時連這點表面上的成功也不可得。不，如同K親眼所見，那些官員自己會來找胡德博士，其中有些階級相當高，樂意做出坦白的答覆，或者至少是容易解讀的答覆，談論審判接下來的進展，在某些案件上他們甚至樂於接受別人的看法，讓自己被說服。不過，在最後這一點上，可不能過於信賴他們；就算他們堅定地說出對辯護有利的新看法，卻可能會直接回到辦事處，準備在次日頒布一條法院決議，內容正好相反，比起他們聲稱已經完全拋開的原先意圖，對被告來說也許更為嚴苛。這種事當然阻止不了，就算辯護人不是本來就得努力跟那些先生保持良好關係也一樣，因為他們在私底下所說的話就也只是在私底下說的話，不容許據以得出公開的結論。不過，另一方面，那些先生之所以跟辯護人建立關係——當然他們只會跟內行的辯護人建立關係——並非出於博愛，或是出於好感，而是因為他們在某些方面也要仰賴辯護人，這一點也沒有錯。在此，這個從一開始就規定要採祕密法庭的法院組織，其缺點就顯現出來了。那些官員跟民眾缺少接觸，對於那些中等的普通官司，他們駕輕就熟，這樣一樁官司幾乎會自行運作，只需要偶爾推動一下。可是面對那些十分簡單或是特別困難的官司，他們往往就不知所措，因為他們日日夜夜被禁錮在法律裡，對於人與人之間的關係缺乏正確的理解，碰上這類案子，這種缺乏就讓他們傷腦筋了。這時候他們就會來向辯護律師請教，而在他們身後，一個工友捧著那些原本十分機密的檔案。可能會有人在這扇窗邊看見幾位旁人料想不到會來這兒的先生，近乎絕望地望向街道，而律師在桌前研究那些檔案，以便提供他們一個好意見。順帶一提，在這種情況下，尤其能看出這些先生是多麼看重他們的職業，看出那些他們由於自身天性而無法克服的障礙令他們陷入深深的絕望。他們的職務在其他方面也並不容易，我們不該冤枉他們，把他們的職務看得很容易。法院的職等和級別無窮無盡，即使是熟悉內情的人也無法看清。而在法院中的司法程序，一般而言也對低階公務員保密，因此，對於他們所經手的事務，他們幾乎永遠無法完整地追蹤其後續發展，也就是說，法律案件出現在他們面前，但他們往往不知道這案件從何而來，而官司繼續進行，他們卻也不會得知這案件將往何處去。所以，這些公務員無法藉由研究司法程序的各個階段、最終的判決及其理由來學習。在一場官司中，他們只能處理法律劃定給他們的那一部分，至於進一步的情況，亦即他們本身工作的成果，他們所知道的往往比辯護人還要少，畢竟一般說來，辯護人幾乎直到官司結束都跟被告保持聯繫。因此，在這一方面，他們也能從辯護人那裡得知一些有價值的消息。如果把這一切都考慮進來，K還會納悶那些公務員容易動怒嗎？面對當事人，他們有時候——每個人都有這種經驗——會表現出侮辱人的態度。所有的公務員都容易動怒，就算他們看似冷靜也一樣。當然，這一點讓那些小律師尤其難受。例如，有人說過下面這個故事，這故事看來真實性很高。一個老公務員，一位安靜善良的先生，花了一天一夜持續研究一樁困難的法律案件，這件案子尤其是因為辯護律師的答辯書而變得錯綜複雜——這些公務員的確比任何人都勤勞。到了早上，經過二十四個小時成效不彰的工作，他走到門口，埋伏在那裡，把每一個想要進來的律師都推下樓梯。那些律師聚集在下面的樓梯平台上，商量他們該怎麼做。一方面他們本來就無權要求對方讓他們進去，因此在法律上，他們幾乎無法針對那位公務員採取什麼行動，況且，如同先前已經提到的，他們也得避免激怒全體公務員。可是另一方面，不能待在法院的每一個日子對他們來說都是浪費，所以他們真的很在乎能夠進去。最後他們一致同意對那位老先生進行疲勞轟炸。他們一再派出一個律師，讓他跑上樓梯，在盡量抵抗之後再被推下來，不過那只是被動的抵抗，然後他的同行會把他接住。此舉大概持續了一個鐘頭，那位老先生果然累了，走回他的辦公室，畢竟他由於熬夜工作已經筋疲力竭。下頭那些律師起初還不敢相信，先派了一個人上去，要他查看一下門後，看看那裡是否果真無人。然後他們才進去，大概連吭都不敢吭一聲。因為那些律師——就連最小的律師也多少能看出這種情況——完全不想在法院引進或實施任何改革，反倒是幾乎每一個被告——這一點十分典型——就算是頭腦簡單的人，在第一次打起官司時就開始思考關於改革的建議，往往把原本可以更善加利用的時間和精力浪費在這上頭。唯一正確的做法是勉強接受現況。個別的部分即使有可能改善——不過這是種荒謬的迷信——在最好的情況下，也只是替未來的案件促成一些改善，卻對自己造成難以估計的損害，因為這引起了公務人員的特別注意，而他們的報復心一向很重。千萬不要引起注意！不管事情再怎麼違反理智，舉止都要冷靜！要明白，在某種程度上，這個龐大的法院組織永遠懸在半空中，如果一個人在他的位置上獨自做了一些改變，他很可能移除了自己立足之地，可能會摔落，但即使受到小小的干擾，那個龐大的組織也很容易就能在另一處加以彌補——畢竟一切都是相連的——而維持不變，甚至可能變得更封閉、更警覺、更嚴格、更兇惡。所以還是把工作交給辯護律師，同時不要去干擾他們。指責沒有用處，尤其是如果無法讓對方領會指責之原因的完整意義，但還是得說K面對辦事處主任的舉止對他的官司造成了很大的損害。在那些可以拜託他們為K出點力的人當中，這個有力人士幾乎已經可以從名單中被刪除了。就連稍微提及K的官司，他都顯然故意聽而不聞。在某些事情上，公務員就像小孩子，常常會因為無關痛癢的事被刺傷——可惜K的舉止不能算是無關痛癢——甚至不再跟好朋友說話，對這些朋友不理不睬，還在所有可能的事情上跟他們作對。然後有一天，出人意料地，沒有特別的原因，他們又被一個小玩笑給逗笑了，於是前嫌盡釋，而對方之所以敢開這個玩笑，只是因為一切看起來毫無指望。跟他們在一起時該採取什麼樣的態度，這件事本來就是既困難又容易，幾乎沒有什麼原則可循。有時候你會納悶一個普通人居然能懂得這麼多事，乃至於能在這方面獲得一些成功。不過，也有令人沮喪的時刻，畢竟人人都會有這種時刻，當你自認連最小的目標都沒能達成，當你覺得，彷彿只有那些從一開始就注定會打贏的官司才會有好結果，就算沒有人幫忙也一樣，而其他所有的官司都會打輸，不管你再怎麼奔走，再怎麼辛勞，不管表面上有多少小小的成功，不管這些小小的成功讓人有多麼高興。然後你覺得再也沒有一件事是有把握的，而當有人質疑，你甚至不敢否認正是由於你的協助，讓原本進行順利的官司被帶上了歧途。這固然也是一種自信，但這也是唯一剩下的東西。辯護律師尤其會碰到這種情緒的發作——這當然就只是情緒發作而已——如果一場打了很久而且進行順利的官司突然從他們手中被抽走的話。在辯護律師會碰到的事情中，最糟糕的大概莫過於此。這官司之所以從他們手裡被抽走，倒不是由於被告，這種情況大概從來不會發生，因為被告一旦請了某一位辯護律師，就得繼續用他，不管發生了什麼事都一樣。被告一旦用到了律師的幫助，哪裡還可能只靠自己撐下去。所以說，這種情況不會發生，可是偶爾會發生的情況是這場官司轉移了方向，不允許辯護律師再跟上。那場官司、被告還有一切就這樣從那個辯護律師手中被抽走。到了這個時候，跟那些公務員的關係再好也無濟於事，因為他們也一無所知。那場官司就只是進入了一個階段，在這個階段不允許再提供任何協助，官司改由無法接近的法庭來處理，而辯護律師甚至無法再接觸到被告。於是，有一天你回到家裡，發現那許多答辯書都堆在你桌上，那些你辛辛苦苦撰寫的答辯書，寫時對這樁官司懷著最美好的希望，它們被退了回來，因為在這個新的階段不准遞交答辯書，它們成了無用的廢紙。雖然如此，那官司還不見得已經輸了，完全不見得，至少這種假設缺少有力的根據，你只是不再曉得這樁官司的事，而且以後也不會再得知。不過，幸好這種情況只是例外，而就算K的官司屬於這一類，至少暫時離此一階段還很遠。所以，辯護律師還有足夠的機會使得上力，而且K可以放心，這些機會將被善加利用。先前已經提過，答辯書尚未遞交，不過此事也並不急，跟具有權威的公務員進行初步的商談更為重要，而這些商談也已經舉行過了。只不過成果不一，這一點得要坦白地承認。最好暫時不要洩漏細節，知道這些細節只會對K有不利的影響，可能會讓他過於充滿希望，或是過於憂心忡忡。能透露的是，有幾個公務員流露出很大的善意，也顯得很熱心，另一些則沒有表現出那麼多善意，但也絕對沒有拒絕協助。也就是說，整體說來，這結果十分可喜，只不過無法從中得出特定的結論，由於所有的事前協商一開始時都很相似，其價值完全要視後續的發展而定。總之，什麼都還沒有輸掉，倘若還能成功地贏得辦事處主任的支持，儘管有之前發生的一切——為了這個目的，已經展開了各種努力——那麼，這整件事就如同外科醫生所說的，是個乾淨的傷口，可以安心等待後續的發展。

這樣的話和類似的話，這個律師永遠說不完。每次去拜訪，這些話就再被重述一次。每次都有進展，至於是什麼樣的進展卻沒有一次能被告知。第一份答辯書始終在撰寫中，但是尚未完成，而在下一次拜訪時這被證明為一大優點，因為之前那段時間對於遞交答辯書來說十分不利，這是先前所無法預見的。如果K聽這些話聽得累了，偶爾表示：就算把所有的困難都考量進去，事情還是進展得非常緩慢；那麼律師就會反駁，說事情進展得一點也不緩慢，不過，假如K先前及時向律師求助的話，事情就會有更大的進展。只可惜他疏忽了，而這個疏忽所帶來的壞處不僅是一時的，將來還會帶來更進一步的壞處。

蕾妮有時會在這些拜訪中打岔，這是唯一令人愉快的事。她總是懂得趁著K在場時替律師送茶來，然後她站在K後面，偷偷讓K握住她的手，同時像是在看著律師貪婪地深深朝著茶杯低下頭，把茶倒進杯子裡喝掉。房間裡一片靜默。律師喝著茶，K捏著蕾妮的手，而蕾妮偶爾會大膽地輕輕撫摸K的頭髮。「你還在這裡？」那律師在喝完茶之後問。「我是想把茶具端走。」蕾妮說，再跟K握最後一次手，那律師擦擦嘴，又有了新的力氣來規勸K。

律師是想安慰他？還是想讓他絕望？K不知道，但是他很快就確定他的辯護所託非人。律師所說的的確有可能全都正確，就算他顯然想盡可能突顯自己，而且說不定還從不曾打過這麼大的官司，按照K的看法，他的官司是樁大官司。然而，律師不斷強調跟那些公務員的個人交情還是令人起疑。他充分利用這些交情一定是為了K的利益嗎？律師從來不忘提及，那只是些低階公務員，亦即職務十分不自主的公務員，官司的某些轉折對於他們的晉升說不定會很重要。莫非他們是利用這律師，好促成這種肯定不利於被告的轉折嗎？也許他們不會針對每樁官司都這樣做，當然，這不太可能。另外多半還有些官司，在其過程中，他們為了律師的服務而同意給他一些好處，因為他們想必也在乎維持律師的名聲。可是，事情若果真是如此，那麼他們會以何種方式插手K的官司？如同那律師所說，這是一樁十分困難、十分重要的官司，從一開始就引起了法院極大的注意。他們會怎麼做，這不可能還成疑問。畢竟，從第一份答辯書始終尚未遞交一事即可看出端倪，儘管這場官司已經進行了好幾個月，而按照律師的說詞，一切都還處於開端，那麼當然很適合麻痺被告，讓他持續處於無助狀態之中，再突然用裁判來突襲他，或至少是用公告來突襲他，說調查已經結束，結果對他不利，將轉呈上層機關。

K非得自己插手不可。在他十分疲倦的狀態下，這份信念尤其揮之不去，如同在這個冬日上午，當一切在他腦中無意識地掠過。他曾經蔑視這樁官司，如今情況業已改觀。假如這世上只有他一個人，那麼要輕視這樁官司就很容易，不過若是那樣，肯定也根本不會有這樁官司出現。可是現在叔叔已經拉他去見了律師，而他也得考慮到家人。他的職位已不再完全不受這樁官司進展情況的影響，他自己也太大意，在熟人面前提起過這樁官司，帶著某種難以解釋的得意。另外有些人以不可知的方式得知了此事，跟布斯特娜小姐之間的關係似乎也隨著這樁官司而搖擺不定——簡而言之，他幾乎已經無法選擇接受或拒絕這樁官司，他已然置身其中，而且必須自衛。他若是感到疲累，那就糟了。

不過，暫時還無須過度擔憂。從前他有辦法在相對短暫的時間裡，在銀行中努力爬升到高階職位，受到大家的肯定，鞏固了這個職位，如今他只需要把這份能力稍微用在這樁官司上，那麼毫無疑問，事情必然會有好的結果。如果想要獲得一點成功，一開始就不承認他有過錯尤其必要，過錯不存在。這樁官司就跟一件大生意沒有兩樣，如同他經常在對銀行有利的情況下談成的生意。一如慣例，在一樁生意裡潛伏著各種危險，自然必須加以防範。為了這個目的，當然不能去想自己有什麼過錯，而要盡量去想自己的好處。從這個觀點出發，那麼就無可避免地要儘快撤銷律師的代理，最好是就在今天晚上。雖然按照律師的說法，這樣做聳人聽聞，對律師來說或許也是很大的侮辱，但是K無法忍受他為這樁官司所做的努力也許會遭遇由他自己的律師所造成的阻礙。一旦擺脫掉那個律師，就必須立刻遞交答辯書，並且盡可能每天去催，要對方加以考量。要達到這個目的，K當然不能只像其他人那樣坐在走道上，把帽子放在長凳下。他自己或是那些女子還是其他的信差得要日復一日去糾纏那些公務員，強迫他們不再只是透過柵欄望向走道，而是在桌前坐下來，研讀K的答辯書。這番努力必不可省，一切都必須加以安排和監督，總該讓法院碰上一個懂得維護自身權利的被告。

然而，儘管K敢於去執行這一切，撰寫答辯書的困難卻是難以克服。先前，在大約一個星期前，他只懷著羞愧想到自己有一天居然會被迫得要親自撰寫這樣一份答辯書，至於此事還可能很困難，這一點他當時還壓根沒想到。他憶起有一次，在一個上午，當他正有堆積如山的工作，他突然把所有的東西都推到一邊，拿出筆記本，試著草擬這樣一份答辯書的大綱，或許可以供那個慢吞吞的律師使用。而就在這一刻，行長辦公室的門開了，副行長笑著走進來。當時的場面對K來說很難堪，儘管副行長當然不是為了K的答辯書而笑，因為他並不知道有這份答辯書，而是為了剛剛聽到的一個股市笑話而笑，要聽懂這個笑話需要畫圖，因此副行長俯身在K的桌上，拿走K手裡的鉛筆，在那個K打算用來寫答辯書的筆記本上畫了起來。

如今K不再感到羞愧，答辯書非寫好不可。如果他在辦公室裡找不出時間來寫，而這是很可能的，那麼他就得夜裡在家寫。假如夜晚也不夠用，那麼他就得休個假。千萬不要半途而廢，這不僅在生意上是最愚蠢不過的事，在任何時候、任何事情上都是最愚蠢的。然而，這份答辯書意味著一件幾乎永無休止的工作。就算一個人個性並不膽怯，還是很容易相信這份答辯書根本不可能寫完。

不是由於懶惰或狡猾——這兩個原因只可能會阻礙那個律師寫完答辯書——而是由於他對於目前的控告一無所知，更別提此一控告可能的擴展，因此必須把他的整個人生都喚回記憶中，加以敘述，並且從各方面加以檢視，包括最微小的行為和事件。再說，這種工作何其悲哀。這工作也許適合有朝一日在退休之後讓變得孩子氣的心智有事可忙，幫助他打發漫漫長日。可是他卻得現在就開始撰寫這份答辯書，當K需要把全副心思放在工作上；當每個小時都飛快地消逝，由於他還在往上爬，對於副行長來說已經構成威脅；當身為年輕人的他想要享受苦短的夜晚。他的思緒再度流於抱怨。幾乎是不由自主地，只是為了不要再去想，他用一根手指頭去摸電鈴的按鈕，那電鈴通往前面的接待室。他一邊按下電鈴，一邊抬起頭去看時鐘。時間是十一點，他花了兩個小時來胡思亂想，一段很長的寶貴時間，而且他當然比先前還要疲倦。至少那時間沒有白白浪費，因為他做出了可能極有價值的決定。工友把各式信件送進來，另外還拿來兩位先生的名片，他們等K已經等了好一會兒了。那剛好是這家銀行十分重要的客戶，本來無論如何不該讓他們等待。為什麼他們偏偏挑這麼不湊巧的時間來，而在關著的門後，那兩位先生則似乎在問，勤勞的K為什麼把最好的工作時間用在私人事務上。先前所發生的事令K疲倦，他也疲倦地等待接下來要發生的事，他站起來，準備接待第一位客戶。

那是位矮小快活的先生，一個K熟識的工廠廠主。他為了在K有重要工作時來打擾表示歉意，K則為了讓這位廠主久候而表示歉意。然而他是以一種不加思索的方式致歉，幾乎帶著虛偽的腔調，假如那個廠主不是一心想著公事，就一定會察覺。但他沒有察覺，而急忙從所有的口袋裡掏出帳單和表格，在K面前攤開來，說明各種款項，更正了一個小小的計算錯誤——就連在這樣匆匆一瞥之下，他都發現了這個錯誤——提醒K大約一年前和他談成過一件類似的交易，順便提起這一次有另一家銀行願意犧牲利潤來爭取這件生意，最後終於不再作聲，想聽聽K的意見。而在一開始時，K也的確仔細地聆聽那廠主所說的話，關於這樁重要生意的念頭也抓住了他的注意，只可惜沒有維持很久，很快他就放棄了聆聽，有段時間，在那廠主提高音量的時候他還會點點頭，但最後連頭也不點了，只盯著那顆光禿禿的腦袋伏在那些文件上，心想這個廠主何時才會明白他這整番話都白說了。當他此刻不再作聲，K起初真的以為他之所以不作聲，是想讓K有機會坦承自己無法傾聽。但是那廠主顯然準備好聽取任何答覆，從他緊張的目光，K很遺憾地看出這番商業談話得繼續進行下去。於是他低下頭，像是接獲了一個命令，開始用鉛筆慢慢地在那些文件上移來移去，偶爾停下來，凝視著一個數字。那個廠主猜想K會提出異議，也許那些數字的確並不可靠，也許這些數字並非關鍵所在，總之，那個廠主用手蓋住了這些文件，朝K湊得很近，開始重新針對這樁生意做一般性的陳述。「這有點難。」K說，噘起嘴巴，由於那些文件——唯一具體的東西——被遮住了，他無所依恃地倒向椅子的扶手。甚至當行長辦公室的門開了，副行長宛如在一層輕紗後面隱約出現，他也只無力地抬起頭看過去。K沒有多去想這件事，只密切注視著此事的直接作用，那作用對他來說十分令人愉快。因為廠主立刻從椅子上跳起來，急忙朝著副行長走過去，而K卻巴不得他再敏捷個十倍，因為Ｋ擔心副行長可能會再度離去。他的擔心是多餘的，那兩位先生碰面了，握握手，一起朝著Ｋ的辦公桌走過來。廠主伸手指著Ｋ，抱怨他看不出經理對這樁生意有多大興趣，在副行長的目光下，Ｋ又埋首於那些文件之上。當那兩人靠在辦公桌上，而廠主開始爭取副行長，Ｋ覺得那兩個人彷彿在他頭頂上針對他自己在進行談判，在他的想像中，他們的體型大得出奇。他慢慢地設法得知在他上方所發生的事，眼睛小心翼翼地向上轉動，看也不看地從辦公桌上拿起那些文件當中的一份，放在攤平的手裡，慢慢朝那兩位先生舉起來，同時他自己也站了起來。他這樣做並沒有什麼特定的用意，只是覺得他必須這麼做，如果他想完成那份重要的答辯書，那份該徹底免除他罪責的答辯書。副行長全神貫注地參與那番談話，只朝那份文件匆匆一瞥，根本沒有瀏覽上面寫些什麼，因為這位經理覺得重要的事，在他看來都不重要。他把文件從Ｋ手裡接過來，說：「謝謝，我已經都知道了。」又平靜地把那份文件再放回桌上。Ｋ氣呼呼地從旁邊看著他，副行長卻根本沒有察覺，不然就是因此而更受到鼓勵，如果他察覺了的話。他也常哈哈大笑，有一次甚至用機敏的反駁讓那個廠主顯然陷入尷尬，但他馬上批評自己，讓對方脫離了尷尬，最後他邀請對方到他的辦公室去，在那裡他們可以把這件事處理好。「這件事很重要，」他向那位廠主說，「這我完全能理解。而經理先生，」——就連在這樣說的時候，他其實也只對著廠主說話——「肯定也會很高興，如果我們替他來處理。這件事需要冷靜的考慮，而他今天卻似乎工作負擔過重，接待室裡也有好幾個人在等他，已經等了好幾個鐘頭了。」Ｋ勉強還有足夠的自制，從副行長面前轉過身，向那個廠主投以友善但僵硬的微笑，除此之外他完全沒有干預。他把雙手撐在辦公桌上，身體微向前傾，像個櫃台後的店員，看著那兩位先生一邊繼續談話，一邊拿起桌上的文件，消失在行長辦公室裡。那廠主在門裡還再轉過身來，說他還沒有要告辭，說他當然還會向經理先生報告商談的結果，此外他也還有一件小事要告知。

終於又剩下K一個人。他根本不想再接見其他任何客戶，而他隱約意識到，外面那些人以為他還在跟那個廠主交涉，基於這個原因，沒有人能進他的辦公室，就連那個工友也不能，這實在令人愉快。他走到窗邊，坐在窗台上，用一隻手緊緊抓住窗把，朝那個廣場望出去。雪還依舊下著，天尚未放晴。

他這樣坐了很久，並不知道究竟是什麼令他擔憂，只偶爾略受驚嚇地回頭，向通往接待室的門望過去，誤以為聽見那邊有聲音。由於並沒有人進來，他冷靜了一點，走到洗手台邊，用冷水洗臉，再帶著清醒一些的腦袋回到他在窗邊的位子。要接下替自己辯護的工作，此刻這個決定顯得比他原先所設想的更為重大。當他把辯護工作推給律師的時候，基本上他並未受到這官司太大的打擊，他可以遠遠地觀察，幾乎不可能被直接找到，只要他想，他隨時可以去查看，看他的案子情況如何，而只要他想，他也隨時可以再把腦袋縮回來。如今他若是想自行進行辯護，他就得完全受制於法院，至少就目前來說。自行辯護的結果應該是他將被完全而徹底地釋放，但要達到這一步，比起到目前為止，他肯定暫時得要冒更大的險。假如他對這一點還有懷疑，那麼今天跟副行長和那個廠主的相處就足以說服他無須懷疑。看他坐在那裡，光是決定要自行替自己辯護就已經心神恍惚，那麼將來還會變成什麼樣子？他將面對的是什麼樣的日子！他會找到出路嗎？帶領他穿過一切，通往好的結局？難道謹慎的辯護——其他的事都毫無意義——難道謹慎的辯護不也意味著必須盡可能與其他一切事務隔絕嗎？他將能幸運地度過嗎？而他如何能在銀行裡進行此事？畢竟事情不僅牽涉到那份答辯書，要寫那份答辯書也許休個假就夠了，儘管在這個時候請求休假有點冒險，畢竟這整樁官司會拖多久無法預見。K的職業生涯突然遭遇了這麼大的阻礙！

而現在他該替銀行工作？——他望向那張辦公桌——現在他該接見客戶，跟他們交涉？當他的官司還在進行，當法院閣樓上那些公務員在研讀這樁官司的文件，他應該處理銀行的業務？這不是像種折磨嗎？由法院所授意、伴隨著這樁官司、糾纏著他的折磨？而在銀行裡，別人評斷他的工作時會考慮到他的特殊處境嗎？不會有人這麼做，永遠不會。他的官司並非完全不為人知，就算還不清楚有誰知道，又知道多少。不過，但願謠言還沒有傳到副行長那裡，否則應該一眼就能看出來，看他如何利用此事來對付K，沒有一點同事情誼和人性。而行長呢？他肯定對K懷有善意，一旦得知這場官司，說不定就會想盡力替K減輕一點負擔，不過他肯定辦不到，因為他現在愈來愈受到副行長的影響，由於到目前為止由K所構成的平衡力量開始減弱，再說，副行長也會利用行長生病一事來加強自己的勢力。所以，K能指望什麼呢？這類的考慮也許削弱了他的抵抗能力，可是不要自我欺騙卻也仍屬必要，必須把眼前的一切盡可能看清楚。

他打開窗戶，沒什麼特別的理由，只為了暫時不必回到辦公桌旁。那窗戶很難打開，他必須用兩隻手去轉動窗把。接著一片夾雜著煙塵的霧氣以整面窗戶的高度和寬度吹進來，讓房間裡瀰漫著一股淡淡的燃燒氣味，幾片雪花也被吹了進來。「討厭的秋天。」那個廠主在K背後說，他從行長辦公室出來，未被察覺地走進了這個房間。K點點頭，不安地看著那廠主的公事包，這會兒他大概要把文件從公事包裡抽出來，好把跟副行長交涉的結果告訴K。但那廠主追隨著K的目光，拍拍公事包，卻沒有把它打開，說道：「你想聽聽事情的結果。還不錯，我幾乎已經拿到了交易合約。你們的副行長很討人喜歡，但也絕對是個厲害角色。」他笑了，握握K的手，也想逗K發笑。然而K這時又覺得廠主不想把文件拿給他看有點可疑，而且他不認為廠主所說的話有什麼好笑。「經理先生，」廠主說，「大概是這天氣讓你不舒服吧？你今天看起來心情這麼沉重。」「是的，」K說，用手按住太陽穴，「頭痛，煩惱家裡的事。」「對極了，」廠主說，他性子很急，無法靜靜地聆聽任何人說話，「每個人有自己的煩惱。」K不由自主地朝著門走了一步，像是想要送這位廠主出去，但此人說：「經理先生，我還有一件小事要通知你。很抱歉我偏偏在今天拿這件事來打攪你，可是最近我已經到你這兒來過兩次，而每一次都忘了說。如果再拖下去，說不定這事就完全失去意義了。而若是那樣就太可惜了，因為我要告訴你的消息也許並非沒有價值。」K還沒來得及回答，那廠主就朝他走近，用指節輕輕敲他的胸膛，小聲地說：「你有一樁官司，對不對？」K往後退，立刻大聲說：「是副行長告訴你的。」「噢，不，」廠主說，「副行長怎麼會知道？」「那你呢？」K問，此時鎮靜多了。「我偶爾會從法院那兒聽到一點消息，」廠主說，「而這跟我想告訴你的消息有關。」「這麼多人都跟法院有聯繫！」K垂著頭說，把廠主帶到辦公桌前。他們又像先前那樣坐下，廠主說：「可惜我能告訴你的不多。不過在這種事情上，再小的事也不該忽略。再說我急著想找個辦法幫你，就算我能幫的忙很小。畢竟我們一直是很好的生意夥伴，對吧？嗯，事情是這樣的。」K想要為了自己今天在商談時的舉止道歉，但那個廠主不容許別人打斷他，把公事包高高地塞到腋下，表示他趕時間，一邊往下說：「我是從一個叫提托瑞里的人那兒聽說了你的官司。他是個畫家，提托瑞里只是他的藝名，我還不知道他的本名叫什麼。從好幾年前，他就偶爾會到我辦公室來，帶些小幅畫作，為了這些畫——他簡直是個乞丐——我總會給他一點錢，算是施捨。順帶一提，那些畫很漂亮，是草原風景之類的。這些賣畫的交易進行得很順利，我們兩個對此都已經習慣了。可是有一回，他來訪的次數實在太過頻繁，我講了他一下，跟他聊起來，我想知道他單單靠著畫畫如何能養活自己，結果我驚訝地得知他主要的收入來源是畫肖像。他說他替法院工作。我問是替哪一個法院工作，而他就向我說起那個法院的事。你一定能夠想像他所說的讓我有多麼吃驚。從那以後，每次他來訪，我就會聽到一些關於法院的新消息，漸漸地對事情有點了解。只不過提托瑞里很多嘴，而我常常得叫他別再說了，不單是因為他肯定也會說謊，而主要是因為像我這樣的生意人光是擔心自己的生意就幾乎要崩潰，沒有餘力再去關心別人的事。不過這只是順帶一提。也許——現在我想到——提托瑞里可以幫上你一點忙，他認識許多法官，而就算他本身沒有什麼影響力，他還是可以給你一些建議，關於該如何應付各種有影響力的人。而就算這些建議本身不具重要性，依我的看法，在你手上它們還是可以產生很大的意義。畢竟你幾乎就像個律師。我常說：K經理幾乎像個律師。噢，我不會為了你的官司擔心。不過，你想去找提托瑞里嗎？如果是我介紹去的，他肯定會盡一切努力，只要是他做得到的。我真的認為你應該去。當然不必是今天，方便的時候找一天。不過，我還要說，你一點也不必因為這個主意是我替你出的，就覺得你真的得去找提托瑞里。不，如果你認為你用不著提托瑞里，那麼完全把他擺在一邊肯定比較好。也許你已經有了一個很明確的計畫，而提托瑞里可能會妨礙了你的計畫。不，那你當然就千萬別去。要讓這樣一個傢伙來提供建議肯定也得要克服一點心理障礙。嗯，這就隨便你了。這裡是介紹信，這是地址。」

K失望地接過那封信，塞進口袋裡。就算在最好的情況下，此一介紹能給他帶來的好處也遠遠小於他所蒙受的損失，這損失在於這個廠主曉得他的官司，而那個畫家又把這消息繼續傳出去。廠主已經起身往門邊走，K覺得應該跟他說幾句道謝的話，卻幾乎說不出口。「我會去，」他說，當他在門邊跟廠主道別，「或是寫信給他，請他找一天到我辦公室來，因為我目前很忙。」「我就知道，」廠主說，「你會找到最好的解決辦法。不過，我想你會寧可避免邀請像提托瑞里這樣的人到銀行來，在這裡跟他談論你的官司，而寫信給這種人也不見得總是有好處。但是你肯定把一切都考慮過了，知道什麼是你可以做的。」K點點頭，還陪這個廠主穿過接待室。儘管外表看來平靜，他卻對自己感到震驚。他之所以說他會寫信給提托瑞里，只是為了向廠主表示他重視這份推薦，會立即考慮和提托瑞里見面的可能。不過，假如他認為提托瑞里的協助很有價值，那麼他也會毫不遲疑地寫信給他。而這樣做可能帶來的危險，是在廠主表示意見之後他才看出來的。難道他真的已經無法信賴自己的理智了嗎？如果他可能用一封意思明確的信把一個可疑的人物請到銀行來，請求對方就他的官司提供建議，跟副行長只隔著一扇門，那麼他不也可能忽略了其他危險，或是朝著危險衝過去？這甚至是大有可能。不會總有人在他身邊提醒他。偏偏是現在，當他應該全神貫注，他卻懷疑起自己的警覺性，這種懷疑他從前不曾有過。難道他在處理銀行業務時所感受到的困難如今也已在這樁官司中展開？總之，現在他根本不明白自己怎麼可能會想寫信給提托瑞里，請他到銀行來。

當工友走到他身邊，提醒他注意坐在接待室一張長凳上的三位先生時，他還在為此事搖頭。他們等著見K已經等了很久。此刻由於工友在跟K說話，他們站了起來，每個人都想利用此一良機，好搶在其他人之前先接近K。既然銀行如此不替他們著想，讓他們在等候室裡白費時間，他們也不想再替別人著想。其中一個已經說道：「經理先生。」但是K請工友把他的大衣拿來，在工友的協助下穿上大衣，一邊對那三個人說：「各位先生，很抱歉，可惜我現在沒有時間來接待你們。請各位原諒，但我有件緊急的公事必須處理，馬上就得走。各位自己也看見了，我剛才被耽擱了多久。可以請各位明天或是改天再過來嗎？還是我們也許可以在電話裡談？或者各位也許想趁現在簡短地告訴我你們想談什麼事，之後我會給各位詳盡的書面答覆。不過，最好是請你們改天再來。」K的建議讓這幾位先生大為驚訝，這下子他們是完全白等了，他們面面相覷，說不出話來。「那麼我們達成協議囉？」K問，朝著那工友轉過身去，工友此刻替他把帽子也拿來了。透過K辦公室敞開的門，可以看見窗外的雪下得更大了。於是K把大衣領子豎起來，把扣子一直扣到脖子底下。

此時副行長剛好從隔壁房間出來，微笑地看著身穿大衣的K跟那幾位先生交涉，問道：「經理先生，你現在要出去？」「是的，」K說，站直了身子，「我得出去辦件公事。」但是副行長已經轉身面向那幾位先生了。「那麼這幾位先生呢？」他問，「我相信各位已經等了很久。」「我們已經達成協議了。」K說。但這時再也攔不住那幾位先生，他們包圍了K，表明若非他們有重要的事，必須現在談，而且是單獨跟K詳談，他們也不會等上好幾個鐘頭。副行長聽他們說了一會兒，也看見K把帽子拿在手裡、撣了撣上面的灰塵，然後說：「各位先生，這件事其實有一個很簡單的解決辦法。如果你們願意將就的話，我很樂意代替經理先生來跟你們談。各位的事當然得馬上談。我們跟你們一樣是生意人，懂得生意人時間的寶貴。各位願意進來嗎？」他打開了通往他辦公室接待室的門。

副行長多麼懂得把K現在迫不得已必須放棄的東西據為己有啊！而K所放棄的不是遠超過必要嗎？當他懷著沒把握的希望跑去見一個不認識的畫家，而且他必須承認這希望十分渺茫，在此同時，他在銀行的聲望卻受到無可補救的損害。如果再把大衣脫掉，至少把還是得在隔壁房間等待的那兩位先生再贏回來，也許會好得多。說不定K也真的會這麼做，要不是他此刻看見副行長在他辦公室裡的書架上找著什麼，彷彿那是副行長自己的辦公室似的。當K激動地走近那扇門，副行長大聲說：「啊，你還沒走。」轉過來面向K，臉上那些繃緊的皺紋所表現出的似乎不是年紀，而是力量，隨即又開始找了起來。「我在找一份合約的副本，」他說，「那家公司的代表說在你這裡。你要幫我找嗎？」K向前邁出一步，但副行長說：「謝謝，我已經找到了。」帶著一個大卷宗，走回他的辦公室，卷宗裡不僅有那份合約副本，肯定還有許多其他文件。

「現在我鬥不過他，」K心想，「可是一旦我解決了私人的問題，就一定讓他第一個感覺到，而且是盡可能痛苦地感覺到。」這個念頭讓K稍微安下心來，他交代工友找機會向行長報告說他因公外出，那工友已經把通往走道的門替他打開很久了。他就這樣離開了銀行，幾乎很高興自己能把一段時間完全用在他的官司上。

他立刻搭車去找那個畫家，那畫家住在一個郊區，跟法院辦事處所在的那個郊區方向正好相反。那個城區還要更窮，房屋更灰暗，街巷滿是垃圾，在融化的雪水上緩緩四處漂流。畫家所住的那棟房子，大門只有一扇門板打開，另一扇門板下方靠近圍牆處卻破了一個洞，當K走近時，正好有一股噁心的黃色液體冒著煙從洞裡噴出來，一隻老鼠因此逃進附近的水溝裡。在樓梯下方，一個幼兒趴在地上哭，但由於位在大門過道另一邊的一座鐵工場所發出的噪音蓋過了一切，幾乎聽不見哭聲。那座工場的門開著，三個伙計圍著一件正在做的東西，成半圓形站著，用鐵鎚往下敲。一大片白鐵掛在牆上，投下一道蒼白的光線，從兩名伙計中間穿過，照亮了他們的臉孔和圍裙。K對於這一切都只匆匆一瞥，他想盡速辦完這件事，只用幾句話向那個畫家打聽一下，馬上就再回銀行去。只要他能在這裡取得一點小小的成功，那麼對他今天在銀行的工作就還能產生好的效果。在四樓他不得不放慢腳步，他氣喘吁吁，因為台階跟樓層都太高，而那個畫家據說是住在最上層的閣樓裡。況且空氣也很不流通，那狹窄的樓梯沒有天井，兩邊都被牆圍住，牆上只偶爾在最上方裝了小小的窗戶。就在K稍微停下腳步時，幾個小女孩從一個房間裡跑出來，笑著匆匆沿著樓梯往上爬。K跟在她們後面慢慢走，趕上了其中一個女孩，因為她絆了一下，落在其他那些女孩的後面。K跟她一起並排往上爬，問她：「這裡住著一個叫提托瑞里的畫家嗎？」那女孩還不到十三歲，有點駝背，聽見這話用手肘撞了他一下，側著臉抬起頭來看他。儘管年少，身體又有缺陷，但她已經是個墮落的女孩。她甚至沒有微笑，而是用挑釁的眼神嚴肅地看著K。K假裝沒注意到她的舉止，問道：「你認識畫家提托瑞里嗎？」她點點頭，反問：「你找他做什麼？」K覺得不妨趁機再了解一下提托瑞里這個人，說道：「我想請他替我畫肖像。」「畫肖像？」她問，張大了嘴，用手輕輕拍了K一下，彷彿他說了什麼笨拙或是令人吃驚的話，用雙手撩起原本就很短的裙子，用她最快的速度追上其他那些女孩，她們的叫聲已經隱隱約約消失在高處。可是在樓梯的下一個轉彎處，K就又碰到了所有的女孩。她們顯然是從那個駝背女孩得知了K來此的用意，在這裡等著他。她們站在樓梯兩側，貼著牆壁，讓K輕鬆地從她們之間穿過，一邊用手撫平她們的圍裙。她們的表情揉合了天真與放蕩，就跟這種夾道列隊一樣。那個駝背女孩如今成為領頭，站在這群女孩的頂端，此刻她們又笑著在K身後聚攏起來。K得要感謝那個駝背女孩讓他立刻找到正確的路。因為他本來想繼續往上爬，她卻指示他，要到提托瑞里那裡，必須走樓梯上的一個岔道。通往畫家那裡的那道樓梯又窄又長，沒有轉彎，整個長度可以一眼望盡，樓梯盡頭就是提托瑞里的房門。這扇門上方嵌著一個歪歪斜斜的小天窗，因此比起樓梯的其餘部分，相對而言被照得比較亮，這扇門是由沒有上漆的大塊木頭拼成，門上用紅色顏料畫出提托瑞里的名字，筆觸很粗。K和他身後那群女孩尚未走到這段樓梯的一半，此時，顯然是在那許多腳步聲的促使之下，那扇門稍微打開了一點，一個想來只穿著睡衣的男子出現在門縫裡。「噢！」當他看見這一群人走上來，他喊了一聲，隨即消失。駝背女孩高興地拍手，其他的女孩在K身後推擠著，好推著他快點向前。

他們還沒有完全爬到上面，此時那畫家把門整個打開，深深一鞠躬，邀請K進去。但他卻擋住了那些女孩，不讓她們當中任何一個進去，不管她們再怎麼央求，也不管她們再怎麼想要違反他的意願設法擠進來。只有那個駝背女孩得以從他伸長的手臂下方鑽進來，但那畫家追著她，抓住她的裙子，把她繞著自己甩了一圈，再在門前那些女孩那邊放下她，當那個畫家離開他門口的崗位時，那些女孩畢竟還是不敢跨過門檻。K不知道該怎麼判斷這整件事，因為看起來彷彿一切都發生在和睦融洽之中。門前那些女孩一個個伸長了脖子，對著畫家喊出各種開玩笑的話，K聽不懂，而當那個駝背女孩幾乎被他甩得飛起來時，那個畫家也在笑。然後他關上門，再次向K鞠躬，跟K握手，自我介紹說：「我是藝術畫家提托瑞里。」K指著門，門後那些女孩在輕聲細語，K說：「你在這棟屋子裡似乎很受歡迎。」「啊，那些野丫頭！」畫家說，想把睡衣在脖子處扣起來，卻徒勞無功。他光著腳，除此之外只穿著一件泛黃的寬大麻料長褲，用一條皮帶束著，皮帶長長的尾端晃來晃去。「這些野丫頭對我真是個負擔，」他繼續說，他睡衣的最後一個扣子剛剛被扯掉，他終於放棄了，一邊拿來一把椅子，再三請K坐下，「有一次，我畫了她們當中的一個——今天她甚至沒有來——從那以後，她們就全都來糾纏我。如果我在這兒，她們只會在我允許時進來，可是我如果不在，那麼總是會至少有一個跑來。她們打了一把我這扇門的鑰匙，借來借去，你簡直無法想像這有多煩人。例如，我帶一位要請我畫像的女士回來，用鑰匙打開門，結果發現那個駝背女孩坐在那張小桌旁，用畫筆把嘴唇塗成紅色，該她照顧的幼小弟妹在這兒到處亂跑，把房間的每個角落都弄髒了。或是我夜裡很晚回來，如同昨晚——考量到這一點，請原諒我這副模樣，還有房裡的凌亂——嗯，我夜裡很晚回來，想上床去，這時候有樣東西掐住我的腿，我探頭去看床下，又把這樣一個小丫頭拽出來。我不知道她們為什麼老想到我這兒來，而你應該已經發現我並沒有試圖引誘她們。這當然也妨礙了我的工作。要不是這間畫室是免費供我使用，我早就搬走了。」就在這時候，門後一個稚嫩而膽怯的孩子聲音喊道：「提托瑞里，我們可以進來了嗎？」「不行。」那畫家回答。「就我一個人進來也不行嗎？」那個聲音又問。「也不行。」那畫家說，走到門邊，把門鎖上。

在這段時間裡K環顧了這個房間，他自己絕對不會想到這個簡陋的小房間可以被稱為畫室。在這裡橫向直向最多只能走上兩大步。地板、牆壁和天花板都是木頭做的，看得見木板之間的窄窄縫隙。床放在K的對面，靠著牆，床上堆滿五顏六色的被褥。在房間中央的畫架上有一幅畫，被一件襯衫蓋著，襯衫的袖子直垂到地板上。窗戶在K背後，在霧中看出窗外，最遠只能看到隔壁房屋被白雪覆蓋的屋頂。

鑰匙在鎖裡轉動的聲音讓K想起他本來無意久留。因此他從口袋裡掏出那位廠主的信，遞給那畫家，說道：「我是聽你認識的這位先生提起你，在他的建議下到這裡來。」那畫家匆匆瀏覽了一下那封信，把信扔在床上。若非那廠主談起提托瑞里時分明把他當成一個熟人，當成一個靠他施捨的可憐人，那麼此刻K真會以為提托瑞里不認識那個廠主，或者至少是想不起來。此時那畫家問道：「你想買畫嗎？還是想讓我畫你？」K吃驚地看著那個畫家。那封信裡到底寫了什麼？K想當然耳地假定廠主在信裡告知那畫家，說K過來只是為了打聽他的官司。他跑到這邊來實在太過倉促，也太過魯莽了！然而此刻他必須要設法回答那個畫家，於是望向那個畫架，說道：「你正在畫一幅畫？」「是的，」畫家說，把蓋在畫架上的襯衫扔到床上，跟那封信一樣，「這是幅肖像畫。是幅好畫，但是還沒有畫完。」這個巧合對K有利，簡直提供了他談起法院的機會，因為那顯然是一位法官的肖像。此外，這幅畫跟律師書房裡那一幅出奇相似。雖然這一幅畫的是一位完全不同的法官，是個胖子，留著又黑又濃的絡腮鬍，而且另外那幅是油畫，這一幅卻是用粉彩顏料淡淡地著色。但是其餘的一切都很相似，因為在這幅畫上的法官也緊抓著扶手，氣勢洶洶地正想從他的高背椅上站起來。「這是個法官嘛。」K立刻想這麼說，卻暫時忍住了，走近那幅畫，彷彿想要細看。

畫的中央有個大大的人形，站在高背椅的椅背上方，K看不明白，就問那個畫家。「她還得再加工一下。」畫家回答，從一張小桌上拿起一支粉彩筆，在那個人物的邊緣畫了幾道細線，K卻還是看不明白。「這是正義女神。」畫家最後說。「現在我認出來了，」K說，「這裡是矇住眼睛的布條，這裡是天平。可是她腳跟上還有翅膀，而且正在奔跑？」「是的，」畫家說，「我受委託要畫成這樣，其實這是正義女神和勝利女神合而為一。」「這不是個好組合，」K微笑著說，「正義女神必須靜止不動，否則天平就會搖晃，也就不可能做出公平的判決。」「我只是順從委託人的意思。」畫家說。「肯定是，」K說，他那樣說並無意得罪對方，「你是按照那個人物實際上站在那張高背椅上的樣子畫的。」「不，」畫家說，「我既沒有看見那個人物，也沒有看見那張高背椅，這一切都是虛構的，但是別人指定我這麼畫。」「怎麼說？」K問，故意裝作他不完全明瞭畫家的意思，「這明明是個法官，坐在法官席上。」「對，」畫家說，「但這不是高階法官，而且他從不曾坐在這樣一張高背椅上。」「但卻還是讓自己被畫成這麼莊嚴的姿態？他坐在那裡就像個法院院長。」「對，那些先生很虛榮，」畫家說，「但是他們從上級得到許可被畫成這樣。每個人被允許畫成什麼樣子都有詳細的規定。只可惜從這幅畫上看不出服裝和座椅的細節，粉彩顏料不適合做這種描繪。」「對，」K說，「用粉彩顏料來畫很奇怪。」「是那位法官要求的，」畫家說，「他打算送給一位女士。」注視那幅畫似乎引發了他的工作興致，他捲起衣袖，拿起幾支筆，K在旁邊看著。在他顫動的筆尖下，那法官的頭部周圍形成了一道泛紅的陰影，以放射狀消失在畫的邊緣。漸漸地，這道跳動的陰影圍繞住頭部，像件飾品，也像一種高級勳章。但是正義女神的周邊卻維持明亮，只上了一層淡淡的色彩，幾乎看不出來。在這份明亮中，那人物似乎特別突出，她幾乎已經不再讓人想起正義女神，但也不會讓人想起勝利女神，現在她看起來完全像是狩獵女神了。畫家的工作讓K不由得受到吸引，但他終於還是自責已經在這裡待太久，卻還不曾替自己的官司做了什麼。「這位法官姓什麼？」他突然問。「這我不能說。」畫家回答，他深深朝那幅畫彎下身子，明顯冷落了他的客人，而他起初接待K時卻是那麼周到。K認為這是在耍脾氣，感到生氣，因為這浪費了他的時間。「你大概是法院所信賴的人吧？」他問。畫家馬上把筆擱在一邊，站直身子，搓著雙手，微笑地看著K。「只要馬上說實話就好了，」他說，「你想知道關於法院的事，就如同介紹信裡所寫的，卻先談起我的畫，想贏得我的好感。不過，我不怪你，因為你不可能知道我不吃這一套。」當K想要出言反對，畫家斷然表示拒絕，說：「噢，拜託。」然後接下去說：「此外，你說的完全正確，我是法院所信賴的人。」他停頓了一下，像是想給K一點時間來接受這個事實。此刻又聽見門後那些女孩發出的聲音。她們大概是擠在那個鑰匙孔旁邊，從那些縫隙或許也能看進房間裡。K沒有想什麼辦法道歉，因為他不想轉移畫家的注意，但他也不希望畫家過於驕傲，在某種程度上變得難以接近，因此他問：「那是個被公開承認的職位嗎？」「不是。」畫家簡短地說，彷彿這讓他說不出其他的話來。但K並無意讓他啞口無言，說道：「嗯，這種不被承認的職位往往比被承認的職位更具有影響力。」「在我身上就是這種情形，」畫家說，皺起前額，點點頭，「昨天我跟那廠主談起你的案子，他問我願不願意幫你的忙，我回答：『那個人可以到我這兒來一趟。』而我很高興這麼快就在這裡見到你。這件官司似乎讓你很煩心，這我當然一點也不覺得奇怪。也許你想先把大衣脫掉？」儘管K本來只打算在這裡停留很短的時間，卻還是很樂意聽到畫家這樣要求。房間裡的空氣逐漸讓他覺得氣悶，他幾度納悶地望向角落裡一個顯然並未生火的鐵爐，房間裡何以如此悶熱實在無法解釋。當他脫掉大衣，還把外套的扣子也解開，畫家帶著歉意說：「我需要溫暖。這裡其實很舒適，不是嗎？就這一點而言，這個房間的位置很好。」K沒說什麼，但是讓他覺得不舒服的其實並不是室內的溫暖，而是那帶有霉味的空氣，讓人幾乎難以呼吸，這個房間大概已經很久不曾通風了。畫家請他坐在床上，自己則在房間裡唯一的一張椅子上坐下，在畫架前面，這讓K更覺得不舒服。此外，畫家似乎誤解了K何以只坐在床緣，反倒請K坐得舒服一點，由於K的猶豫，他自己走過去，把K往那些被褥和墊子裡推。然後他又坐回他的椅子上，總算問了第一個實際的問題，讓K忘了其餘的一切。「你是無辜的嗎？」他問。「是的。」K說。回答這個問題幾乎令他開心，尤其是他乃是回答一個不具官方身分的人，不必負什麼責任。還不曾有人如此坦白地問過他。為了細細品味這份愉悅，他又加了一句：「我是完全無辜的。」「這樣啊。」畫家說，低下頭，像是在沉思。突然他又抬起頭來說：「如果你是無辜的，那麼事情就很簡單。」K的眼神黯淡下來，這個自稱是法院親信的人說起話來就像個無知的小孩。「我的無辜並沒有讓事情變得簡單。」K說。儘管如此，他還是不得不微笑，緩緩地搖頭。「這端視法院所執著的許多微妙之處而定。到最後，它會無中生有地扯出一件大罪過來。」「對，對，沒錯，」畫家說，彷彿K沒必要地打擾了他的思緒，「可是你的確是無辜的？」「是的。」K說。「這是重點所在。」畫家說，不受反對意見的影響，只不過他雖然堅決，卻看不出他這麼說是出於信念還是只是由於不在乎。K想先確認這一點，於是說：「你對法院想必知道得比我更多，我知道的就只是從別人那裡聽來的，不過是從各式各樣的人那裡聽來的就是了。可是大家在一件事情上都意見一致，就是法院不會輕率地提出控告，法院一旦提出控告，就深信被告有罪，而且很難讓法院改變這個信念。」「很難？」畫家問，把一隻手往半空中一揮，「是永遠改變不了。如果我把所有的法官並排畫在一張畫布上，讓你在這張畫布前為自己辯護，那麼你獲得的成功還會比在真正的法庭上更大。」「是的。」K自言自語，忘了他本來只是想試探那個畫家。

門後又有一個女孩問起：「提托瑞里，他還沒有要走嗎？」「安靜，」畫家對著門喊，「你們沒看見我在跟這位先生談事情嗎？」但是那個女孩並不罷休，又問道：「你要畫他嗎？」當畫家沒有回答，她又說：「請不要畫他，這麼醜的一個人。」其他女孩隨即嘰嘰喳喳地表示同意。畫家衝到門邊，把門打開了一條縫，可以看見那些女孩央求地雙手交握，向前伸出，畫家說：「你們如果不安靜下來，我就把你們全都扔下樓梯。在台階上坐下來，不要鬧。」她們很可能沒有馬上照辦，於是他不得不下命令：「在台階上坐下！」這才安靜下來。

「請原諒。」畫家再度走回K身邊時說。K幾乎沒有轉過身去面對著門，畫家是否要替他辯護，要如何替他辯護，他都完全交給畫家去處理。此刻他也幾乎動都沒動，畫家正朝他彎下身子，在他耳邊輕聲說道：「這些女孩也是法院的人。」「怎麼說？」K問，把頭歪向一邊，看著那畫家。但此人再度在椅子上坐下，半開玩笑、半解釋地說：「其實一切都屬於法院。」「這我還沒有察覺。」K簡短地說，畫家這種泛泛的說法消除了先前關於女孩的那句話中所有令人不安之處。儘管如此，K還是朝門那邊望了一段時間，門後那些女孩此刻安靜地坐在台階上。只有一個女孩把一根麥稈插進木板之間的縫隙，讓麥稈緩緩地上下移動。

「看來你還不了解法院的概況，」畫家說，把兩條腿叉開，向前伸直，用腳尖拍打著地板，「不過既然你是無辜的，你也不需要了解。我一個人就能把你救出來。」「你打算如何辦到？」K問，「剛才你明明說過，法院根本不接受證據。」「不接受的只是向法院提出的證據，」畫家說，舉起了食指，彷彿K忽略了一個微妙的區別，「背著公開的法庭所做的嘗試就另當別論了，也就是在商談室裡，在走廊上，或者舉例來說，在這間畫室裡。」畫家此刻所言在K看來不再那麼不可信，反而跟K從其他人那裡聽來的頗為一致。沒錯，事情甚至是大有希望。如果那些法官果真如此容易用個人關係來左右，如同那位律師所說，那麼這個畫家跟那些虛榮的法官之間的關係就格外重要，至少絕對不能低估。而這個畫家就很適合加入那群幫手，K逐漸在自己身邊聚集起來的幫手。在銀行裡，別人曾經稱讚過他的組織能力，此刻，當他完全得仰賴自己，正是考驗他這種能力的好機會。畫家觀察著他的話在K身上所產生的效果，然後略帶擔憂地說：「你難道沒注意到我說起話來幾乎像個法律界人士？這是不斷跟法院那些先生來往所造成的影響。當然我從中得到很多好處，但是藝術家的熱情就喪失了大部分。」「你最初是怎麼跟那些法官有了接觸的？」Ｋ問，他想先贏得畫家的信賴，在他直截了當地雇用此人之前。「那很簡單，」畫家說，「這份關係是我繼承來的，我父親就是個法庭畫家。這個職位向來是家傳的。沒辦法用新人，因為要畫各種等級的官員，訂有各式各樣的規矩，尤其是祕密的規矩，除了特定的家族之外根本就沒人知道。舉例來說，在那邊那個抽屜裡有我父親所做的筆記，我從來沒給別人看過，而只有熟悉這筆記的人才有能力替法官畫肖像。不過，就算我把這些筆記弄丟了，單單是在我腦子裡我就還記得許多規則，所以沒有人能夠來搶我的職位。畢竟每個法官都希望能被畫成像古代那些偉大的法官，而這一點只有我能做到。」「這很令人羨慕，」Ｋ說，想起他在銀行的職位，「所以說，你的職位是無法動搖的囉？」「沒錯，無法動搖，」畫家說，得意地聳起肩膀，「所以我才敢偶爾幫助一個有官司纏身的可憐人。」「那你是怎麼做的呢？」Ｋ問，彷彿畫家剛才稱之為可憐人的並不是他。但畫家沒有被轉移注意，而說：「例如，以你的情況來說，既然你是完全無辜的，我就會照下面所說的去做。」畫家一再提起他的無辜已經讓Ｋ覺得厭煩。他有時覺得畫家這樣說是假定這樁官司會贏，把這個結果視為他提供幫助的先決條件，而這樣一來，他的幫助當然就毫無意義。雖然有這份疑慮，Ｋ卻自我克制，沒有打斷那畫家。他不想放棄畫家的幫助，這一點他已經下定了決心，而且他也覺得畫家的幫忙不會比那律師的幫忙更可疑。Ｋ甚至寧可接受畫家的幫助，遠勝過律師的幫助，因為畫家更親切、更坦率地提供協助。

畫家把他的椅子朝床邊拉近了一點，壓低了嗓音繼續說：「我忘了先問你想要哪一種釋放。共有三種可能，亦即真正的無罪釋放、表面上的無罪釋放，以及拖延。真正的無罪釋放當然是最好的，只不過我對這種解決方式一點影響力也沒有。依我看來，根本沒有人能影響真正的無罪釋放。在這一點上，大概只取決於被告的無辜。既然你是無辜的，那麼的確可能就單單只仰賴你的無辜。不過，在這種情況下，你就不需要我的幫助，也不需要其他人的幫助。」

這番條理分明的闡述起初讓K驚愕，但他接著跟那畫家同樣小聲地說：「我想你說的話自相矛盾。」「怎麼說？」畫家耐著性子說，面露微笑，在椅子上往後靠。這抹微笑讓K覺得他此刻彷彿不是要揭發畫家話裡的矛盾，而是要揭發司法程序本身的矛盾。儘管如此，他也並未退縮，說道：「先前你說法院不接受證據，後來你把這一點局限於公開的法庭，現在你居然說無辜者在法院面前不需要幫助。這其中就已經有一種矛盾。另外，你先前說過，可以透過個人的關係來影響法官，現在卻說你所謂的『真正的無罪釋放』從來無法透過私下的影響而獲致。這其中就有第二種矛盾。」「這些矛盾很容易澄清，」畫家說，「這裡談的是兩件不同的事，一件是法律中所記載的，另一件是我自己所經驗到的，你不能把這兩者弄混了。在法律中——不過我並沒有讀過——一方面當然寫著無辜者將被釋放，另一方面卻沒有寫著法官能被影響。可是我所經驗到的卻正好相反。我沒見過真正的無罪釋放，卻見過很多企圖影響法庭的嘗試。當然，也許是在我所知道的所有案子當中沒有人真正無辜。可是這不是不太可能嗎？在這麼多案子當中居然沒有一個人無辜？我小時候就仔細聽父親說話，當他在家裡談起那些官司，到他畫室來的那些法官也會談起法院的事，在我們這個圈子裡大家根本不談別的。我自己一有機會到法院去，總是好好加以利用，我聆聽過無數的審判，在各個重要的階段，在可見的範圍內追蹤這些審判的發展，而我得承認，我連一次也沒經歷過真正的無罪釋放。」「所以說不曾有過一次無罪釋放，」K說，彷彿是在自言自語，在和他的希望說話，「但是這卻證實了我原先對法院的看法。也就是說，就這一方面而言，法院也毫無意義。一個劊子手就足以取代整個法院。」「你不能這樣一概而論，」畫家不滿地說，「我所說的只是我的經驗。」「可是這就足夠了呀，」K說，「還是你聽說過更早以前曾經有過無罪釋放？」「這種無罪釋放，」畫家回答，「據說的確有過，只不過很難確認。法院並沒有公布最終的決定，就連法官都不得而知，所以，關於古老的法院案例，留下來的只有傳說。不過，這些案例當中甚至大多數都是真正的無罪釋放，你可以相信這些案例，但卻無法加以證明。儘管如此，也不必完全加以忽視，它們肯定含有某種真相，而且也很動人，我自己就畫過幾幅以這種傳說為內容的畫。」「單單是傳說改變不了我的看法，」K說，「在法庭上大概也無法引用這些傳說吧？」畫家笑了，說：「不，這是不行的。」「那麼去談這些就毫無用處。」K說，他想先暫時接受畫家的所有看法，就算這些看法在他看來未必可信，而且與其他人的說法互相矛盾。此刻他沒有時間去檢視畫家所說的一切是否真實，甚至去加以反駁，如果他能促使這畫家用任何一種方式來幫助他，哪怕幫不上什麼大忙，那他就已經頗為成功了。因此他說：「那麼我們先撇開真正的無罪釋放不談，你還提起過另外兩種可能。」「表面上的無罪釋放和拖延。能談的就只有這兩種可能，」畫家說，「不過，在我們開始談之前，你要不要先把外套脫掉。你大概很熱吧？」「是的，」K說，到目前為止，他只專心聆聽畫家的說明，此刻由於畫家提醒了他室內的悶熱，他額頭上的汗冒得更厲害了，「簡直熱得受不了。」畫家點點頭，彷彿他很了解K的不適。「不能把窗戶打開嗎？」K問。「不行，」畫家說，「那只是片嵌死的玻璃，沒辦法打開。」此刻K看出在這段時間裡，他一直希望那畫家或他自己會突然走到窗邊，去把窗戶打開，就算是霧氣，他也準備好要張開嘴巴吸進來。完全與空氣隔離的那種感覺令他暈眩。他用手輕輕拍了一下身旁的羽絨被，用微弱的聲音說：「這實在很不舒適，也很不健康。」「噢，不，」畫家說，替他的窗戶辯護，「雖然那只不過是一片簡單的玻璃，但由於不能打開，比起雙層窗戶更能夠留住室內的暖氣。如果我想通通風，我可以把一扇門打開，甚至把兩扇門都打開，不過並沒有這個必要，因為從那些木板的縫隙裡到處都有空氣鑽進來。」這番說明讓K稍微感到安慰，他四下張望，想找到那第二扇門。畫家注意到了，便說：「那扇門在你背後，我必須用床把它擋住。」此時K才看見牆上那扇小門。「對一間畫室來說，這裡實在太小了，」畫家說，彷彿想先發制人，以免K責怪，「我得盡量適應。把床放在門前當然是個很糟的位子。舉例來說，我目前在畫的那個法官總是從床邊這扇門進來，我也給了他一把這扇門的鑰匙，就算我不在家，他也可以在畫室裡等我。可是他習慣在一大早來，那時候我還在睡覺，當床邊的門被打開，我總是從熟睡中被弄醒。當那法官一大早從我床上爬過去，如果你能聽見我對他的咒罵，你就會失去對法官的所有敬畏。我固然可以拿走他的鑰匙，但是這樣一來事情只會更糟，因為這裡所有的門都能毫不費力地從門樞上卸下來。」在聽這一整段話時，K考慮著是否該脫掉外套，而他終於認清，如果他不這麼做，就無法在此地再待下去，因此他脫掉了外套，放在膝蓋上，一旦商談結束，就可以立刻再穿上。他才把外套脫掉，一個女孩就喊道：「他已經把外套脫掉了。」聽得見所有的女孩都擠向牆上的縫隙，好親眼看見這齣表演。畫家說：「那些女孩以為我要畫你，所以你才脫掉了外套。」「是嗎。」K說，並未被逗樂，因為他此刻雖然只穿著襯衫坐在那裡，卻沒有比之前舒服多少。他幾乎悶悶不樂地問：「你是怎麼稱呼另外那兩種可能的？」他已經又忘了那兩個說法。「表面上的無罪釋放和拖延，」畫家說，「由你來決定要選擇哪一種。這兩種都能藉由我的幫助來達成，當然還是要費點力氣。就這一點而言，差別在於表面上的無罪釋放需要短時間集中的努力，拖延費的力氣比較小，但要持續不懈。先說說表面上的無罪釋放。如果這是你想要的，我就在一張紙上寫下證明，證明你的無辜。我父親留給了我這種證明的寫法，而且完全無懈可擊。然後我就帶著這張證明，逐一去拜訪我認識的那些法官。我大概會這樣開始，今天晚上，當我目前正在畫的那個法官來讓我畫的時候，我就把這張證明給他過目。我把證明呈給他看，向他說明你是無辜的，並且替你的無辜擔保。這不只是表面上的擔保，而是真正具有約束力的擔保。」畫家的眼神裡露出一絲責怪，像是埋怨K想讓他承擔這種擔保的重負。「你若這樣做實在很好心，」K說，「而那個法官會相信你，儘管如此卻還是不會真的將我無罪釋放？」「這我已經說過了，」畫家回答，「況且，也不能確定每個法官都會相信我。例如，有的法官會要求我把你本人帶去見他，那麼你就得跟我一起去一趟。不過，在這種情形下，這官司已經贏了一半，尤其是我事先當然會詳細地告訴你在那位法官面前的舉止該如何。比較糟糕的情況是那些從一開始就拒絕我的法官，這種事也可能發生。這些法官我們就必須放棄，儘管我當然還是會多番嘗試，而且放棄他們也沒有關係，因為在這件事情上，個別的法官不具有決定性。等我在這份證明上收集到足夠數量的法官簽名，我就帶著這份證明去找正在處理你這件官司的法官。有可能我也收集到了他的簽名，那麼一切的進展就會比平常更快。一般說來，在這之後根本不會遇上太多阻礙，對於被告來說，那將是最充滿信心的時候。在這個階段，人要比在無罪釋放之後更充滿信心，這很奇怪，但卻是真的。這時候無須再特別費力了。在這張證明上有許多法官的擔保，那個法官可以放心地將你無罪釋放，而且在辦妥了各種手續之後，他也毫無疑問會將你無罪釋放，給我跟其他熟人一個面子。而你從法院走出來，自由了。」「所以說，在那之後我就自由了。」K遲疑地說。「對，」畫家說，「可是只是表面上自由了，或者說得更清楚一點，是暫時自由了。因為我認識的法官屬於低階法官，他們沒有權力徹底宣告無罪釋放，只有最高階的法院才擁有這項權力，而這個法院對你、對我、對所有的人來說都無法企及。那裡是什麼樣子，我們不知道，順帶一提，我們其實也不想知道。也就是說，我們的法官不握有免除控告的大權，但卻握有擺脫控告的權力。意思是說，如果你以這種方式被無罪釋放，你就暫時躲開了控告，但是這控告還是繼續懸在你頭上，一旦更高階的命令下達，就能立刻生效。由於我跟法院的關係如此良好，我也可以告訴你，在法院辦事處的規章裡，真正無罪釋放和表面上的無罪釋放之間有一個純粹形式上的區別。真正的無罪釋放，官司檔案會被徹底銷毀，從司法程序中完全消失，不僅是與控告有關的檔案，而是連審判、乃至於無罪釋放的相關檔案都會全部被銷毀。表面上的無罪釋放就不同了。那些檔案沒有更動，只是增加了無辜證明、無罪釋放的判決和理由。除此之外，這些檔案卻留在司法程序中，按照法院辦事處對公文傳遞的要求，被繼續呈送給更高階的法院，再回到較低階的法院，就這樣來來回回，頻率時高時低，停頓時間或長或短。這些路徑是難以揣度的。從外面看起來，有時候會出現一種假象，彷彿一切早已被遺忘，檔案已經遺失，無罪釋放已經變成徹底的了。但是熟悉內情的人就不會相信。任何檔案都不會遺失，法院什麼也不會忘記。有一天──沒有人預料得到──哪個法官比較仔細地讀了這份檔案，看出在這個案子中控告仍繼續有效，便下令立刻逮捕。在這一點上，我是假定在表面上的無罪釋放跟重新逮捕之間會有很長一段時間，這是可能的，而我也聽過這種案例。但是同樣也可能發生，當被無罪釋放的那人回到家裡，就已經又有人奉命在那裡等他，好再度逮捕他。如果是這樣，自由的生活當然就結束了。」「而官司又重新展開？」K問，簡直不敢相信。「沒錯，」畫家說，「官司又重新展開，不過，就跟先前一樣，還是有機會再獲得表面上的無罪釋放。那就得不屈不撓，再度集中所有的力量。」畫家說最後這句話也許是因為他覺得K有點垂頭喪氣。「可是，」K問，彷彿想要搶在畫家揭露哪個祕密之前，「要二度獲得無罪釋放不是比第一次更難嗎？」「這一點很難說，」畫家回答，「你是說那些法官會由於被告二度遭到逮捕而做出對被告不利的判決嗎？事情並非如此。那些法官在做出無罪釋放的判決時就已經預見了被告可能會再度被捕，所以這個情況幾乎不會造成影響。不過，基於數不清的其他原因，那些法官的情緒以及他們對此案的判斷卻可能會有所改變，因此，為了二度獲得無罪釋放所做的努力必須要配合這些已經有所改變的情況，一般說來就跟第一次為了獲得無罪釋放所做的努力一樣大。」「可是這第二次的無罪釋放仍舊不是徹底的。」K說，不以為然地別過頭去。「當然不是，」畫家說，「在第二次無罪釋放之後是第三次逮捕，在第三次無罪釋放之後是第四次逮捕，以此類推。這本來就包含在『表面上的無罪釋放』這個概念裡。」K沉默不語。「看來你顯然不覺得表面上的無罪釋放對你有利。要我向你說明拖延的本質嗎？」K點點頭。畫家大剌剌地靠坐在椅子上，睡衣敞開，他把一隻手伸進睡衣底下，撫摸自己的胸膛和體側。「所謂的拖延，」畫家說，向前方凝視了一會兒，像是在尋找一種完全貼切的說明，「是將官司持續保持在最低層的階段。要達到這一點，被告和協助者必須和法院不斷保持接觸，尤其是協助者。我再重複一次，在這件事情上不像獲得表面上的無罪釋放需要費那麼多力氣，但卻需要更高的注意力。必須密切注意這樁官司，必須每隔一段時間就去找主事的法官，碰到特殊情況也要去找他，設法以各種方式跟他維持友好的關係。如果你本人並不認識那位法官，那麼就得透過相識的法官來影響他，但也不可因此就放棄直接跟他商談。如果這些事情你一件都沒有疏忽，那麼就能相當有把握地假定，該官司不會脫離第一階段。雖然官司並未結束，但被告幾乎肯定不會受到判決，就彷彿他是個自由人一樣。相對於表面上的無罪釋放，拖延的優點在於被告的未來比較不會那麼不確定，可免於承受突然被捕的驚嚇，也不必擔心偏偏在最不湊巧的時候，得要為了獲得表面上的無罪釋放而費力傷神。只不過，對於被告來說，拖延也具有一些不可低估的缺點。我指的倒不是被告永遠不得自由這件事，就算是表面上的無罪釋放，他其實也一樣不得自由。我指的是另外一個缺點。除非有理由，至少是表面上的理由，否則官司不能停滯。因此，在官司進行中必須看似有點事情發生。也就是說，每過一段時間，法院就必須下達各種指示，被告必須接受審訊，調查必須進行，諸如此類。必須讓官司在刻意限定的小圈子裡不停轉動。這當然會給被告帶來某些不便，但你也不必把這些不便想得太糟。一切都只是做做樣子，例如審訊的時間都很短，如果哪一次你沒空或是沒有興致去受審，你也可以請假。甚至可以事先跟某些法官共同議定對某一段時間的安排，基本上，重點只在於身為被告的人每過一段時間得去向他的法官報到。」他說最後這句話時，K已經把外套搭在手臂上，站了起來。「他已經站起來了。」門外立刻有個女孩喊道。「你已經要走了嗎？」畫家問，也站了起來，「肯定是這裡的空氣讓你待不住，真是不好意思。我本來還有更多話要對你說，而我不得不長話短說，但願我說得夠清楚。」「噢，夠清楚了。」K說，由於強迫自己努力傾聽他感到頭痛。儘管得到了肯定的回答，那畫家又把一切再概述了一次，彷彿想給K一點安慰，讓他帶著這一絲安慰踏上歸途：「這兩種手段的共同點在於阻止對被告做出判決。」「但也阻止了真正的無罪釋放。」K輕聲說道，彷彿因為識破了這一點而感到羞慚。「你抓住事情的重點了。」畫家很快地說。K把手放在他的冬季大衣上，卻連把外套穿上都無法下定決心。他巴不得收拾起所有的東西，衝向新鮮空氣。儘管那些女孩老早就向彼此呼喊，說他在穿衣服了，卻也無法促使他穿上衣服。那畫家想設法解讀K的情緒，便說：「關於我的建議，你大概還沒有做出決定。我贊成你多想一想，甚至會勸你不要馬上決定。優點和缺點只有一線之隔，必須仔細地衡量一切。不過，卻也不能耽誤太多時間。」「我很快就會再來。」K說，突然下定決心把外套穿上，把大衣往肩膀上一披，急忙朝著門走去。門後那些女孩此刻開始尖叫，K自覺看得見在門後尖叫的女孩。「你可要說話算話，」畫家說，他沒有跟在K身後，「否則我會自己到銀行去問個清楚。」「請你把門打開吧。」K說，扯著門把，從那股抗力他察覺出那些女孩從門外抓緊了門把。「你想被那些女孩糾纏嗎？」畫家問，「你還是從這裡出去比較好。」他指著床後面那扇門。K同意了，又衝回床邊。但是那畫家並沒有把那扇門打開，反而鑽到床下，從下面問道：「再等一下就好。你要不要再看一幅也許我可以賣給你的畫？」K不想失禮，那畫家的確很關心他，而且答應繼續幫助他，況且由於K的健忘，他們還根本不曾談到這份協助的酬勞，因此K此刻無法拒絕讓他把那幅畫拿給自己看，儘管他迫不及待想離開這間畫室。畫家從床下拉出一堆沒有裝框的畫作，上面滿是灰塵，當他想把灰塵從最上面一幅畫上吹掉，那一層灰在K眼前飛舞了許久，讓他無法呼吸。「一幅原野風景。」畫家說，把那幅畫遞給K。畫上是兩棵瘦弱的樹，彼此相距甚遠，立在深色的草地上，背景是多彩的落日。「很美，」K

說，「我買下了。」Ｋ不假思索地簡短回話，慶幸那畫家並未見怪，反而從地上拿起第二幅畫。「這一幅跟那一幅是相對應的。」畫家說。這幅畫也許是有意畫成對應之作，但其實看不出跟第一幅畫有任何差別，這裡是兩棵樹，這裡是草地，那裡是落日。但是Ｋ並不在乎。「這是美麗的風景，」他說，「我兩幅都買了，我會把它們掛在我辦公室裡。」「看來你喜歡這個主題，」畫家說，又拿起第三幅畫，「正巧我這兒還有一幅類似的畫。」然而那不是類似，根本就是一模一樣的原野風景。這畫家善於利用機會來出售舊作。「這一幅我也一起買了，」Ｋ說，「這三幅畫要多少錢？」「這個我們下次再談，」畫家說，「現在你趕時間，而我們反正會保持聯繫。再說，我很高興你喜歡這些畫，我會把下頭這些畫全都給你。都是些原野風景，這種畫我畫過很多。有些人排斥這種畫，因為它們過於陰沉，另外有些人卻偏偏喜歡這種陰沉，而你就屬於這種人。」然而此刻Ｋ無心聽取這位乞丐畫家的職業經驗。「把所有的畫都裝起來，」他大聲說，打斷了畫家的話，「明天我請工友過來拿。」「沒有必要，」畫家說，「我希望能找到人來替你搬運，他可以馬上跟你一起走。」他終於彎下身子越過那張床去把門打開。「你儘管爬上床，」畫家說，「每個從這裡進來的人都這麼做。」就算畫家沒有這樣敦促，Ｋ也不會有所顧忌，甚至一隻腳已經踩上了那條羽絨被，此時他從打開的門望出去，又把那隻腳縮了回來。「那是什麼？」他問那畫家。「什麼事讓你感到驚訝？」這人問道，也同樣驚訝，「這是法院辦事處。你難道不知道這裡是法院辦事處嗎？畢竟每個閣樓上幾乎都有法院辦事處，為什麼偏偏這裡不該有呢？我的畫室其實也屬於法院辦事處，但是法院把它交給我來使用。」K之所以嚇一跳，主要倒不是因為他在這裡也發現了法院辦公室，而是因為他自己對法院事務的無知。就一名被告而言，他覺得一個基本規則是隨時做好準備，永遠不要為了什麼事而吃驚，如果法官就站在他左邊，那就不要渾渾噩噩地看向右邊——而他偏偏一再違反這個基本規則。一條長長的走道在他面前伸展開來，一股空氣從走道上吹過來，與之相比，畫室裡的空氣還算清新了。走道兩側擺著長凳，就跟負責處理K案子的那個辦事處的等候室一樣。對於辦事處的布置似乎有明確的規定。目前來來往往的當事人不多，一名男子半躺著坐在那裡，把臉擱在長凳上，埋在一條手臂裡，看起來像在睡覺，另一個男子站在走道盡頭的昏暗中。K從床上爬出去，畫家拿著那些畫跟在他後面。沒多久他們就遇到一名法院工友——如今K已經能從那枚金鈕扣認出所有的法院工友，這枚金鈕扣位在這些工友所穿便服上的普通鈕扣之中——畫家便交代他帶著那些畫陪著K回去。K腳步蹣跚，用手帕摀著嘴巴。快要接近出口時，那些女孩朝他們蜂擁而來，K終究沒能躲過她們。她們顯然是看見畫室的第二扇門打開了，於是繞了一段路，改從這一側進來。「我不能再陪你走了，」置身於蜂擁而來的女孩之中，畫家笑著大聲說，「再見！而且不要考慮太久！」K甚至沒有回過頭去看他。到了街上，他坐上迎面而來的第一部馬車。他很想把那工友甩掉，那人的金鈕扣不停地刺入他的眼簾，雖然那粒扣子大概不會引起其他任何人的注意。那個殷勤的工友還想在車夫旁邊坐下，K卻把他趕了下去。等K回到銀行，早已經過了中午。他本來想把那些畫留在馬車裡，又擔心在哪個場合會得向那畫家證明他持有這些畫，因此叫人把畫搬到他辦公室去，鎖在辦公桌最下面一個抽屜裡，至少在接下來這幾天確保不會讓副行長看見。

第八章　商人布羅克・解聘律師

K終於還是決定不再讓那個律師來代表他。雖然無法根除這樣做是否正確的疑慮，但是認為必須這樣做的信念占了上風。這個決定在K打算去見律師的那一天讓他的工作能力大打折扣，他工作得特別慢，不得不在辦公室待很久，等他終於站在律師門前，已經十點多了。在按鈴之前，他還在考慮，用打電話或是寫信的方式來通知律師解聘一事會不會比較好，面對面地談論此事肯定會很尷尬。儘管如此，最後K還是不想放棄面談，如果用其他方式來解聘，此事就會被默默地接受，或是律師會用幾句場面話來接受。除非蕾妮能夠打聽到什麼，K就永遠不會得知律師對於被解聘一事有何反應，也無從得知根據那律師的看法，解聘律師對於K會有什麼後果，畢竟他的看法並非不重要。一旦律師坐在K的對面意外得知自己被解聘，就算無法促使他說出很多，K還是能輕易地從他的表情和舉止來推斷出他心中所想。甚至K也可能會被說服還是交由律師來替他辯護比較好，那他就會把解聘一事撤銷。

一如平常，在律師門前按第一次鈴毫無效果。「蕾妮的動作可以快一點。」K心想。不過，只要第三者別跟平常一樣來多管閒事，就已經謝天謝地了，不管是那個身穿睡袍的男子，還是另外哪個人。第二次按鈴時，K回過頭去看另外那扇門，可是這一次就連那扇門也關著。律師門上的窺視窗裡終於出現了兩隻眼睛，但卻不是蕾妮的眼睛。對方打開了門鎖，卻暫時還把門頂著，回頭向客廳裡喊：「是他。」然後才把門完全打開。K伸手推門，因為他已經聽見在他身後另外那間公寓的門裡有鑰匙在鎖裡匆匆轉動。因此，當他面前那扇門終於打開，他簡直是衝進了玄關，還看見穿著襯衣的蕾妮沿著房間之間的走道跑開，開門者那聲警告是對她喊的。K看著她的背影一會兒，然後回頭去看開門的那人。那是個瘦小的男子，一臉大鬍子，手裡拿著一根蠟燭。「你在這裡工作嗎？」K問。「不，」那人回答，「我不是這裡的人。我來這裡是為了一件法律事務，那律師是我的代理人。」「沒穿外套就來了？」K問，做了個手勢，指出那人不合宜的衣著。「啊，請見諒。」那人說，用蠟燭照著自己，彷彿他也是現在才看見自己這副模樣。「蕾妮是你的情人嗎？」K冷冷地問。他把雙腿微微叉開，拿著帽子的雙手在身後交握。單單是由於穿著一件厚外套，他就自覺比那個瘦削的矮子強上許多。「噢，老天，」那人說，把一隻手舉在面前，震驚地否認，「不，不，你想到哪裡去了？」「你看起來很可信，」K微笑地說，「儘管如此——來吧。」K用帽子向他示意，讓他走在前面。「你叫什麼名字呢？」K邊走邊問。「布羅克，我是商人。」那矮子說，他在自我介紹時朝K轉過身來，但是K並未容許他停下腳步。「這是你的真名嗎？」K問。「當然，」那人回答，「你怎麼會有所懷疑呢？」「我以為你或許會有理由隱瞞自己的名字。」K說。他感到毫無拘束，平常只有在外國跟地位卑微的人說話時才會這般毫無拘束，不必透露跟自己有關的一切，只冷靜地談論對方感興趣的事，藉此提高他們在自己面前的地位，但也可以隨心所欲地不再理睬他們。K在律師的書房門口停下腳步，打開了門，朝那個乖乖地繼續向前走的商人喊：「別那麼急！來把這裡照亮。」K以為蕾妮可能躲在這裡，他讓那個商人搜尋了每一個角落，但房裡沒有人。在那法官的畫像前面，K從後面拉那商人的長褲吊帶把他拽回來。「你認識這人嗎？」他問，伸出食指往高處指。商人把蠟燭舉起，眨著眼睛往上看，說：「這是個法官。」「是個高階法官嗎？」K問，站到商人的側前方，好觀察那幅畫給他的印象。商人欣賞地向上看，說：「這是個高階法官。」「你的觀察力不怎麼樣，」K說，「他在低階初審法官當中是階級最低的。」「現在我想起來了，」商人說，把蠟燭放低，「我也聽說過。」「當然，」K大聲說，「我忘了，你當然想必已經聽說了。」「可是為什麼？為什麼呢？」商人問，他被K用雙手推著朝門前進。K在外面的走道上說：「你該知道蕾妮躲在哪裡吧？」「躲？」商人說，「不，她可能是在廚房裡替律師煮湯吧。」「為什麼你沒有馬上告訴我？」K問。「我本來是想帶你過去的，可是你又把我叫了回來。」商人回答，被這互相矛盾的命令給弄糊塗了。「你大概自以為很聰明吧，」K說，「那就帶我過去！」K還從未去過廚房，那廚房大得出人意料，而且陳設豪華，光是爐台就有普通爐台的三倍大，其餘的部分無法看清，因為此刻只有一盞掛在入口處的小燈照亮廚房。蕾妮站在爐邊，跟平常一樣繫著白色圍裙，把蛋打進一個鍋子裡，鍋子放在酒精爐火上。「約瑟夫，你好。」她說，斜斜地一瞥。「你好。」K說，伸手指著旁邊一張椅子，要那個商人坐下，而那人也坐下了。K卻走到蕾妮身後，貼近她，俯身在她肩膀上，問道：「那個男人是誰？」蕾妮用一隻手摟住了K，用另一隻手在湯裡攪拌，把他拉到自己面前，說：「那是個值得同情的人，一個可憐的商人，叫作布羅克。看看他那副樣子。」他們兩個都往後看。那商人坐在K要他去坐的那張椅子上，吹熄了此刻已經用不著的蠟燭，用手指捏住燭芯以免冒煙。「你先前只穿著襯衣。」K說，把她的頭再扳回去面向爐台。她沉默不語。「他是你的情人嗎？」K問。她想伸手去拿那個湯鍋，但是K抓住了她的雙手，說：「回答我！」她說：「到書房來，我會向你解釋一切。」「不，」K說，「我要你在這裡解釋。」她依偎著他，想吻他，但K拒絕了，說：「我不要你現在吻我。」「約瑟夫，」蕾妮說，央求但坦率地直視K的眼睛，「你不會是嫉妒布羅克先生吧。」於是她向那商人說道：「魯迪，幫幫我吧，別管那蠟燭了。你看他在懷疑我。」別人會以為他沒有注意聽，但他完全了解狀況。「我也不明白你為何要嫉妒。」他說，回答得不算機敏。「我其實也不明白。」K說，微笑地看著那商人。蕾妮大聲笑了，趁著K不注意，挽住他的手臂，輕聲地說：「別管他了，你也看見了他是個什麼樣的人。我稍微關照了他，因為他是律師的重要客戶，沒有別的原因。你呢？你今天還想跟律師談話嗎？他今天病得很厲害，可是如果你想見他，我還是會去通報。不過，你當然要留在我這兒過夜。你也已經很久沒來了，就連律師都問起你。不要疏忽了你的官司！我也有好些事情要告訴你，是我聽到的事。不過，現在先把你的大衣脫掉！」她幫忙他脫掉大衣，從他手裡接過帽子，拿著衣帽跑到玄關去掛起來，然後再跑回來看著那鍋湯，「要我先去告訴他你來了嗎？還是先讓我把湯端去給他？」「先去告訴他我來了。」K說。他在生氣，原本他打算好好跟蕾妮談談他的事，尤其是該不該解聘律師，但由於那商人在場，讓他失去了談論此事的興致。然而，此刻他終究還是覺得他的事太過重要，不該讓這個矮小的商人造成或許具有關鍵性的影響。於是他把已經在走道上的蕾妮又叫了回來。「還是先把湯端去給他吧，」他說，「要跟我商談，他應該增加一點體力，他會需要的。」「你也是律師的當事人。」商人從他的角落裡小聲地說，像是在做確認。「這關你什麼事？」K說，蕾妮則說：「你安靜點。」「那我就先把湯端去給他，」蕾妮向K說，把湯倒進一個盤子裡，「我只擔心他會很快睡著，吃過東西後他很快就會睡著。」「我要跟他說的事會讓他保持清醒。」K說，他一再想讓人看出他有重要的事要跟律師談，希望蕾妮會問他是什麼事，然後他再問她的意見。但她卻只是認真地執行他所下達的命令。當她端著盤子從他身邊走過，她故意輕輕推了他一下，小聲地說：「等他喝完了湯，我就馬上告訴他你來了，好讓你能儘快再回到我這兒。」「去吧，」K說，「去吧。」「你就親切一點嘛。」她說，端著盤子走到門裡還又整個轉過身來。

K目送著她，如今他徹底決定將那律師解聘。事前沒能再跟蕾妮談起此事可能也比較好，她沒有足夠的能力來綜觀這整件事，肯定會勸他不要這麼做，說不定這一次也果真阻止了K把律師解聘，而他將繼續懷著疑慮和不安，過了一段時間之後，最終他還是會貫徹他的決定，因為這個決定過於迫切。而這個決定愈早被執行，就能避免更多的損害。另外，針對這件事，這個商人或許有話可說。

K轉過身，那商人一察覺，立刻就想站起來。「繼續坐著。」K說，拉了一張椅子到他旁邊。「你是這律師的老客戶了嗎？」K問。「是的，」商人說，「很老的客戶了。」「他代表你有多少年了？」「我不知道你指的是什麼，」商人說，「在生意的法律事務上——我經營穀物買賣——這律師從我接手那家店之後就代表我了，那大約是在二十年前。在我個人的官司上，你指的可能是這個，他也是從一開始就代表我，已經五年多了。」「沒錯，遠遠超過五年了，」他又加了一句，掏出一個舊皮夾，「我把一切都記在這裡，如果你想知道，我可以告訴你準確的日期。要把一切都記住很不容易。我的官司也許已經持續了更久，是在我太太去世之後不久開始的，而那已經超過五年半了。」K朝他挪近一點。「所以說，這律師也處理一般的法律事務？」他問。法院跟法學之間的關連讓K覺得十分令人心安。「當然，」商人說，然後輕聲對K說，「甚至有人說他在這種法律事務上要比在別種法律事務上更能幹。」可是他似乎又後悔自己這麼說，把一隻手擱在K的肩膀上，說：「拜託你不要去告我的密。」K拍拍他的大腿，要他安心，說：「不會的，我不是告密的人。」「因為他報復心很重。」商人說。「對一個這麼忠實的客戶他肯定不會怎麼樣。」K說。「噢，不見得，」商人說，「他發起脾氣的時候才不管這種差別。再說，其實我對他也並不忠實。」「怎麼說呢？」K問。「我該向你透露嗎？」商人懷疑地問。「我想你可以這麼做。」K說。「好吧，」商人說，「我會向你透露一部分，但是你也得告訴我一個祕密，這樣我們在律師面前就可以互相牽制。」「你很小心，」K說，「而我可以告訴你一個祕密，這祕密會讓你完全安下心來。那麼，你對律師不忠實的地方在哪裡呢？」「我……」商人語帶猶豫，像是在承認某件不名譽的事，「除了他以外，我還請了別的律師。」「這並沒有那麼糟啊。」K說，有一點失望。「對這個律師來說很糟，」商人說，自從他做了這番自白，他就一直呼吸沉重，但是由於K的評語，他對K有了更多信賴，「這是不被允許的。尤其不允許在一位所謂的合格律師之外再另請不合格的小律師。而我卻這麼做了，除了他以外，我還請了五個小律師。」「五個！」K喊道，這個數目才令他驚訝，「除了這個律師之外還請了五個律師？」商人點點頭：「我還正在跟第六個洽談。」「可是你怎麼會需要這麼多律師？」K問。「我全都需要。」商人說。「你不想向我解釋一下嗎？」K問。「我很樂意，」商人說，「首先，我不想打輸我的官司，這是理所當然的。由於這個緣故，凡是可能對我有好處的，我都不能疏忽；就算在某種情況下能得到好處的希望很小，我也不能放棄希望。因此，我把自己擁有的一切都花在這場官司上了。例如，我把所有的錢都從生意裡抽出來，從前我的辦公室幾乎占了一整個樓層，如今只要後排房屋裡的一個小房間就夠了，我跟一個學徒在那裡工作。這種沒落當然不能只歸咎於我把錢抽走了，而更得要歸咎於我被抽走的工作能力。如果你想替自己的官司做點什麼，就沒辦法太去關心別的事。」「所以說你自己也有去法院奔走囉？」K問，「我正想得知一些關於這方面的事。」「在這一方面我能說的很少，」商人說，「起初我也的確試過，但我很快就放棄了。那樣做太耗費精力，又沒有什麼成果。自己去法院奔走和談判，至少對我來說被證明完全行不通。光是坐在那裡等待就夠累人的了。你自己也見識過辦事處裡不流通的空氣。」「你怎麼會知道我去過那裡？」K問。「你從那兒走過的時候，我剛好在等候室裡。」「這麼巧！」K喊道，完全被吸引住了，也完全忘了這商人先前的可笑，「所以說你看見了我！你在等候室裡，當我從那邊走過的時候。沒錯，我的確有一次從那邊走過。」「這種巧合沒什麼大不了，」商人說，「我幾乎天天都在那裡。」「現在我可能也得常去了，」K說，「只不過我大概不會受到像上次那樣的禮遇。大家全都站起來，可能以為我是個法官吧。」「不，」商人說，「我們當時是向那個法院工友致意。我們知道你是個被告，這種消息傳得很快。」「所以說你當時就已經知道了，」K說，「那麼你也許覺得我的舉止很傲慢。大家沒有談論這件事嗎？」「沒有，」商人說，「正好相反。不過那是些蠢話。」「什麼樣的蠢話？」K問。「你何必問？」商人生氣地說，「看來你還並不真正了解那些人，也許你無法正確理解。你得要考慮到，在這種司法程序中大家會一再談起許多事，在這些事情上，理智不再派得上用場，因為大家太累了，而且被許多事情分了心，所以就轉而相信迷信。我雖然是在說其他人，但是我自己也好不到哪兒去。舉例來說，許多人有一種迷信，認為能從被告的臉看出審判的結果，尤其是嘴唇的形狀。於是這些人聲稱，從你的嘴唇看來，你肯定很快就會遭到判決。我再重複一次，這是種可笑的迷信，而且在大多數情況下也被事實證明為全然無稽，可是你若是生活在那樣的人群中，就很難擺脫這種看法。你只要想想，這種迷信會產生多麼強烈的作用。在那裡你曾經跟一個人談過話，對吧？可是他幾乎無法回答你。一個人在那個地方會感到困惑當然有許多原因，可是其中之一就是因為他看到了你的嘴唇。事後他說，他認為從你的嘴唇也看出了他自己將遭到判決的徵兆。」「我的嘴唇？」K問，從口袋掏出一面小鏡子，打量起自己，「我從我的嘴唇看不出什麼特別的東西來。你呢？」「我也看不出來，」商人說，「一點也看不出來。」「這些人是多麼迷信啊！」K喊道。「我不就是這麼說的嗎？」商人問。「難道你們之間有這麼多往來，還彼此交換意見？」K說，「到目前為止我完全沒有參與。」「一般說來，他們之間並沒有往來，」那商人說，「不可能往來，畢竟他們人那麼多，又沒有什麼共同的利益。如果在一群人當中偶爾產生了對於共同利益的信念，這信念很快就會被證明是個錯誤。大家無法一起做些什麼來對付法院。每一件案子都單獨受到調查，這個法院再謹慎不過。所以大家無法一起做些什麼，只有個人偶爾能夠在暗中努力，獲得一些成果，也只有在獲得成果之後，其他人才會得知，沒有人曉得事情是怎麼發生的。也就是說，大家並沒有什麼共同感，雖然大家偶爾會在等候室裡相遇，但是在那兒談起的事情很少。那些個迷信從很久以前就有了，而且幾乎還在自動增加。」「我在等候室看見的那些先生，」K說，「他們的等待在我看來實在毫無用處。」「等待並非毫無用處，」商人說，「毫無用處的只是自行插手干預。我已經說過，除了這一位律師之外，我目前還有五名律師。別人多半會認為——我自己起初也這麼認為——現在我可以把事情完全交給他們。可是那樣想就大錯特錯了。我能夠交給他們的事要比我只有一個律師時更少。你大概不懂吧？」「不，」K說，為了阻止那商人說得太快，按住他的手表示安撫，「我只想拜託你講慢一點，對我來說，這些事全都非常重要，而我有點跟不上你的速度。」「幸好你提醒了我，」商人說，「畢竟你是個新人，是個年輕人。你的官司有半年了，對吧？沒錯，我聽說了。這麼年輕的一樁官司！我卻已經把這些事想過不知道多少遍了，對我來說，它們是世界上最理所當然的事。」「你大概很高興你的官司已經有這麼多進展了吧？」K問，他不想直截了當地問那商人的案子情況如何，而他也沒有得到明確的回答。「是的，我把我的官司推動了五年之久，」商人說，低下了頭，「這個成就不算小。」然後他沉默了一陣。K豎起耳朵，注意聽蕾妮是否已經回來了。一方面他不希望她回來，因為他還有許多事想問，而且也不想讓蕾妮撞見他跟這商人在說體己話；另一方面他又氣她在律師那裡待了這麼久，比起端湯過去所需要的時間久得多，儘管他人在這裡。「我還清楚記得，」商人又說起話來，而K馬上就全神貫注，「當我的官司就跟你的官司一樣年輕的時候。那時我只有這個律師，但是對他卻不怎麼滿意。」「從他這裡我可以得知一切。」K心想，不住點頭，彷彿可以藉此鼓勵那商人把所有值得知道的事都說出來。「我的官司沒有進展，」商人繼續說，「雖然舉行過初審，我也每一場都去了，收集了資料，繳交了所有的帳冊，後來我才知道這根本沒有必要。我一再跑去找律師，他也提出了好幾份答辯書——」「好幾份答辯書？」K問。「對，當然。」商人說。「這對我來說很重要，」K說，「在我的案子上，他始終還在撰寫第一份答辯書，什麼都還沒有做。現在我看出他忽略了我，這很可恥。」「答辯書還沒有寫好，這可能有各種合理的因素，」商人說，「再說，我後來發現那些答辯書根本毫無價值。在一位法院公務員的協助下，我甚至親自讀過一份。那答辯書雖然很有學問，但根本毫無內容。尤其是有許多我看不懂的拉丁文，接著是好幾頁對法院的一般呼籲，再來是對某幾位官員的恭維奉承，雖然沒有指名道姓，但是熟悉內情的人想必猜得出來，然後是那律師的自我誇獎，而他簡直是卑躬屈膝地在法院面前貶低自己，最後是對從前類似舊案的研究。不過，在我所能理解的範圍內，這些研究做得非常仔細。我說這些也不是想要評斷這位律師的工作，而且我所讀的那份答辯書也只是許多份當中的一份，但是無論如何，當時我看不出我的官司有任何進展，這就是我想說的。」「你想看見什麼樣的進展呢？」K問。「你這樣問很有道理，」商人微笑地說，「在這個司法程序中很少看得見進展。可是當時我並不知道。我是個商人，而當時我比現在更像個商人，我想要摸得著的進展，整件事應該逐漸結束，或者至少要真正地升高。然而卻只有審訊，而審訊的內容大同小異。法院的信差一星期要來好幾次，到我店裡，我住的地方，或是其他能碰到我的地方，那當然很煩人（在這一點上，至少現在好多了，打電話來比較不那麼煩人），而在我的生意朋友之間，尤其是在我的親戚之間，有關我官司的謠言開始傳開，也就是說損害來自四面八方，卻沒有絲毫跡象顯示法院會在近期內進行審理，哪怕只是第一次審理。於是我去找律師，向他抱怨。他雖然說了很多話來解釋，卻斷然拒絕按照我的意思去做，他說沒有人能影響審理將於何時舉行，在一份答辯書裡加以催促——如同我所要求的——簡直是前所未聞，會毀了我，也毀了他。我心想：這個律師不想做或是做不到的事，會有別的律師想做，也能做到。於是我去找其他律師。我要先說：沒有一個律師去要求確定主要審理的日期，或是針對這件事去進行努力，此事的確無法做到。不過，還是有一點保留，這我待會兒還會提到。也就是說，就這一點而言，這位律師並沒有騙我，但除此之外，我並不後悔去向其他律師求助。關於那些不合格的律師，你大概也已經從胡德博士那兒有所耳聞了，他大概把他們描述得十分可鄙，而他們也的確很可鄙。只不過，每次當他談起他們，把他自己和他的同行拿來跟他們做比較，他就會犯一個錯誤，我也想順便向你指出他的這個錯誤。為了區別，他總是把他這個圈子裡的律師稱為『大律師』。這是錯的，當然，每個人都可以自稱為『大』，只要他高興，可是就這個情況而言，卻只能由法院的習慣來決定。因為根據法院的習慣，在不合格的律師之外，還有小律師和大律師。而這位律師跟他的同行只是小律師，大律師的等級要比小律師高得多，兩者之間的差別遠大於小律師跟那些受人鄙視的不合格律師之間的差別，我只聽說過這些大律師，但是從來沒見過。」「大律師？」Ｋ問，「他們是些什麼人？要怎麼找到他們？」「所以說，你還從來沒聽說過他們，」商人說，「幾乎每個被告在聽說了他們之後都會有一段時間夢想著他們，你最好別受這個引誘。我不知道那些大律師是什麼人，而且很可能根本沒辦法去找他們。我沒聽說過有哪個案子能夠確切地說他們曾經插手。他們是會替某個人辯護，但是這無法透過個人的意志達成，他們只替他們想為之辯護的人辯護。不過，他們所關注的官司想來已經脫離了低等的法院。此外，最好是別去想他們，否則你就會覺得跟其他律師的磋商、他們的建議和幫助是多麼令人厭惡而且毫無用處。我自己就曾經巴不得把一切都拋開，在家裡躺在床上，什麼都不想再聽。可是真要那樣做卻又是再愚蠢不過，而且就算躺在床上也平靜不了多久。」「所以當時你並沒有去想那些大律師？」Ｋ問。

「沒有想多久，」商人說，又露出微笑，「只可惜沒法完全忘記他們，尤其是在夜裡。不過，當時我想要的是立即的成果，所以我去找那些不合格的律師。」

「看你們這樣坐在一起。」蕾妮喊道，她端著盤子回來，在門裡停住腳步。他們的確坐得很靠近，只要稍微轉個身，兩人的頭部就會相撞，那個商人不僅個子矮，還把背駝著，迫使K也得深深彎下身子，如果他想聽到一切。「再等一下。」K不耐煩地朝蕾妮喊，沒有耐性地抖動他還一直擱在那商人手上的手。「他要我把我的官司說給他聽。」商人對蕾妮說。「說吧，儘管說吧。」她說。她對那商人說話很溫柔，卻仍舊帶著施恩的意味，K不喜歡這樣。此刻他看出這個人畢竟還是有點價值，至少他有經驗，而且善於敘述這些經驗。蕾妮對他的看法可能並不正確。他生氣地看著蕾妮把那商人一直拿著的蠟燭拿走，用她的圍裙替他擦手，然後在他身旁蹲下來，把滴在他長褲上的一些蠟刮掉。「你剛才想跟我說那些不合格律師的事。」K說，逕自把蕾妮的手推開。「你這是幹嘛？」蕾妮問，輕輕打了K一下，繼續她剛才做的事。「對，那些不合格的律師。」商人說，拂了一下額頭，彷彿在思索。K想幫助他回想，便說：「你當時想要立即的成果，所以去找那些不合格的律師。」「沒錯。」商人說，卻沒有再往下說。「也許他不想在蕾妮面前談這件事。」K心想，按捺住想立刻聽取下文的不耐，沒有再去催他。

「你替我通報了嗎？」他問蕾妮。「當然，」她說，「他在等你。現在別管布羅克了，你晚一點還可以跟布羅克說話，反正他會留在這裡。」K猶豫不決。「你會留在這裡嗎？」他問那商人，想聽他自己回答，不想讓蕾妮提起那商人就像在談起一個不在場的人，今天他對蕾妮充滿了祕密的怨氣。然而又是只有蕾妮回答：「他常常睡在這裡。」「睡在這裡？」K喊道，他本來以為這商人只是會在這裡等他，等他迅速結束跟律師的會談，他們就可以一起離開，不受打擾地把一切談個徹底。「對，」蕾妮說，「約瑟夫，不是每個人都跟你一樣，隨時都能去見律師。你似乎根本不覺得奇怪，儘管律師生病了，卻還在晚上十一點接見你。你實在把你朋友為你做的事看得太理所當然了。你的朋友很樂意這麼做，至少我很樂意。我不想要別的感謝，也不需要別的感謝，只要你喜歡我就好。」「喜歡你？」乍聽之下K在心裡想，然後腦子裡才閃過：「沒錯，我是喜歡她。」儘管如此，他不管這一切，說道：「他接見我，是因為我是他的當事人。如果連這都還需要別人幫忙，豈不是每走一步都得乞求和感謝了。」「他今天真壞，對吧？」蕾妮問那商人。「現在換成把我當成不在場的人了。」K心想，幾乎也生起那商人的氣，當此人也順著蕾妮的無禮，說道：「律師接見他也還有別的理由，因為他的案子比我的有趣。再說，他的官司才剛開始，所以大概還不算無可挽救，律師還很樂意關心他。以後情況就會不同了。」「是囉，是囉。」蕾妮說，笑著看著那商人。「他真會胡說！」她轉而對K說，「你其實根本不能相信他。他雖然人很好，卻喜歡胡說八道。也許就是因為這樣律師才受不了他，至少，他只有在心情好的時候才接見他。我花了很多功夫想改變這一點，但卻無能為力。你想想看，有時候我去通報布羅克來了，而他直到三天後才接見他。而布羅克要是在他被喊到的時候不在這裡，那就全完了，一切又得重新再來過。所以我允許布羅克睡在這裡，畢竟律師也曾經在夜裡按鈴叫他，如今布羅克夜裡也在待命。只不過，如果發現布羅克在這兒，律師偶爾又會撤回召見他的指令。」K用詢問的眼神朝那商人望過去。那人點點頭，也許是由於羞愧而分了心，又回復先前和K談話時的坦率，說道：「是的，到後來你會非常依賴你的律師。」「他抱怨只是做做樣子，」蕾妮說，「他已經好幾次向我坦承他很樂意睡在這裡。」她走向一扇小門，把門推開。「你想看看他的臥室嗎？」K走過去，從門檻上望進那個沒有窗戶的低矮空間，一張窄窄的床就把那裡給塞滿了。要爬上這張床得越過床柱，床頭的牆上有一塊凹進去的地方，一絲不苟地放著一根蠟燭、墨水瓶和筆、還有一疊紙，也許是跟官司有關的文件。「你睡在女傭房裡？」K問，轉過頭去面對那商人。「蕾妮把這個房間讓給了我，」商人回答，「這個房間有很多優點。」K凝視他良久，也許他對這個商人的第一印象終究還是正確的。此人的確有經驗，因為他的官司已經打了很久，但是為了這些經驗，他付出了很高的代價。頓時K再也不想看到那個商人。「帶他上床去吧。」他向蕾妮喊，而她似乎完全不懂他的意思。K想到律師那裡去，藉由解聘，他不僅想擺脫那律師，也想擺脫蕾妮和這個商人。然而他尚未走到門邊，商人小聲地喊他：「經理先生。」K帶著生氣的表情轉過身來。「你忘了你的承諾了，」商人說，從他的座位上央求地向K探過身來，「你還要告訴我一件祕密。」「的確，」K說，也瞄了蕾妮一眼，她專注地看著他，「那麼你聽好了：不過這幾乎已經不再是祕密了。我現在要去律師那裡把他解聘。」「他要解聘他。」商人喊道，從椅子上跳起來，雙手高舉，在廚房裡跑來跑去，一再喊道：「他要把這個律師解聘。」蕾妮想立刻朝K衝過來，但那商人擋住了她的路，於是她用拳頭打了他一下，然後攥起拳頭跟在K後面跑。可是K領先了很多，蕾妮追上他時，他已經進了律師的房間。他幾乎就要把門在身後關上，但是蕾妮用腳抵住了門，抓住他的手臂，想把他拉回去。然而他緊捏她的手腕關節，令她嘆了一口氣，不得不放開他。她一時不敢踏進房間裡，而K用鑰匙鎖上了門。

「我等你已經等了很久了。」律師從床上說，把他就著燭光閱讀的一份文件放在床頭几上，戴上一副眼鏡，銳利地看著K。K並沒有道歉，反而說：「我很快就要走了。」因為K所說的話並非道歉，律師不予理會，說道：「下一次我不會再讓你在這麼晚的時間來見我了。」「這正合我意。」K說。律師用詢問的眼神看著他，說：「你坐下吧。」「既然你這麼希望。」K說，把一張椅子拉到床頭几旁，坐了下來。「你好像把門鎖上了。」律師說。「是的，」K說，「是因為蕾妮的關係。」他不打算維護任何人。律師問道：「她又太纏人了嗎？」「纏人？」K問。「對。」律師笑著說，突然咳了起來，等到咳完了又開始笑。「你總該已經察覺到她很纏人了吧？」他問，拍拍K的手，K心不在焉地把手撐在床頭几上，此時迅速把手抽了回來。「你並不怎麼看重這件事，」律師說，見K沉默不語，「這樣更好，否則我也許還得向你道歉。這是蕾妮的一個怪癖，順帶一提，我早已原諒了她的這個怪癖，如果不是你剛才把門鎖上，我也不會提起。這個怪癖，當然，你大概根本不需要我來向你解釋，可是你這樣詫異地看著我，所以我還是解釋一下，這個怪癖在於蕾妮覺得大多數的被告都很美。她每一個都依戀，都愛，似乎也被每一個所愛。為了替我解悶，有時候她會跟我說起，如果我允許她說的話。對於這整件事我並不像你這麼詫異。如果具有正確的眼光，的確常常會覺得被告很美。不過這是個奇怪的現象，在某種程度上，是種自然科學現象。當然，被控告並不會對外貌造成明顯的改變，能夠明確定義的改變。畢竟這跟不同於涉及其他法律事務，大多數的被告仍舊維持平常的生活方式，如果有個關心他們的好律師，這官司不會對他們造成太多妨礙。儘管如此，有經驗的人能夠在一大群人當中把那些被告一個一個地認出來。怎麼認的？你會問，而我的回答不會令你滿意。那些被告正好就是那群人當中最美的。讓他們美麗的不可能是罪過，因為——至少身為律師我得這麼說——並非所有的被告都有罪過，讓他們美麗的也不可能是將來的處罰，因為並非所有的被告都會受到處罰，所以原因只可能在於針對他們而進行的司法程序以某種方式附著在他們身上。當然，在那些美麗的人當中還有特別美的。但他們全都很美，就連布羅克也一樣，這個可憐蟲。」

當律師說完，K完全冷靜下來，甚至在他說最後幾句話時大大點頭，以這種方式向自己證實他原有的想法，亦即這律師總是用文不對題的泛泛之論來令他分心，這一次也一樣，想把他的注意力從主要問題轉移開來，亦即他到底對K的官司做了多少實際的工作。律師大概察覺了這一次K比平常更加抗拒，因為此刻他不再作聲，想給K說話的機會，由於K還是不吭聲，他便問道：「今天你來找我是有一個特定的目的？」「是的，」K說，用手微微遮住燭光，好把律師看清楚一點，「我是想告訴你，從今天開始我撤回對你的委託。」「我沒有聽錯吧。」律師問，在床上半坐起來，一隻手撐在枕頭上。「我想是的。」K說，他直挺挺地坐著，像是要伺機而動。「那我們也可以談談這個計畫。」過了一會兒律師說。「這已經不再是個計畫了。」K說。「有可能，」律師說，「儘管如此，我們還是不要操之過急。」他用了「我們」這個字眼，彷彿他無意放K走，彷彿他至少還想繼續當K的顧問，就算不能當他的代理人。「沒有什麼事操之過急，」K說，慢慢站起來，走到他的椅子後面，「這件事我好好考慮過，也許還考慮得太久了。這個決定已成定局。」「那麼請容許我再說幾句話就好。」律師說，掀開了羽絨被，坐在床緣，長著白色毛髮的赤裸雙腿由於寒冷而顫抖。他請K從長沙發上拿條毯子給他。K把毯子拿來，說：「你讓自己受涼了，這實在沒有必要。」「這個理由夠重要了，」律師說，一邊用羽絨被把上半身裹住，再把腿包在毯子裡，「你叔叔是我朋友，而這段時間以來，我也漸漸喜歡上你。這一點我坦白承認，我不需要為此感到羞愧。」K十分不樂意聽見老人這番感傷的話，因為這迫使他得要詳加解釋，而他本來很想避免去做解釋，此外，他也坦承這番話令他感到迷惑，雖然也絕對無法讓他打消他的決定。「謝謝你的好意，」他說，「我也承認你已經盡你所能地來關心我的事，按照你認為對我有利的方式。然而，近來我漸漸相信這並不足夠。你比我年長許多，也更有經驗，我當然不會嘗試說服你同意我的看法，如果有時候我忍不住想這麼做，那麼請你原諒。可是如同你自己所說，這件事足夠重要，而我相信，比起到目前為止，必須更有力地插手干預這樁官司。」「我了解你，」律師說，「你沒有耐性。」「我不是沒有耐性，」K說，有一點火大，不再那麼留心自己的措辭，「從我第一次來訪，當我跟我叔叔到你這裡，你大概就注意到我不太在乎這樁官司。如果不是別人在某種程度上硬要讓我想起它，我就會把它完全忘了。可是我叔叔堅持要我委託你來代理我，而我這麼做是為了讓他高興。在這種情況下，別人應該會以為我會把這官司看得更容易，因為委託律師代理是為了稍微卸下官司的負擔。可是事情卻正好相反。自從你開始代理我，我反而比以前更加為了這官司而擔心。當我獨自面對這官司的時候，我什麼也沒做，但我幾乎感覺不到，如今我有了代理人，一切都指向將有某件事發生，我不斷等待你插手，愈來愈急切，你卻沒有插手。當然，我從你這裡得到各種關於法院的消息，也許從其他任何人那邊都無法得到，但是這對我來說不夠，如今這樁官司愈來愈朝我逼近，簡直是偷偷地。」K把椅子從身前推開，站得直挺挺的，雙手插在外套口袋裡。「在實務上，從某個時刻開始，」律師平靜地小聲說，「基本上就不會再有什麼新的事情發生了。有多少當事人在官司的類似階段像你一樣站在我面前，說了類似的話。」「那麼，」K說，「所有這些當事人就跟我一樣是對的。這根本駁斥不了我。」「我說這話並非要駁斥你，」律師說，「但我還想要說，我本來期待你會比其他人更有判斷力，尤其是比起我為其他當事人所做的，我讓你對法院和我的工作有更多的了解。而現在我卻不得不看出，儘管做了這一切，你對我還是缺乏足夠的信賴。你讓我很為難。」律師在K面前是多麼低聲下氣！絲毫不顧及自己的地位尊嚴，在這件事上，這尊嚴肯定是最為敏感的。而他為什麼這麼做呢？他看來是個業務繁忙的律師，也是個有錢人，他既不可能在乎失去收入，也不可能在乎失去一個客戶。再說他身體不好，其實本就應該考慮減少工作。儘管如此，他還是緊拉著K不放？為什麼？是由於他對叔叔的關心嗎？還是他真的認為K的官司極不尋常，希望能在其中表現優異，不管是為了K，還是——此一可能性也絕不能排除——為了他在法院的那些朋友？K從律師身上什麼也看不出來，就算毫無顧忌地打量著他。幾乎可以假定他是故意不動聲色，等待他的話在K身上產生作用。但他此刻繼續往下說時，顯然把K的沉默解讀為對自己大為有利：「你大概注意到了，我雖然有間很大的事務所，卻沒有雇用助手。從前情況不同，曾經有幾個學法律的年輕人替我工作，如今我獨自工作。部分原因在於我的實務改變，因為我漸漸局限於像你的官司這一類的訴訟案件，另外則在於我從這些訴訟案件而得到的深刻認知。我自覺不能把這份工作交給任何人來做，如果我不想辜負我的當事人和我所接下的任務。可是，決定自己來做所有的工作，自然而然導致的結果是：我幾乎必須拒絕所有委託我代表的請求，只能勉強接受那些讓我特別在意的請求——有很多可憐的傢伙，甚至就在這附近，對於我所拒絕的任何小案子都會一擁而上。而且我也因為過度勞累而生病了。儘管如此，我並不後悔自己所做的決定，也許我其實應該拒絕更多的委託，但是我對自己所接下的官司全心投入，事實證明這是絕對必要的，而且也收到了成果。我曾經在一篇文章裡讀到代表一般的法律訴訟與代表這類法律訴訟之間的差別，那篇文章說得很好：前一種律師用一條紗線牽著他的當事人，直到判決；後一種律師則立刻把當事人扛在肩上，扛著他直到判決，而且在那之後也不會把他放下。事情正是如此。不過，當我說我從來沒有為這沉重的工作感到後悔，其實並不完全正確。當有人像你一樣，這樣完全錯看了我的工作，如同你的情況，那麼，嗯，那麼我就幾乎感到後悔。」這番話並沒有說服Ｋ，反而讓他不耐煩。他覺得從律師的口氣裡聽得出來，假如他讓步的話，等著他的會是什麼：律師會再度說起那些敷衍的空話，暗示答辯書已有進展，暗示法院官員情緒好轉，但也會暗示此一工作所面臨的重大困難——簡而言之，Ｋ已經聽膩的一切又會被再度提出，為了再度用不確定的希望來欺騙Ｋ，用不確定的威脅來折磨他。這必須徹底加以阻止，於是他說：「如果你保有我的代表權，你想針對我的官司做些什麼？」那律師甚至連這個侮辱人的問題也忍受了，答道：「繼續去做我已經為你所做的事。」「我就知道，」Ｋ說，「現在再說什麼都是多餘的。」「我還想再做一次努力，」律師說，彷彿讓Ｋ激動的事不是發生在Ｋ身上，而是發生在他身上，「因為我想你是被誤導了，不僅對我提供的法律協助做出錯誤的判斷，也造成你的其他行為，被誤導的原因是他們待你太好了，雖然你是被告，或者說得更正確一點，是他們待你太過馬虎，看似馬虎。最後這一點也有其原因，戴上鐐銬往往勝過自由之身。不過，我倒想讓你看看，其他的被告受到什麼樣的對待，也許能讓你從中得到教訓。現在我要把布羅克叫來，你去把門鎖打開，然後坐在這張床頭几旁邊。」「好的。」Ｋ說，照律師所要求的做了，他隨時樂於學習。不過，為了保障自己，他還問道：「可是你已經曉得我撤銷了我對你的委託？」「是的，」律師說，「不過，在今天之內你還可以取消這件事。」他又躺回床上，把羽絨被直拉到下巴，轉身面向著牆，然後他才按鈴。

蕾妮幾乎鈴聲一響就出現了，她迅速看了幾眼，設法得知先前發生的事，Ｋ平靜地坐在律師床邊，這在她看來令人心安。她微笑地向K點點頭，K直視著她。「把布羅克帶來。」律師說。但她沒有去帶他，只是走到門前，喊道：「布羅克！來見律師！」然後溜到K所坐的椅子背後，也許是因為律師仍然轉過身子面對牆壁，什麼也不管。從這時候起，她就開始煩他，從椅背上彎下身子，或是用手梳弄他的頭髮，撫摸他的臉頰，不過很溫柔，也很小心。最後K設法阻止她，抓住了她的一隻手，她略做抗拒之後就由著他。

布羅克聽到呼叫就立刻來了，但是在門前站住，似乎在考慮是否該進來。他抬高了眉毛，把頭歪向一邊，像是在傾聽叫他來見律師的那聲命令是否會再重複一次。K其實可以鼓勵他進來，但是他不僅打算跟律師徹底斷絕關係，也打算跟這間寓所裡的一切徹底斷絕關係，因此一動也不動。蕾妮也不說話。布羅克察覺至少沒人趕他走，踮著腳尖走進來，神情緊張，雙手在背後抽搐。他讓門繼續開著，為了可能需要撤退。他根本沒有去看K，始終只看著那隆起的羽絨被，由於律師把自己挪到靠牆很近的地方，根本看不見被子底下的他。但此時他的聲音響起：「布羅克來了嗎？」他問。布羅克已經朝前走近了一大段，這句問話簡直是先給他當胸一推，又從背後一推，他一個踉蹌，站定了腳步，深深彎著腰，說：「任憑吩咐。」「你來幹嘛？」律師問，「你來得不是時候。」「我不是被叫來的嗎？」布羅克問，不像是問律師，而像是在問自己，把雙手舉在面前作為保護，準備跑走。「你是被叫來，」律師說，「儘管如此，你來得不是時候。」停頓了一會兒之後，他又加了一句：「你總是來得不是時候。」自從律師開始說話，布羅克不再望向那張床，而是凝視著某個角落，只是豎耳傾聽，彷彿說話者的樣子令人目眩，非他所能承受。然而就連傾聽也很困難，因為律師對著牆壁說話，而且又快又小聲。「你們想要我走開嗎？」布羅克問。「既然你已經在這裡了，」律師說，「留下！」別人可能會以為律師並非滿足布羅克的願望，而是威脅要揍他，因為布羅克真的開始發抖。「昨天，」律師說，「我到第三位法官那兒去，他是我的朋友，而我逐漸把話題轉移到你身上。你想知道他說了什麼嗎？」「噢，請說。」布羅克說。由於律師沒有立刻回答，布羅克又重複了他的請求，彎下身子，像是要跪下。K卻訓斥他，喊道：「你在幹嘛？」由於蕾妮想要阻止他叫喊，他把她的另一隻手也抓住了。那緊握並非出於愛，她也幾度嘆氣，想把手從他手中抽回來。然而由於K的叫喊，布羅克卻受到了懲罰，因為律師問他：「你的律師是誰？」「是你。」布羅克說。「除了我呢？」律師問。「除了你沒有別人。」布羅克說。「那就不要跟隨其他任何人。」律師說。布羅克完全認同這一點，用兇狠的眼神打量K，並且對著他猛搖頭。假如把這副舉止翻譯成言語，就會是粗魯的辱罵。K本來還想跟這個人好好談論自己的官司！「我不會再干擾你，」K說，向後靠坐在椅子上，「你要跪下來，還是四肢著地在地上爬，都隨便你，我都不再管了。」但布羅克終究還是有榮譽心，至少是在K面前，因為他揮著拳頭，朝K走去，用他在律師附近所敢用的最大音量喊道：「你不准這樣跟我說話，這是不允許的。你為什麼侮辱我？而且還是在律師先生面前？在他面前，你和我都只是由於他的憐憫而被容忍。你並沒有比我更好，因為你也被控告了，也有一樁官司。如果你儘管如此仍舊是位紳士，那麼我就也同樣是位紳士，就算沒有比你更高貴。而我也希望別人跟我說話時把我當成一位紳士，尤其是你。可是如果你認為自己受到優待，因為你可以輕鬆地坐在這裡，輕鬆地聆聽，而我卻如同你所說的四肢著地在地上爬，那麼我要用一句古老的法律諺語來提醒你：對於嫌犯來說，活動要勝過靜止不動，因為停下不動就可能不知不覺地置身於天平的秤盤上，和他的罪孽一起被衡量。」K沒有說話，只是目不轉睛地瞪著這個糊塗人。在過去這一個小時裡，在他身上產生了多大的改變！是那樁官司讓他昏了頭，看不出誰是朋友誰是敵人？難道他沒看出那律師是故意侮辱他，而且這一次沒有別的目的，只是為了在K面前誇耀自己的權力，或許藉此也能讓K屈服？可是，如果布羅克沒有能力看出這一點，或是過於害怕這律師，乃至於就算看出也沒有用，那麼他又怎麼可能那麼狡猾，或是那麼大膽，去欺騙這律師，隱瞞他另外還找了其他律師替他工作。既然K可能會馬上洩露他的祕密，他又怎麼膽敢攻擊K。可是他敢做的事還不僅如此，他走到律師床邊，開始也在那兒抱怨起K來：「律師先生，」他說，「你聽見這個人是怎麼跟我說話的。他的官司還可以用小時來計算，就已經想要好好教訓我這個已經打了五年官司的人。他甚至還辱罵我，什麼也不知道就辱罵我，而在我微薄的力量所能及的範圍內，我卻是仔細地研究過禮節、義務和法律習慣有哪些規矩。」「不要去管任何人，」律師說，「做你覺得正確的事。」「當然。」布羅克說，彷彿是在給自己打氣，匆匆往旁邊一瞥，在床邊跪了下來。「我已經跪下了，律師。」他說，但律師沒說話。布羅克用一隻手小心地撫摸那床羽絨被。在此刻的寂靜中，蕾妮掙脫了K的手，說：「你弄痛我了。放開我，我要到布羅克那兒去。」她走過去，在床緣坐下。布羅克為她的到來非常高興，立刻用無聲的生動手勢央求她在律師那兒替他說話。他顯然迫切需要律師帶來的消息，但可能只是為了讓他的另外幾個律師來利用這些消息。蕾妮大概很清楚該如何掌握這個律師，她指指律師的手，噘起嘴唇，像要親吻一樣。布羅克立刻執行了這個吻手的動作，並且在蕾妮的敦促下又重複了兩次，但律師仍舊沉默不語。此時蕾妮朝律師彎下身子，當她這樣伸展身體，可清楚看見她美好的身材，她朝他的臉深深低下頭，撫摸他長長的白髮，終於迫使他做出回答。「我在猶豫該不該告訴他這個消息。」律師說，看得出他稍微搖了搖頭，也許是想更加享受蕾妮撫摸他頭部的手。布羅克低頭傾聽，彷彿這傾聽使他觸犯了一條誡律。「你為什麼猶豫呢？」蕾妮問。K覺得自己像是在聽一段排練過的對話，已經重複過許多次，還會再重複許多次，而這段對話只有對布羅克來說不會失去新意。「他今天表現如何？」律師問，並沒有回答。蕾妮在表示意見之前，先低頭向布羅克望去，觀察了他好一會兒，看他向她舉起雙手，央求地搓著手。最後她嚴肅地點點頭，轉身向律師說：「他安靜而且勤奮。」一個老商人，一個留著長鬍子的男人，乞求一個年輕女孩替他做出有利的證詞。在旁人眼中，什麼也無法替他辯解，哪怕他還有什麼念頭隱而未宣。他簡直侮辱了旁觀者的人格。K不明白，那律師怎會以為能透過這樣一場表演來爭取到他。假如他不是先前就已經把K嚇跑了，那麼藉由這一幕他也就辦到了。所以，這就是這律師的手段，幸好K並沒有忍受太久。到最後，當事人忘了整個世界，只希望能在這條歧路上掙扎著走向官司的盡頭。那不再是當事人，而是律師的狗。假如律師命令此人爬到床下就像爬進一個狗屋，然後在那裡學狗叫，此人也會高高興興地去做。K審慎地聆聽，彷彿受命把在這裡所說的一切都清楚地記下來，去一個更高階的單位加以舉發，並且提出報告。「他一整天都做了些什麼？」律師問。「為了不讓他妨礙我工作，」蕾妮說，「我把他關在女傭房裡，那也是他平常待的地方。從小窗裡我可以不時去看看他在做什麼。他一直跪在床上，把你借給他的那些文件在窗台上攤開來閱讀。這給了我一個好印象，因為那扇窗戶只通往一個通風井，幾乎沒有光線。儘管如此，布羅克還是在閱讀，這顯示出他有多麼聽話。」「聽你這樣說我很高興，」律師說，「可是他有用心去讀嗎？」在這番對話進行時，布羅克不停地動著嘴唇，顯然是在表達他希望蕾妮做出的回答。「關於這一點，」蕾妮說，「我當然沒辦法確切地回答。不過，我看見他讀得很仔細。他一整天都在讀同一頁，而且在閱讀時用手指劃過每一行。每次我朝他看過去，他都在嘆氣，好像讀得很吃力。你借給他的那些文件大概很不容易理解。」「對，」律師說，「的確如此，我也不認為他讀得懂。那些文件只是想給他一點概念，讓他知道我為了替他辯護所做的努力有多麼艱難。而我做這番艱難的努力是為了誰呢？為了——說出來簡直可笑——布羅克。他也應該學習理解這代表什麼意義。他研讀的時候沒有中斷嗎？」「幾乎沒有中斷，」蕾妮回答，「只有一次他請我拿水給他喝。我從小窗子裡遞了一杯水給他。八點鐘的時候我放他出來，給了他一點東西吃。」布羅克朝K瞥了一眼，彷彿蕾妮是在誇獎他，想必也會讓K印象深刻。此時他似乎滿懷希望，動作比較放得開，跪在那裡搖來搖去。和他在聽到律師接下來所說的話後頓時僵住，形成強烈的對比。

「你誇獎他，」律師說，「正因為這樣，讓我很難說下去。因為法官所說的話，對布羅克本身和他的官司都不太有利。」「不太有利？」蕾妮問，「這怎麼可能呢？」布羅克以緊張的目光看著她，彷彿相信她此刻還有能力把法官早就說出口的話再扭轉成對他有利。「不太有利，」律師說，「我談起布羅克甚至讓他不愉快。『不要談布羅克的事。』他說。『他是我的當事人。』我說。『你讓別人利用你。』他說。『我認為他的官司還沒有輸。』我說。『你讓別人利用你。』他又重複了一次。『我不相信，』我說，『布羅克在官司上很勤勞，而且總是在追蹤他的案子。為了能時時得到最新的消息，他幾乎住在我那兒。不是每個人都這樣勤奮。當然，他這個人不討人喜歡，舉止低俗，而且骯髒，但是從官司的角度來看，他無可指責。』我說無可指責是故意誇大其詞。聽了這話，他說：『布羅克只是狡猾。他累積了很多經驗，懂得拖延官司，但是他的無知還要遠勝過他的狡猾。假如他得知他的審判還根本沒有展開，他會怎麼說呢？假如有人告訴他，就連審判開始時的搖鈴信號都還沒有出現。』安靜，布羅克。」律師說，因為布羅克正想抬起他不穩的膝蓋站起來，顯然想請律師說明。此刻律師頭一次直接對著布羅克說了比較多的話，他疲倦的眼睛半是漫無目標地望出去，半是朝下望著布羅克，此人在這道目光下再度緩緩跪下。「法官這番話對你根本沒有意義，」律師說，「不要一聽到什麼就被嚇到。你要是再這樣，那我就根本什麼都不會再向你透露。別人一句話才起了頭，你就用那種眼神看著他，彷彿對方要宣布你的最終判決似的。在我的當事人面前你該感到慚愧！而且你也動搖了他對我的信賴。你還想要怎麼樣呢？你還活著，還在我的保護之下。害怕毫無意義！你大概在哪裡讀到過，說在某些情況下，最終判決會意外下達，從任何人的嘴裡，在任何時間。這固然是真的——雖然有許多限制條件，但你的恐懼令我厭惡，讓我看出你缺少應有的信賴，這也是真的。我究竟說了什麼？我只是重述了一位法官所說的話。要知道，針對司法程序累積了各種不同的觀點，到了無法看透的地步。例如，對這個司法程序開始的時間點，這位法官跟我有不同的認定。這只是意見不同而已，沒什麼大不了。根據古老的習俗，在官司的某個階段會發出一個搖鈴的信號。按照這位法官的看法，審判隨著這個信號展開。現在我無法把所有反對此一看法的理由都告訴你，反正你也不會懂，你只要知道反對此一說法的理由很多，就夠了。」布羅克尷尬地用手指去撫平床前那塊小地毯上的毛，法官的話所引起的恐懼讓他暫時忘了自己面對律師時的卑屈，他只想著自己，把法官的話翻來覆去地琢磨。「布羅克，」蕾妮用警告的語氣說，拉著他的外套領子，把他稍微提了起來，「別再去弄那些毛了，好好聽律師說話。」

第九章 在大教堂

K接獲任務，要帶跟銀行有生意往來的一個義大利人去參觀幾個藝術古蹟，那人對銀行來說很重要，而且是第一次在這座城市停留。換作是別的時候，他肯定會認為這件任務是份榮耀，然而，如今他卻是不情願地接受了，因為他必須竭心盡力才能維持他在銀行裡的聲望。他不在辦公室的每一個小時都令他憂慮，雖然他遠遠無法再像從前一樣善加利用辦公時間，有些時候他只是勉強做出在工作的假象，但是當他不在辦公室時，他的擔憂卻因此更大。他會彷彿看見總是在暗中窺伺的副行長不時到他辦公室來，坐在他的辦公桌前，翻遍他的文件，接待多年以來跟K幾乎成了朋友的客戶，搶走他們，甚至會發現K的錯誤，如今K在工作時總是看見錯誤從千百個方向逼近，再也避免不了。因此，他若是奉命公出，甚至是短程出差——這類的任務最近湊巧很多——即使這是在表揚他，還是不免令人猜測別人是想讓他暫時離開辦公室，趁機檢查他的工作，或者至少是別人認為辦公室裡少了他也無所謂。大多數的這類任務他本來可以輕易地加以拒絕，可是他不敢，因為只要他的擔憂有一絲合理，拒絕任務就等於承認他的恐懼。基於這個理由，他看似冷靜地接受這些任務。當他得辛苦地出差兩天，他甚至隱瞞自己患了重感冒，以免別人以當時正值多雨的秋天為由，阻止他去出差。當他在這趟出差後帶著劇烈的頭痛回來，他得知自己被指定在次日陪伴那位義大利籍的生意夥伴。他很想至少拒絕這一次，尤其是這回別人想要他去做的事並非直接與銀行業務有關，履行這種對生意夥伴的社交義務，就其本身而言無疑很重要，只不過對K來說並不重要，他很清楚他只能透過工作上的成功來維持地位，很清楚自己如果做不到這一點，那麼就算他能出乎意料地迷住這個義大利人也毫無價值。他連一天也不想被推離工作的領域，因為他過於恐懼將再也回不來，他很明白這種恐懼過於誇張，但此一恐懼卻仍舊令他難以呼吸。然而，在這件事情上，幾乎不可能編出一個能被接受的藉口。雖然K只略懂義大利文，但畢竟還是夠用，更重要的是K具有一些藝術史方面的知識，這件事在銀行裡人盡皆知，因為K曾經是這座城市藝術古蹟保存協會的成員，雖然也只是由於業務的關係。由於傳言說這個義大利人愛好藝術，因此選擇由K來陪他自然是順理成章。

那天早晨颳大風下大雨，K在七點鐘就已經來到辦公室，對於即將展開的這一天滿腹怒氣，希望在那個訪客害他什麼也不能做之前，至少先做完一些工作。他很疲倦，因為他花了大半夜來研究一本義大利文文法，為了稍做準備。此時那扇窗戶要比辦公桌更吸引他，最近他經常坐在那扇窗邊，但是他抗拒了這個誘惑，坐下來工作。可惜工友剛好走進來，通報說行長派他來看看經理先生是否已經在這裡了，如果他在，那就麻煩他到接待室去一下，來自義大利的那位先生已經到了。「我這就過去。」K說，把一本小字典塞進口袋，再把一本城中名勝的相冊塞在手臂下，那是他替這位外國人準備的，然後穿過副行長的辦公室走進行長辦公室。他很慶幸自己這麼早就到辦公室來，得以立刻聽候差遣，這一點大概誰都沒有料到。副行長的辦公室自然還沒有人，就像在深夜一樣，很可能那工友也奉命召喚他到接待室去，但卻徒勞無功。當K走進接待室，那兩位先生從深深的靠背椅裡站起來。行長露出親切的微笑，顯然很高興K來了，立刻進行介紹，那個義大利人用力地跟K握手，笑著說某個人起得很早，K不太確定他指的是誰，而且他用的是個特別的字眼，過了一陣子，K才猜出那個字的意思。他用幾句場面話來回答，那義大利人也笑著接受了，好幾次緊張地伸手拂過他濃密的灰色鬍鬚。這鬍子顯然灑過香水，讓人幾乎想要走近去聞。等到大家都坐下來，開始寒暄，K很尷尬地發現他只能片片段段地聽懂那義大利人說的話。如果他慢慢地說，K幾乎可以完全聽懂，然而這種情形是例外，大多數時候，話語簡直是滔滔不絕地從他嘴裡吐出，他搖頭晃腦，像是樂在其中。可是在這樣說話時，他一再改用某種方言，對K來說，這方言跟義大利文已經毫無關係，但行長不但聽得懂，而且還會說。不過，這一點K其實早該料到，因為這個義大利人來自義大利南部，而行長也在那裡待過幾年。總之，K看出自己跟那個義大利人聽懂彼此說話的可能性已經大幅降低，因為那人的法文也很難聽懂，而且他的鬍子遮住了嘴唇的動作，否則見到他的唇形或許能有助於了解。K開始預見到許多困難，暫時放棄了想去聽懂那義大利人所說的話——行長很容易就能聽懂他說的話，當著行長的面，沒有必要多費力氣——K只是悶悶不樂地打量那人，看他深深地坐在靠背椅中，一派輕鬆，看他好幾次去拉他那件剪裁俐落的短外套，看他有一次舉起雙臂，用關節靈活的雙手動來動去，努力描述某件K無法領會的事物，儘管K傾身向前，不讓那雙手離開視線。K無所事事，只是機械性地用目光跟隨那一來一往的談話，最後，先前的疲倦在K身上產生了作用，他突然發現自己正心不在焉地想要站起來，轉身走開，把他嚇了一跳，幸好他及時發現。終於那義大利人看看時鐘，跳了起來，向行長告辭之後，他擠到K身邊來，而且靠得那麼近，使得K不得不把他的椅子往後推，才得以移動。行長肯定從K的眼中看出他面對這個義大利人時所處的困境，插進話來，而且十分聰明，十分體貼，看起來好像他只是提出幾個小建議，事實上他扼要地讓K明白那個義大利人不停打斷他而說出的話。K從行長那裡得知，這個義大利人還得先去辦幾件事，說可惜他時間有限，說他也絕對無意走馬看花地把所有的名勝古蹟都走遍，說他其實只打算去參觀大教堂，但是會仔仔細細地參觀，不過只有在K同意的情況下，一切完全由K決定。說他很高興能在一個既有學問又親切的人陪同下進行這次參觀——他指的是K，但K只忙著迅速理解行長所說的話，並沒有去聽那義大利人說話——如果時間對K來說方便的話，請他在兩個小時後，大約在十點鐘抵達大教堂，他自己希望在這個時間肯定已經到了。K應了幾句話，那個義大利人先跟行長握手，再跟K握手，然後又跟行長握了一次手，在兩人的陪同下朝著門走去，還向他們半轉過身來，仍舊沒有停止說話。之後K還留在行長身邊一會兒，行長今天看起來氣色特別差，自覺似乎有必要跟K道歉，於是說——他們親密地站得很靠近——本來他打算自己陪那個義大利人去，可是後來——他沒有細說原因——他決定還是派K去。如果K一開始聽不懂那個義大利人說話，也不必驚慌，他很快就能聽懂，而就算他根本聽不懂多少，也沒有關係，因為那個義大利人其實並不太在意別人有沒有聽懂他說的話。此外，K的義大利文說得出人意料地好，肯定能把這件事做得很出色。說完這話，行長就跟K告別了。K把僅剩的時間用來把導覽大教堂所需要的字彙從字典裡查出後抄下來，這工作極端令人厭煩。工友把郵件送進來，職員帶著各種問題過來，看見K在忙，就在門邊停住腳步，但在K沒有聽他們把話說完之前卻並不離開。副行長也不放過打攪K的機會，好幾次進來，把那本字典從他手裡拿過去，漫無目的地在裡面翻著。當門被打開，就連客戶都隱隱出現在接待室中，猶豫地彎身鞠躬，想讓別人注意到他們，但並沒有把握自己是否被看見了——這一切都圍繞著K轉動，像是圍繞著一個中心。K自己則把他所需要的字彙列出來，從字典裡查出之後再抄下來，然後練習其發音，最後再試著把這些字背起來。然而，他從前的好記性似乎完全棄他而去，有時候他實在氣那個義大利人害他如此勞累，便把字典埋在文件下，打定主意不要再做準備，可是隨後他又覺悟到自己總不能無言地跟那個義大利人在大教堂的藝術品前走來走去，便懷著更大的怒氣再把那本字典抽出來。

九點半他正打算要走，來了一通電話，蕾妮向他道早安，問他可好，K匆匆地道謝，表示自己此刻無法跟她談話，因為他得到大教堂去。「到大教堂去？」蕾妮問。「是的，去大教堂。」「為什麼要去大教堂？」蕾妮問。K設法簡短地向她說明，但是他才起了個頭，蕾妮突然說：「他們在追捕你。」K無法承受他沒有挑起也不曾期待的同情，三言兩語道了別，可是在把聽筒掛回去時，他卻還說了：「是的，他們在追捕我。」一半是對自己說，半是對遠方那個他不再聽得見的女孩說。

而這時已經遲了，幾乎可能無法準時抵達。他搭汽車過去，在最後一刻還想起了那本相冊，先前他沒有找到機會遞出去，所以現在把它帶著。在整趟車程中，他把相冊放在膝蓋上，不安地用手指頭在上面敲著。雨勢減弱了，但是天氣又濕又冷，而且陰暗，在大教堂裡將看不見多少東西，但K的感冒卻會由於在冰冷的磁磚地上久站而更加嚴重。

大教堂前的廣場空無一人，K憶起他小時候就注意到在這個狹小廣場上的屋子裡，所有的窗簾幾乎總是都被放下來。不過，在今天這種天氣裡，這要比平常容易理解。大教堂裡似乎也是空的，當然沒有人會想到要在這個時候到這裡來。K穿過兩側的翼廊，只碰到一個老婦人，裹著一條暖和的披巾，跪在一幅聖母像前面，凝視著那幅畫像。然後他還遠遠地看見一個跛行的工友消失在牆上的一道門裡。K準時抵達，他進來的時候鐘正敲響十一下，那個義大利人卻還不見蹤影。K走回主要入口，在那裡站了一會兒，下不定決心，然後在雨中繞著大教堂走了一圈，好查看那個義大利人是否在哪個側門等待，可是到處都找不到他。難道是行長把時間聽錯了嗎？誰又能正確聽懂這個人講話。但是不管怎麼樣，K還是至少得等他半個小時。由於疲倦，他想坐下，又走進大教堂裡，在一個台階上找到一塊像是地毯的破布，用腳尖把它拉到旁邊一張長凳前，把自己在大衣裡再裹緊一點，豎起衣領，坐了下來。為了打發時間，他打開那本相冊，在裡面翻了一下，但是沒多久就得打住，因為光線變得太暗了，當他抬起頭來，在旁邊的翼廊上幾乎什麼也無法分辨。

遠處在主祭壇上有一個由燭光構成的大三角形，K不確定自己是否先前就已經看見了，也可能是剛剛才被點燃的。教堂的工友擅長躡手躡腳地行走，讓人幾乎無法察覺。當K湊巧轉身，他看見在他身後不遠處有一支又高又粗的蠟燭被固定在一根柱子上，同樣也在燃燒。燭光雖然很美，卻不足以照亮掛在側翼祭壇幽暗中的聖壇畫像，反而更增添了那份幽暗。那個義大利人沒有來，他這樣做雖然失禮，卻很合理，反正什麼也看不見，只能將就著用K的手電筒一吋一吋地來看幾幅畫。為了試看看那樣能看見什麼，K走到近處一間位在側翼的小教堂，爬上幾級台階，走到一個低矮的大理石欄杆前，在那欄杆上俯身向前，用手電筒照向那張聖壇畫像。長明燈的燭光在前面搖晃，干擾了視線。K首先半看半猜地看出一個身穿鎧甲的高大騎士，被畫在那張畫的最邊緣。他拄著他的劍，劍身插在面前光禿禿的土地上，只有幾根草零零落落地冒出來。他像是專注地觀察一個在他面前進行的過程。令人驚訝的是他就這樣站在那裡，沒有靠近，也許他是被派來守衛的。久未看畫的K端詳那個騎士良久，雖然他必須一再眨眼，因為他受不了手電筒的綠色光線。等他讓光線掃過那幅畫的其餘部分，他發現這是一幅習見的基督入墓圖，此外這是幅年代比較近的畫。他把手電筒塞進口袋裡，又走回他的位子。

如今大概已經無須等待那個義大利人，可是外面肯定下著傾盆大雨，而教堂裡並不像K原先所以為的那麼冷，所以他決定暫時留在這裡。在他旁邊是大講道壇，講道壇小小的圓頂上放著兩個半倒的金色十字架，最尖端處交叉著。護欄的外牆以及與承載講道壇的柱子相連的部分有綠色的葉狀雕飾，被小天使抓著，有些活潑，有些平靜。K走到講道壇前，從每一邊加以細看，石塊的處理極為細膩，在葉狀雕飾之間與後面，深深的黑暗宛如被逮住、被拘留。K把手伸進這樣一個空隙裡，小心翼翼地去摸那石頭，在這之前，他根本不知道有這個講道壇存在。此時他湊巧發現在下一排長凳後面有一個教堂工友，身穿有褶下垂的黑色袍子站在那裡，左手拿著一個鼻菸壺，正打量著他。「這人想要幹嘛？」K想，「他覺得我可疑嗎？他想要小費嗎？」可是當這個教堂工友發現K注意到他，他伸出右手，指著某個不確定的方向，兩隻手指之間還捏著一小撮菸草。他的舉止幾乎令人無法理解，K又等了一會兒，但是那個教堂工友不斷用手指著某樣東西，還一邊點頭，來加強他的意思。「他想幹嘛？」K小聲地問，在這裡他不敢大喊，隨後他掏出錢包，從下一排長凳擠過去，想走到那個人身邊。然而此人立刻做了個拒絕的手勢，聳聳肩膀，一跛一跛地走開了。K小時候曾用這種類似倉促跛行的走路方式來模仿騎馬。「一個幼稚的老人，」K心想，「他的智力只夠在教堂裡打雜。看他這樣在我站著時停下來，看他這樣窺伺著，看我是否會繼續往前走。」K帶著微笑，跟著那老人穿過整個翼廊，幾乎快走到主祭壇那一排，那老人還是不停地指著，但是K故意不轉頭，老人那樣指的目的不過是想引他走開，不要再跟在老人後面。最後他真的不再跟著那老人了，他不想讓老人太害怕，而且他也不想把這人趕走，萬一那個義大利人還是來了的話。

當他進到中殿，想找到他留下相冊的位子，他發現在一根柱子旁邊，有一個次要的小講道壇，很簡單地由光禿禿的灰白石頭建成，幾乎鄰著唱詩班的席位。這個講道壇是那麼小，遠遠看去像個空著的壁龕，像是要用來擺放一尊塑像。講道者肯定無法從圍欄向後退上整整一步。此外，講道壇的石製拱頂從很低的地方展開，雖然沒有任何裝飾，所成的弧形卻使一個中等身高的男子無法在那裡站直，必須始終俯身在圍欄上。這整個設計像是為了用來折磨講道者，要這樣一個講道壇何用實在令人費解，既然已經有了另外一個裝飾得充滿藝術性的大講道壇可供使用。

K本來肯定也不會注意到這個小講道壇，假如在這個講道壇上方不是放了一盞燈，一如在講道即將進行之前的習慣。難道即將進行一場講道嗎？在這座空蕩蕩的教堂裡？K朝那道樓梯望過去，那樓梯緊貼著柱子，通往那座講道壇，那麼窄小，彷彿不是讓人走的，而只是用來裝飾那根柱子。可是在講道壇下方果然站著一位神職人員，讓K詫異地露出微笑，那神父把手放在欄杆上，已經開始往上爬，並且朝K看過來，輕輕地點點頭。K在胸前畫了十字，鞠了個躬，其實他早該這麼做的。那神父微微向上一躍，用快速的短短步伐爬上了講道壇。難道一場講道果真要開始了嗎？也許那個教堂工友並沒有那麼糊塗，而是想把K趕到講道者這邊來，在這座空蕩蕩的教堂裡，這也的確有其必要。不過，在某處的一幅聖母像前面還有一位老婦人，她也應該要過來的。而且既然要講道的話，為什麼沒有奏起管風琴來做前導。可是那座管風琴仍舊悄無聲息，只從高處在黑暗中發出微弱的光。

K想著自己現在是否該盡速離開，如果現在不走，在講道進行當中就不可能走，屆時他就必須留下，講道講多久，他就得留多久。在辦公室裡他浪費了那麼多時間，而他也早已沒有義務要再等那個義大利人，他看看錶，時間是十一點。可是難道真的會進行講道嗎？難道K一個人就足以代表信眾嗎？假如他只是個來參觀教堂的外國人呢？事實上他就跟來參觀教堂的外國人沒有兩樣。認為此刻將會進行講道太過荒謬，在一個工作天的上午十一點，在糟糕透頂的天氣下。那個神父——那人無疑是位神父，一個膚色深、臉孔光滑的年輕人——顯然只是想上去把那盞不該點燃的燈熄滅。

但事情並非如此，那神父反倒把那盞燈檢查了一下，再把燈轉緊一點，然後緩緩朝著圍欄轉過身來，用雙手抓住有稜有角的邊飾，就這樣站在那一陣子，沒有轉動頭部四下張望。K往後退了好一段距離，用手肘倚著最前排的長凳。他不安的眼睛看見那個駝背的教堂工友安詳地蜷縮在某處，像是完成了任務，但K無法確定其確切的位置。此刻大教堂裡是多麼安靜呀！可是K不得不打擾這份安靜，他無意留在這裡；如果神父有義務在某個特定的時間講道，不管當時的情況如何，那麼就由他去，就算沒有K的捧場他也能辦到，一如K之在場也肯定不會提高講道的效果。於是K開始慢慢移動，踮起腳尖，沿著長凳摸索著向前，抵達寬闊的主要通道，在那裡繼續向前走，完全不受打擾，只是步伐再輕，還是會在石板地面發出聲音，而教堂的拱頂讓這腳步聲發出規律的多重回聲，雖然微弱，卻不停歇。當K獨自穿過那些空無一人的長凳時，覺得有點孤單，也許因為那神父的注視，而教堂之大也讓他覺得簡直身處人類所能承受的極限。等他走到了他先前的位子，他匆匆抓起擱在那的相冊，收好，沒有多做停留。他幾乎就要離開長凳區，而接近位在長凳與出口之間的那塊空地，此時他首次聽見那神父的聲音。一個鏗鏘有力、經過練習的聲音。聽這聲音是如何貫穿了這座準備好接收這聲音的大教堂！而那神父並非在對著信眾呼喊，情況很明顯，而且無處可逃，他喊著：「約瑟夫．K！」

K停下腳步，看著前面的地板。他暫時還是自由的，還可以繼續往前走，穿過前面不遠處那三扇暗暗的小木門當中的一扇，悄悄溜走。這只會表示他沒有聽懂，或是他雖然聽懂了，卻不想理會。可是他一旦轉身，就被留住了，因為那就等於承認他聽得很清楚，承認他的確是那個被喊的人，承認他也想聽從。假如那神父又再喊了一次，那麼K肯定就走了，可是不管K等了多久，仍然一片安靜，他終於還是稍微轉過頭去，想看看那個神父此刻在做什麼。那神父跟先前一樣平靜地站在講道壇上，但顯然察覺了K的轉頭。如果K此刻不整個轉過身去，就會像是小孩在玩捉迷藏。他轉過身，神父伸手向他示意，要他走近一點。由於此刻一切都可以光明正大地發生，他邁開大步朝著講道壇跑過去，而他這麼做也是出於好奇，並且想縮短這件事的時間。他在頭幾排長凳旁停下腳步，但是神父似乎覺得這個距離還是太遠，伸出了手，食指向下，指著講道壇正前方之處。K也依從了，在這個位置上，他已經得把頭向後仰，才能看得見神父。「你是約瑟夫．K。」神父說，舉起放在圍欄上的一隻手，做了個不明確的手勢。「是的。」K說，想到以前他常常說出自己的名字，而這一段時間以來，他的名字成了一種負擔，現在就連他頭一次遇見的人都曉得他的名字，能夠先自我介紹才被別人認識是件多麼美好的事啊。「你被控告了。」神父壓低了聲音說。「是的，」K說，「他們通知我了。」「那麼你就是我要找的人，」神父說，「我是個監獄神父。」「原來如此。」Ｋ說。「我讓人叫你到這裡來，」神父說，「為了跟你談一談。」「我不知道這件事，」Ｋ說，「我來這裡是為了帶一個義大利人參觀這座大教堂。」「別提這些不重要的事，」神父說，「你手裡拿的是什麼？一本祈禱書嗎？」「不，」Ｋ回答，「是一本介紹城裡名勝的相冊。」「放開它。」神父說。Ｋ把那相冊用力扔開，相冊打開了，有幾頁被壓皺了，在地板上滑行了一段。「你知道你的官司情況不佳嗎？」神父問。「我也這麼覺得，」Ｋ說，「我盡了一切努力，可是到目前為止沒有成果。不過，我還沒把答辯書寫好。」「你認為結局會是如何？」神父問。「先前我認為此事必定會有好的結局，」Ｋ說，「現在有時候連我自己都感到懷疑。我不知道結局會是如何。你知道嗎？」「不知道，」神父說，「但是恐怕會有壞結局。他們認為你有罪。你的官司也許根本不會脫離低階的法院。至少目前認為你確實有罪。」「但我並沒有罪，」Ｋ說，「這是個錯誤。一個人怎麼可能就是有罪的呢？明明我們大家都是人，人人都一樣。」「話是沒錯，」神父說，「可是有罪的人通常都這麼說。」「你也對我有成見嗎？」Ｋ問。「我對你沒有成見。」神父說。「謝謝你，」Ｋ說，「可是其他參與這個審判程序的人都對我有成見。他們也讓那些沒參與的人對我有了成見。我的處境會愈來愈困難。」「你誤解了事實，」神父說，「判決不會突然下達，審判程序會逐漸變成判決。」「原來是這樣。」Ｋ說，低下頭。「接下來你想針對你的案子做些什麼？」神父問。「我還想尋求協助，」Ｋ說，抬起頭來，想看看神父對此有何看法，「還有一些可能的辦法我尚未加以利用。」「你找了太多人幫忙，」神父語帶責備地說，「尤其是找女人來幫你。難道你沒發現那並非真正的幫助？」「有些時候我可以同意你的說法，甚至是經常，」K說，「但不總是這樣。女人擁有很大的力量。如果能說動一些我認識的女人一起替我出力，我應該就會成功。尤其是這個法庭的成員幾乎都喜歡追求女人。那個初審法官一看到在遠處有個女人，就會撞倒法庭的桌子跟被告，好及時趕到那女人那裡去。」神父把頭向圍欄垂下，講道壇的拱頂似乎此刻才壓得他彎了腰。外面是多大的一場暴風雨？那已經不再是陰沉的白晝，而是深沉的黑夜。那些大窗戶上的彩繪玻璃也無法發出一絲光芒，劃破那黑暗的牆壁。偏偏此刻那個教堂工友開始把主聖壇上的蠟燭一支一支地熄滅。「你生我的氣嗎？」K問那神父，「你也許不知道你在為什麼樣的法院服務。」他沒有得到回答。「那只不過是我的經驗，」K說，上方仍舊一片安靜，「我無意冒犯你。」此時那神父朝下對著K大吼：「你就不能看遠一點嗎？」那聲大吼是出於怒氣，但也像是一個人看見有人摔倒，由於受到驚嚇，而不由自主地失聲叫了出來。

這會兒兩人都沉默良久。在下方的黑暗中，神父肯定無法確切地認出K來，但是在那盞小燈的光線下，K卻能清楚地看見那神父。為什麼神父不下來呢？既然他並沒有在講道，只是通知K一些事，假如K真去在意這些通知，對他的害處也許勝過益處。不過，K覺得神父的好意無庸置疑，假如他走下來，K和他說不定能協調出一致的看法，K說不定能從他那兒得到關鍵性的建議，而且是K可以接受的，例如，這建議將會向他指出，不必去想該如何影響審判，而該想如何逃離審判，如何迴避審判，如何在審判之外生活。這個可能性一定存在，最近K常常想到此一可能。而神父若是曉得這種可能性，那麼他或許會透露，如果K央求他的話，雖然他自己也屬於法院，雖然當K抨擊法院時，他壓抑住自己溫柔的天性，甚至對著K大吼。

「你不想下來嗎？」K說，「既然你並沒有要講道。下來到我這裡吧。」「現在我可以下來了。」神父說，也許後悔他的大吼。他一邊把那盞燈從鉤子上拿下來，一邊說：「我得先從遠處跟你說話。不然我太容易受影響，會忘了我的職務。」

K在樓梯下等他。神父在走下來時，人還在樓梯上就向他伸出了手。「你有一點時間給我嗎？」K問。「你需要多少時間都行。」神父說，把那盞小燈遞給K，讓他拿著。即使在近處，神父身上的那種莊嚴也並未消失。「你對我很和善。」K說。他們並肩在黑暗的翼廊上來回踱步。「你在所有隸屬法院的人當中是個例外。比起他們當中的任何人，我對你更為信賴，而我已經認識了那麼多人。我可以對你坦誠地說話。」「你別弄錯了。」神父說。「我在什麼事情上弄錯了？」K問。「在法院這件事上你弄錯了，」神父說，「在法律的前言裡提到過這種錯覺：在法律之前站著一個守門人。一個鄉下人來到這個守門人面前，請求進入，但守門人說現在不能允許他進入。那人考慮了一下，然後問他之後是否能被允許進入。『有可能，』守門人說，『但是現在不行。』由於通往法律的大門始終是敞開的，而守門人站到一邊，那人彎下腰，想望進那扇門裡。守門人發現了，便笑著說：『如果它那麼吸引你，那麼儘管我禁止，你還是可以嘗試進入。但是要曉得：我的力量很大。而且我只是最低階的守門人。從一個廳到另一個廳，站著一個比一個更有力氣的守門人。第三個守門人，我光是看到他的樣子就承受不了。』那個鄉下人沒有料到這等困難，他以為法律應該是人人都可以隨時接近的。當他更仔細地打量那個身穿毛皮大衣的守門人，那大而尖的鼻子，長而稀疏的韃靼人黑鬍子，他決定還是寧可等待，等到他獲得進入的許可。守門人給了他一張板凳，讓他坐在門的側邊。他在那兒坐了一天又一天，一年又一年。他一再嘗試想獲准進入，一再央求，讓守門人不勝其擾。守門人經常對他進行小小的盤問，詢問他關於他家鄉的事和許多其他事情，但那是些漠不關心的詢問，就像大人物所提的問題，而到最後，守門人總是說還不能夠讓他進入。那個人為這趟旅行帶了許多東西，他把一切都拿來賄賂這個守門人，哪怕是再有價值的東西也不吝惜。守門人雖然把東西全都收下了，卻在收下時說：『我收下來只是為了讓你不要以為自己少做了什麼該做的事。』在那許多年裡，那人觀察著那個守門人，幾乎不曾間斷。他忘了其他的守門人，在他看來，這第一個守門人是進入法律的唯一阻礙。他咒罵這不幸的巧合，在頭幾年裡很大聲，後來他老了，就只是自言自語地嘟囔著。他變得孩子氣，由於他在對那守門人的長年觀察中也發現了對方毛皮領子上的跳蚤，他也央求那些跳蚤幫他的忙，去改變守門人的心意。最後他的視力變弱了，而他不知道四周是否真的變暗了，還是只是他的眼睛在欺騙他。不過，如今他在黑暗中辨識出一道光，不滅地從那扇法律之門裡透出來。現在他活不了多久了。在他死前，這些年來的所有經驗在他腦中集結成一個他至今不曾向那守門人提出的問題。他向那守門人示意，因為他僵硬的身體已經無法站直。守門人必須深深地朝他彎下身子，因為兩人的高矮差別有了很大的改變，那人變矮了。『現在你還想要知道什麼？』守門人問，『你永遠不滿足。』『明明大家都在追求法律，』那人說，『為什麼這麼多年以來，除了我都沒有別人要求進入呢？』守門人看出這人的生命已經到了盡頭，為了讓逐漸喪失聽力的他還能聽見，向他大吼：『其他任何人都無法在這裡取得進入的許可，因為這個入口是專門為你而設的。現在我要走過去把它關上。』」

「所以說，守門人欺騙了那個人。」K立刻說，被這個故事深深吸引。「不要操之過急，」神父說，「不要未經檢驗就接收別人的看法。我把這個故事根據原文所寫的講給你聽。那裡面沒有提到欺騙。」「可是事情很清楚，」K說，「而且你最初的說明完全正確。守門人直到最後才做出能夠拯救他的告知，當此一告知再也幫不了那人的時候。」「他之前沒有被問到這個問題，」神父說，「你也要考慮到，他只是個守門人，而身為守門人，他盡到了他的義務。」「你為什麼認為他盡到了他的義務？」K問，「他沒有盡到他的義務。他的義務也許是攔住所有的陌生人，可是入口既然是為這個人而設的，他其實應該要讓他進去。」「你對那篇文字缺少足夠的尊重，更改了那個故事，」神父說，「針對進入法律的許可，故事中包含了守門人所做的兩個重要解釋，一個在開頭，一個在結尾。一處說的是『現在他不能允許他進入』，另一處是：『這個入口是專門為你而設的。』假如這兩個解釋之間互相矛盾，那麼你就可以說守門人欺騙了那人。然而這兩個解釋之間卻並沒有矛盾。正好相反，第一個解釋甚至預示了第二個解釋。幾乎可以說，守門人超出了他的義務，向那人提出了將來允許他進入的可能性。在那個時候，他的義務看來只在於阻擋那個人。的確有許多解釋那篇文字的人納悶那個守門人居然做了這樣一個暗示，因為他似乎重視精確，嚴格地守護他的職責。那麼多年他都沒有離開崗位，直到最後才把門關上，他對於自己職務的重要性十分自覺，因為他說：『我力量很大。』他敬畏上級，因為他說：『我只是最低階的守門人。』只要涉及善盡義務，他既不會被打動，也不會被激怒，因為文中說那人『一再央求，讓守門人不堪其擾』。他不多話，因為在那許多年裡，他只提出如文中所說『無動於衷的問題』。他不被收買，因為對於那人送他的禮物他說『我收下來只是為了讓你不要以為自己少做了什麼該做的事』。最後，他的外表也暗示他的個性拘泥細節，那大而尖的鼻子，還有長而稀疏的韃靼人黑鬍子。還會有比他更忠於職守的守門人嗎？不過，在這個守門人身上還摻雜了別種性格特徵，對那個要求進入的人十分有利，而且這些特徵也讓人至少能夠理解，他何以在暗示將來的可能性時會稍微超出了他的義務。因為，無可否認地，他有點頭腦簡單，並且因此而有點自負。他針對他的力量以及其他守門人的力量所說的話，還有他說自己承受不了第三個守門人的模樣——就算這些話本身都沒有錯，但他說這些話的方式卻顯示出頭腦簡單和自大蒙蔽了他的理解力。關於這一點，詮釋者說：對一件事的正確理解與對同一件事的誤解，這兩者並不互相排斥。但無論如何，必須假定這種頭腦簡單和自大削弱了對那入口的看守，就算是以微不足道的方式表現出來。這是那個守門人性格上的缺陷。再加上那個守門人似乎生性和善，並不總像個公職人員。在故事一開始，他就開了個玩笑，邀請那人不顧明確的禁令而進入，然後他沒有馬上趕他走，反而如文中所述給了他一張板凳，讓他在門邊坐下。在那麼多年裡，他展現耐心，忍受那人的央求，進行小小的審訊，接受禮物，寬宏大量地容許那人在他旁邊大聲咒罵那不幸的巧合，是巧合把那守門人置於此地——這一切都可歸諸於他動了同情心，並非每個守門人都會這麼做。最後在那人向他示意之後，他還深深朝那人彎下身子，給他問最後一個問題的機會。從『你總是不滿足』這句話中只流露出些許不耐——守門人知道一切都已經結束了。有一種詮釋甚至更進一步表示，『你總是不滿足』這句話表達出一種友好的讚嘆，而此一讚嘆並非沒有高高在上的意味。總而言之，守門人這個人物的塑造與你所想的不同。」「你比我更熟悉這個故事，也知道得比我更久。」K說。他們沉默了一陣。然後K說：「所以你認為那個人並沒有被欺騙囉？」「不要誤會我的意思，」神父說，「我只是想讓你知道針對這個故事有哪些看法。你不必太在意這些看法。寫下來的文字不會改變，而看法往往只表示出對此的絕望。就這個故事來說，甚至還有一種看法，認為那個守門人才是被欺騙了的人。」「這個看法扯得很遠，」K說，「是根據什麼呢？」「根據守門人的單純，」神父說，「有人說他並不識得法律的內部，只識得入口前那條路，他必須一走再走的那條路。他對法律內部的想像被視為天真，而且有人認為他自己也畏懼他想讓那人感到畏懼的東西。可以說他比那個人還要畏懼，因為那人一心想要進去，就算聽說了裡面有更可怕的守門人，而那個守門人卻並不想進去，至少故事裡沒說他想進去。雖然也有人說他一定去過裡面，因為畢竟他曾經被法律任命擔任此一職務，而此事只可能在裡面發生。另一些人對這個說法的回答是，他也可以透過從裡面發出的一聲呼喊而被任命為守門人，至少他應該不曾進到裡面的深處，既然他連第三個守門人的模樣都已經無法忍受。此外，故事中也沒有提到在那許多年裡，他還敘述過什麼關於裡面的事，除了針對裡面那些守門人所說的那番話之外。也許他被禁止敘述，但他也不曾提起這個禁令。有人根據這一切推論出，他對那裡面的樣子和意義一無所知，有的只是一種錯覺。據說他對那個鄉下人其實也有一種錯覺，因為他隸屬於這個鄉下人之下，而他並不知道。從很多地方可以看出他把鄉下人當成下屬來對待，這你應該還記得，但他其實是隸屬於此人之下。根據此一看法，這在故事中也表現得很清楚。首先，自由的人位在受束縛的人之上。而那個鄉下人的確是自由的，他想去哪就可以去哪，只有法律的入口不准他進入，而且只被一個人禁止，亦即那個守門人。如果他在門邊那張板凳上坐了一輩子，那麼這是出於自願，故事裡沒有提到他受到強迫。然而守門人卻由於自己的職務而被束縛在他的崗位上，他不能離開，看樣子也不能進去，就算他想要進去。此外，他雖然是為法律效命，卻只為了這一個入口效命，也就是說只為了這個鄉下人，因為這個入口就只是為了此人而設。基於這個理由，他隸屬於此人。可以假定，在那許多年裡，在整個壯年時期中，在某種意義上，他只執行了空洞的職務，因為文中說，一個男子來了，指的是一個壯年男子，這表示那守門人在履行義務之前得要等很久，而且所等待的時間是由那個男子決定，畢竟他是自願來的。而這份職務的結束也是由那個男子生命的結束來決定，也就是說，直到最後他都隸屬於那人之下。而且文中一再強調，守門人似乎對一切都一無所知。不過，這一點並不引人注目，因為根據此一看法，守門人還有一種更嚴重的錯覺，此一錯覺涉及他的職務。因為，最後他提到那個入口時說：『現在我要走過去把它關上。』可是在一開始時提到過通往法律的那扇門始終是敞著的，而那門若始終是敞著的，『始終』表示不受限於那人的生命長度，雖然此門是為了那人而設，那麼就連守門人也無法把門關上。那守門人之所以宣布要去把門關上，只是想給一個回答呢？還是想強調他的職責？還是在最後一刻還想讓那人陷入悔恨和悲傷？關於這一點，大家意見分歧。但是許多人一致認為守門人無法把門關上，他們甚至認為他的知識也在那人之下，至少是在最後，因為那人看見了光從法律的入口透出來，而負責看門的守門人想來背對著入口站立，而且從他所說的話當中也不曾顯示出他察覺到此一變化。」「這很有根據，」K說，他小聲地複述神父所做說明中的一部分，「這很有根據，現在我也認為那個守門人被騙了。但是我並未因此放棄我先前的看法，因為兩者並不衝突。那守門人究竟是把事情看得很清楚，還是被騙了，這一點無法判定。我先前說那個人被騙了。如果守門人把事情看得很清楚，那麼就可以懷疑我的說法，可是如果守門人被騙了，那麼他的錯覺就勢必會傳染給那個人。在這種情況下，這個守門人雖然不是騙子，但卻如此頭腦簡單，應該立刻就被免職。畢竟你得考慮到，守門人的錯覺對他自己沒有損害，對那個人卻有千百倍的損害。」「在這一點上，有人與你意見相反，」神父說，「因為有些人說任何人都沒有權利評斷那個守門人。不管我們怎麼看他，他都是法律的僕人，聽命於法律，亦即脫離了眾人的評斷。在這種情況下，也就不能認為守門人隸屬於那個人之下。由於他的職務，哪怕只是被束縛在法律的入口，還是遠勝於自由地生活在世上。那人才到法律這裡，守門人就已經在那裡了。他是由法律任命來擔任此一職務，懷疑他的尊嚴就等於懷疑法律。」「我不同意這個看法，」K搖著頭說，「因為如果同意這個看法，就得把守門人所說的一切視為真實。但這是不可能的，你自己就詳細地陳述過理由。」「不，」神父說，「不必把一切都視為真實，只需要視之為必要。」「令人沮喪的看法，」K說，「謊言成了世界秩序。」

K說這句話作為結束，但這並非他的最終評斷。他太過疲倦，無力綜觀由這故事所引伸出的所有結論，而且這故事帶領他進入不尋常的思維邏輯，不真實的事物，比起他來，更適合由一群法院公務員來探討。這個簡單的故事變得奇形怪狀，他想把這個故事拋在腦後，而神父十分體諒地容忍K這麼做，默默地接納了K的意見，儘管這意見跟他本身的看法肯定不一致。

他們沉默地又走了一陣子，K緊緊地依傍著神父，在黑暗中不知道自己置身何處。他手裡那盞燈早已熄滅。有一次，在他正前方，一座銀製的聖徒雕像閃了一下銀光，隨即就又消失在黑暗中。為了不要一直依賴那位神父，K問他：「我們現在是不是在大門附近？」「不，」神父說，「我們離大門很遠。你要走了嗎？」雖然K本來並沒有這麼想，他卻馬上答道：「當然，我得走了。我是一家銀行的經理，有人在等我，我來只是為了帶一位生意上的外國朋友來參觀大教堂。」「嗯，」神父說，伸手與K相握，「那就走吧。」「可是在黑暗中我找不到路。」K說。「向左走到牆邊，」神父說，「然後繼續沿著牆走，不要離開牆邊，你就會找到出口了。」神父才只走開了幾步，而K已經喊得很大聲：「請再等一下。」「我等著。」神父說。「你對我沒有別的要求了嗎？」K問。「沒有。」神父說。「先前你對我那麼和氣，」K說，「向我說明了一切，現在你卻任由我離開，彷彿你一點也不在乎我。」「你明明得走了。」神父說。「這倒是的，」K說，「你應該明白。」「你該先弄明白我是誰。」神父說。「你是監獄神父。」K說，朝那神父走近了一點，其實他並不像自己所說的急須回到銀行裡，他大可以繼續留在這裡。「也就是說我隸屬於法院，」神父說，「所以我為何要對你有什麼要求。法院對你沒有要求。你來，它就接納你；你走，它就讓你走。」

結局

在他三十一歲生日的前夕——大約晚上九點，街上一片安靜——兩位男士來到K的住處。他們穿著小禮服，蒼白而肥胖，戴著看似不會滑動的禮帽。在公寓門前，他們為了誰先進去稍微客套了一番，在K的房間門口，同樣的客套又重複了一次，這一次花的時間比較久。雖然並未接獲有人來訪的通知，K同樣穿著黑色服裝，坐在門邊一張椅子上，緩緩戴上緊緊繃在手指上的新手套，一副在等候客人的樣子。他立刻站了起來，好奇地看著那兩位先生，問道：「你們是被派來找我的？」兩位先生點點頭，其中一人把禮帽拿在手裡，指著另一人。K向自己承認這並非他原本等待的來客。他走到窗邊，再一次望向漆黑的街道。街道對面所有的窗戶也幾乎仍是一片漆黑，許多窗戶裡的窗簾被放下了。一層樓一扇亮著燈的窗戶裡，兩個幼兒在一道柵欄後面玩耍，伸出一雙小手彼此觸摸，還沒有能力離開他們的位子。「他們派了低階的老演員到我這裡來，」K心想，望向四周，為了再度讓自己相信事情確是如此，「他們想用廉價的方式來打發我。」K突然朝他們轉過身去，問道：「你們在哪一個劇場表演？」「劇場？」其中一位先生嘴角抽搐地詢問另一位的意見。另一個打著手勢，像個啞巴在對抗難以駕馭的生物。「他們沒有料到別人會問問題。」K對自己說，去拿他的帽子。

那兩位先生在樓梯上就已經想要挽住K的胳臂，但是K說：「等到了街上再說，我並沒有生病。」而一到大門前，他們就挽住了K的胳臂，K還從不曾這樣跟別人一起走路。他們把肩膀緊緊貼在K的肩膀後面，手臂沒有彎曲，而是把K的整條手臂纏住，在下面抓住K的手，那是一種嚴格遵照規定的握法，熟練而令人無法抗拒。K走在他們中間，身體被拉直了，此刻他們三個形成了一體，假如有人擊倒他們其中一個，他們全都會一起倒下。幾乎只有無生命之物才能形成這樣的整體。

在路燈下，K幾度嘗試把他的陪伴者看得清楚一點，雖然在這種緊貼著的情況下很難辦到，先前在他房間的昏暗中他沒能把他們看清楚。他看到他們厚重的雙下巴，心想他們也許是唱男高音的。他們乾淨的臉孔令他覺得噁心，他彷彿還能看見那隻替他們清潔的手拂過他們的眼角，擦過他們的上唇，刮過下巴上的皺紋。

當K注意到這一點，他停下腳步，因此那兩人也停了下來。他們位於一個空曠廣場的邊緣，廣場上空無一人，有綠地作為裝飾。「為什麼他們偏偏派你們來！」與其說他是在問，不如說是在喊。那兩位先生看來不知道該怎麼回答，他們垂下那條自由的手臂等待，就像看護在等待想稍做休息的病人。「我不往前走了。」K試著說。那兩位先生無須回答，只要不鬆開手，設法把K架起來就夠了，可是K抗拒著。「我不再用得著許多力氣，現在我要把全部的力氣都用上，」他想，想起膠紙上的蒼蠅，細腿已斷裂，還努力想從膠紙上掙脫，「這兩位先生的工作會很沉重。」

此時在他們前方一條地勢較低的巷子裡，布斯特娜小姐從一小段階梯走上了廣場。沒法確定是否真的是她，但至少十分相像。而Ｋ也並不在乎那是否果真是布斯特娜小姐，只不過他立刻意識到自己的抗拒毫無價值。那絲毫不是英雄行徑，如果他做抵抗，如果他給那兩位先生添麻煩，如果他還想試圖在反抗中享受生命的最後一道光亮。他又走了起來，而他此舉所帶給那兩位先生的喜悅也傳染了一些給他。現在他們容許他決定行走的方向，而他根據前面那位小姐所走的道路來決定，不是因為他想要追上她，也不是因為他想看著她，能看多久算多久，而只是為了不要忘記她所代表的提醒。「現在我唯一能做的，」他對自己說，而他和另外那三人的規律步伐證實了他的想法，「現在我唯一能做的，是直到最後都保持冷靜分析的理智。從前我總是巴不得帶著二十隻手到這個世上，而且是為了不可取的目的。那是不對的，難道現在我要讓別人看出，就連這一年的審判都沒能讓我學到教訓嗎？難道我要在離開時做個理解力遲鈍的人嗎？難道我想讓別人在我背後說，我在審判開始時想要它結束，而在它此刻要結束時又想要它再度展開？我不想讓別人這樣說。我感謝他們讓這兩位像個啞巴、無動於衷的先生陪我走這段路，感謝他們讓我自己來說必要的話。」

此時那位小姐拐進了一條巷子，但是Ｋ已經不需要她了，任由他的陪伴者處置。這時，三個人全然意見一致，在月光下走過一座橋，那兩位先生心甘情願地配合Ｋ的一舉一動，當他稍微朝著欄杆轉過身去，他們也整個朝那邊轉過去。河水在月光中閃亮、顫抖，被一座小島分開，樹叢的葉片在島上大量堆積，彷彿被擠在一起。在他們下方有此刻看不見的石子路通往舒適的長凳，在某些夏日，K曾在這些長凳上舒展四肢。「我本來並沒有想要停下來。」他向他的陪伴者說，為了他們的甘心配合而感到羞愧。其中一人似乎在K背後溫和地責備另一人出於誤會而停下腳步，然後他們就繼續向前走。

他們穿過幾條上坡的街道，街道上有警察四下站立或走動，有時在遠處，有時就在旁邊。其中一個蓄著濃密的小鬍子，手按著佩劍的劍柄，像是有意走近這三個不無可疑的人。那兩位先生停住了，警察似乎就要開口說話，此時K用力拉著那兩位先生向前走。好幾次他小心地轉頭去看警察會不會跟上來，等他們跟那個警察之間隔了一個轉角，K開始跑起來，那兩位先生也不得不跟著跑，儘管上氣不接下氣。

就這樣，他們迅速離開了市區，在這個方向，市區幾乎與原野相連。一座小小的採石場，孤單而荒涼，位在一棟還很有城市風味的房屋附近。那兩位先生在這裡停下來，不管是因為這個地方原本就是他們的目的地，還是因為他們太過筋疲力盡，無法再跑下去。此刻他們鬆開了默默等待的K，摘下禮帽，用手帕擦掉額頭上的汗水，一邊在採石場四下張望。月光灑了一地，自然而寧靜，這種自然和寧靜是別種光線所沒有的。

針對接下來的任務該由誰執行，兩位先生謙讓了一番——他們所接獲的任務似乎並未做進一步的分配——然後其中一個走到K身邊，脫掉了他的外套、背心，最後也脫掉了他的襯衫。K不禁打起哆嗦，因此那位先生在他背上輕輕拍了一下表示安撫，然後把那些衣物仔細地放在一起，像是將來還會用到，就算暫時用不到。夜裡的空氣畢竟很涼，為了讓K不要一動也不動地暴露在這涼氣裡，那先生挽起他的手臂，帶著他一起來來回回地走了一下，另一位先生則在採石場裡尋找某個適當的位置。等他找到了，他招手示意，另一位先生就護送K過去。那是在靠近採石場圍牆之處，那裡有一塊敲下來的石頭。兩位先生把K放在地上，讓他倚著那塊石頭，把他的頭輕輕放在石頭上。雖然他們費了很多功夫，雖然他們盡量配合K，他的姿勢還是很不自然，無法令人信服。因此，一位先生請另一位讓他獨自來把K放下，但是情況也沒有好到哪去。最後他們讓K保持一種姿勢，在先前調整過的那些姿勢當中甚至不是最好的一種。然後其中一位先生掀開了他的小禮服，從一條繞著背心的皮帶上所掛的刀鞘裡，抽出了一把又長又尖、雙面都磨利了的切肉刀，把刀高舉，在光線下檢視刀刃。那令人作嘔的客套又開始了，其中一人把刀子從K頭上遞給另一人，而那人又把刀子從K頭上遞回來。此刻，K明白自己有義務抓住這把在他頭上晃來晃去的刀子，往自己身上戳下去。但他沒有這麼做，而是轉動著他那仍然自由的脖子，四處張望。他沒能徹底證明自己，不能代替政府機關把所有的工作都做了，這樣做需要殘存的力氣，沒給他這份力氣的那個人要承擔最後這件錯誤的責任。他的目光落在採石場旁邊那棟屋子的頂樓。像是乍現的光亮一閃而過，那裡有兩扇窗頁打開了，一個人，既瘦且弱，在遠遠的高處，猛然探出身來，將手臂往前伸出。那是誰？一個朋友？一個好人？一個關心的人？一個想要幫忙的人？那只是一個人嗎？還是所有的人？還有救嗎？還有一些反駁的理由，是他們之前忘了的？想必是有的。邏輯雖然不可動搖，但它不會抵抗一個想要活下去的人。那個他從未見過的法官在哪裡？那個他從不曾去過的高等法院在哪裡？他舉起了雙手，張開了全部的手指。

但是其中一位先生用雙手掐住了K的咽喉，另一人將刀子刺進他的心臟，並且在那裡轉了兩下。K翻白的眼睛還看見這兩位先生臉頰貼著臉頰挨近他的臉，觀察著最後的結果。「像條狗！」他說，彷彿他的羞恥在他死後仍將長存。

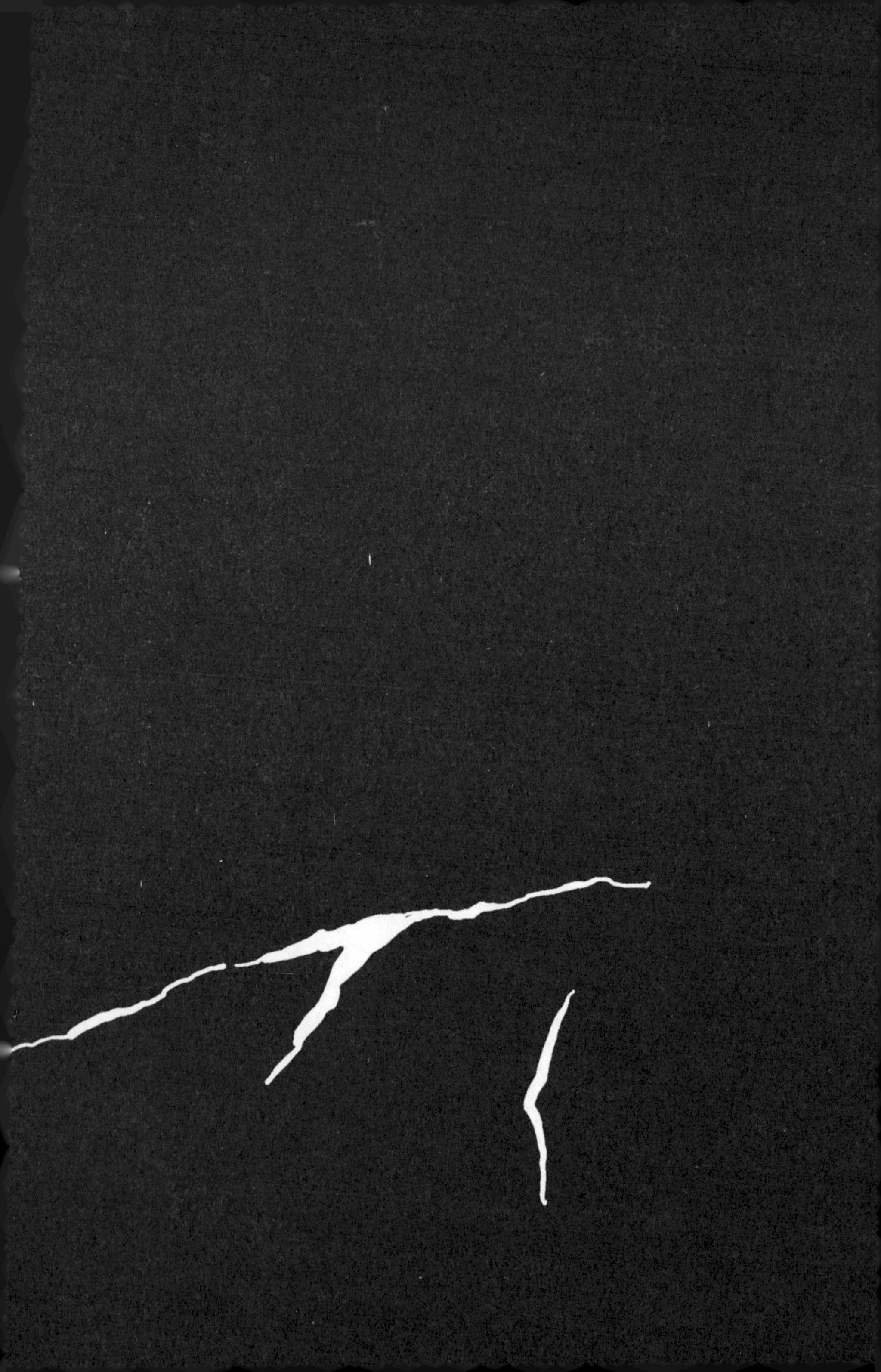

殘稿

Fragmente

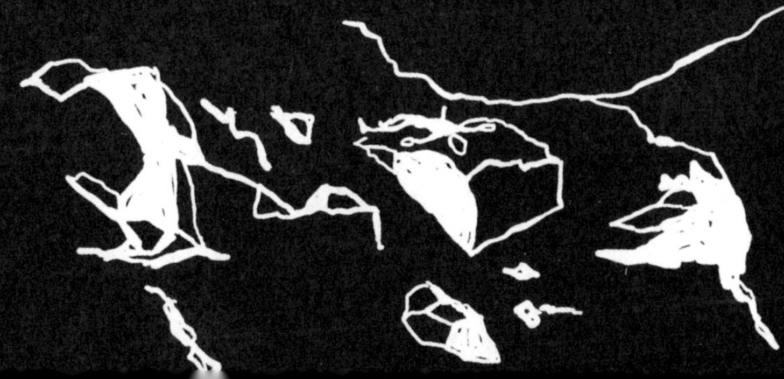

我沒有能力去思考、去觀察、去確認、去回憶，無法說話，也無法一起體驗，這份無能愈來愈嚴重，不得不確認自己化成了石頭。甚至於我的無能在辦公室也更加嚴重。如果我不在一份創作中拯救自己，我就完了。事情是如此清楚，我的認知也一樣清楚嗎？我躲避人群不是因為想要安靜地生活，而是因為想要安靜地死去。

——《卡夫卡日記・一九一四年七月二十八日》

I. B 的女友

在接下來這段時間裡，K就連跟布斯特娜小姐說上幾句話都不可能。他嘗試以種種方式來接近她，但她總懂得迴避。他在下班後馬上回家，待在他房間裡，沒有開燈，坐在沙發上，唯一做的事就是觀察玄關。如果女傭經過，以為房裡無人，而把K房間的門關上，他就會先等一下，然後站起來，再把房門打開。早晨他比平常早起一個小時，為了也許能在布斯特娜小姐去上班時單獨與她相遇。然而這些嘗試沒有一件成功。後來他寫信給她，寄到她辦公室，也寄到住處，在信裡再度嘗試替他的行為辯解，願意做任何補償，承諾永遠不會逾越她為他所設的界限，只求能給他一次跟她談話的機會，尤其是他若未事先跟她商量過，也不能在古魯巴赫太太那邊做什麼安排，最後他知會她，說他下一個星期天整天都會在他房間裡等待她給一個信號，表示答應他的請求，或者至少向他說明何以她不能答應他的請求，儘管他明明承諾會在一切事情上依從她。那些信沒有被退回來，但是也沒有回音。不過，星期天卻有一個夠明確的信號。一早K就透過鑰匙孔發現玄關有種特別的動靜，那動靜隨即明朗，是一名法文女教師搬進了布斯特娜小姐的房間。那是個德國人，姓蒙塔格，是個虛弱蒼白、腳有點跛的女孩，之前自己住一個房間。接連幾個小時都看見她踢踢躂躂地穿過玄關，她總是忘了還有件衣物、一條小毯子或是一本書，得專程去拿，再搬進新的住處。

當古魯巴赫太太把早餐端來——自從她惹得K大發雷霆之後，再小的服務她也不讓女傭去做——K忍不住跟她說話，這是五天以來第一次。「今天玄關裡怎麼會這麼吵呢？」他一邊倒咖啡一邊問，「難道不能停止嗎？一定偏偏要在星期天整理房間嗎？」儘管K沒有抬起頭來看著古魯巴赫太太，他仍舊察覺她鬆了一口氣。她把K的問題理解為原諒，或是原諒的開端，哪怕這幾個問題很嚴厲。「那不是在整理房間，K先生，」她說，「只是蒙塔格小姐要搬到布斯特娜小姐那兒去，正把她的東西搬過去。」她沒有再往下說，而等待著K的反應，看他是否會允許她說下去。K卻考驗著她，若有所思地用湯匙攪著咖啡，不發一言。然後他抬起頭來看她，說：「你已經放棄了你之前對布斯特娜小姐的懷疑了嗎？」「K先生，」古魯巴赫太太大聲說，她一直在等著K問這個問題，雙手交握，向K伸出去，「你把我隨口說說的話看得太重了。我一點都沒有想要傷害你或是哪個人的感情。你認識我都這麼久了，K先生，應該可以相信這一點。你不知道過去這幾天我有多難過！居然說我誹謗我的房客！而K先生你竟然會相信！還說我應該跟你解約！跟你解約！」最後這一聲呼喊已經泣不成聲，她把圍裙拉到臉上，大聲地抽噎。

「你可別哭，古魯巴赫太太。」K說，望出窗外，心裡只想著布斯特娜小姐，想著她讓一個陌生的女孩住進了她的房間。「你可別哭，」當他朝著房間轉回身來，而古魯巴赫太太仍然在哭，他又說了一次，「我當時的意思也沒有這麼嚴重。我們只不過是誤會了彼此的意思，這種事就連在老朋友身上也偶爾會發生。」古魯巴赫太太把蓋在臉上的圍裙拉到眼睛下，看看K是否真的和解了。

「嗯，事情是這樣的，」K說，由於從古魯巴赫太太的舉止來判斷，那個上尉什麼也沒有透露，此刻他便大膽地再加上一句，「你真的以為我會為了一個陌生的女孩跟你結怨嗎？」「就是說嘛，K先生，」古魯巴赫太太說，她的不幸在於一旦她感到比較自在了，就馬上會說出一些不得體的話來，「我一直問我自己：為什麼K先生這麼關心布斯特娜小姐？為什麼他為了她而責備我，儘管他知道他說的每一句氣話都會讓我睡不著覺？除了我親眼看見的事情之外，我沒有說那位小姐什麼。」K沒有答腔，他本來該用第一句話就把她趕出房間，但是他不想這麼做。他只是喝起咖啡，讓古魯巴赫太太感覺到自己的多餘。外面又聽見蒙塔格小姐拖著腳步的走路聲，穿過了整個玄關。「你聽見了嗎？」K問，用手指著門。「聽見了，」古魯巴赫太太說，嘆了口氣，「我本來想要幫她，也想讓女傭幫忙，可是她很固執，想要自己把所有的東西搬過去。布斯特娜小姐讓我感到納悶。蒙塔格小姐這個房客常常讓我覺得累贅，布斯特娜小姐卻讓她住進自己的房間。」「這根本不需要你來操心，」K說，把剩下的方糖壓碎在碟子上，「這會對你造成什麼損失嗎？」「不會，」古魯巴赫太太說，「這件事本身是我樂見的，這樣一來，我可以有一個房間空出來，讓我的上尉外甥住進去。我已經擔心很久了，怕他在最近這些日子裡打擾到你，因為我必須讓他暫住在隔壁的客廳裡。他不是個小心周到的人。」「你怎麼會這樣想！」K說，站了起來，「沒這回事。你大概認為我這個人過度敏感，因為我受不了蒙塔格小姐這樣走來走去——現在她又走回去了。」古魯巴赫太太感到無助，「K先生，我該去跟她說，要她把剩下的搬遷工作延後嗎？如果你這麼希望，我馬上去跟她說。」「可是她不是要搬到布斯特娜小姐那裡去嗎？」K說。「是的。」古魯巴赫太太說，不完全明白K的意思。「既然這樣，」K說，「那她當然就得把她的東西搬過去。」古魯巴赫太太只點點頭。從表面上看來，這種沉默的無助就跟違抗沒有兩樣，讓K更為生氣。他開始在房間裡來回踱步，從窗邊走到門邊，讓古魯巴赫太太沒有機會離開，她本來可能是要離開的。

當K又一次踱步到門邊，敲門聲響起。是女傭來通報，說蒙塔格小姐想跟K先生說幾句話，因此想請他到餐廳去，她會在那兒等他。K若有所思地聽女傭說話，然後用近乎嘲諷的眼神望向嚇壞了的古魯巴赫太太。這個眼神似乎在說K早就料到蒙塔格小姐的這個邀請，而這個邀請也跟古魯巴赫太太的房客在這個星期天上午給他的折磨很相稱。他要女傭去回話，說他馬上過去，然後走到衣櫃旁去換外套，古魯巴赫太太輕聲抱怨那位煩人的小姐，K只請她把早餐的餐具端走，當作回答。「你幾乎還什麼都沒吃。」古魯巴赫太太說。「唉，你就把東西端走吧。」K大聲說，他覺得彷彿一切都沾上了蒙塔格小姐，讓一切都變得令人厭惡。

當他穿過玄關，他望向布斯特娜小姐關著的房門。但是他並未受邀到那裡去，而是被邀請到餐廳去，他沒有敲門，就拉開了餐廳的門。

那是個狹長的房間，有一扇窗戶，裡面的位子只夠在門這邊的角落斜斜地放兩個櫃子，其餘的空間則被那張長長的餐桌給占滿了，那桌子始於門邊，一直延伸到接近那扇大窗戶的地方，因此幾乎沒辦法走到窗邊。桌上已經擺好了餐具，而且是許多人份的餐具，因為在星期天幾乎所有的房客都在這裡吃午餐。

當K走進來，蒙塔格小姐從窗邊沿著餐桌向K走過來。他們無聲地向彼此打了個招呼，然後蒙塔格小姐說：「我不知道你是否認識我。」她把頭挺得異常地直，她一向如此。K皺起眼睛看著她，說：「當然認識，你住在古魯巴赫太太這裡已經很久了。」「我以為你並不是很在乎這個公寓的房客。」蒙塔格小姐說。「是不太在乎。」K說。「你不想坐下來嗎？」蒙塔格小姐說。他們兩個沉默地從餐桌末端拉出兩張椅子，相對而坐。但是蒙塔格小姐旋即又站起來，因為她把手提袋擱在窗台上了，她拖著腳步走過整個房間，去把它拿回來。等她微微甩動著她的手提袋再走回來，她說：「我只是受我朋友的委託想跟你說幾句話。她本來想自己過來，但是她今天有點不舒服。請你原諒她，聽我來代替她說話。她能跟你說的和我將要跟你說的也不會有所不同，其實我想我能告訴你的甚至還更多，因為我跟這件事情無關。你不這麼認為嗎？」「有什麼好說的呢？」K回答，蒙塔格小姐的眼睛一直盯著他的嘴唇，這令他厭倦。她自以為能藉此控制K將要說的話。「布斯特娜小姐顯然不同意我想和她私下談話的請求。」「事情就是這樣，」蒙塔格小姐說，「或者說事情根本不是這樣，你把話說得太尖銳了。一般說來，談話沒有同不同意這回事，但是有可能有人覺得談話沒有必要，而現在正是這種情形。在你表示過看法之後，現在我可以把話攤開來說。你用書面或口頭請求我朋友跟你談一談，而我朋友知道你想談什麼，至少我必須假定她知道。因此基於我所不曉得的理由，她相信若是真的談了，對任何人都沒有用處。順帶一提，她是昨天才告訴我的，而且也只是粗略地提起，她說反正你也不可能太在乎跟她談，因為你只是湊巧有了這個念頭，就算沒有特別加以解釋，你自己現在或是之後也會很快看出這整件事毫無意義。我答道她這樣說也許沒錯，但是為了把事情完全澄清，我還是認為讓你得到一個明確的答覆比較好。我表示願意接下這個任務，我朋友猶豫了一會兒，然後向我讓步。但願我這樣做也符合你的心意，因為即使是在最微不足道的事情上有一絲絲不確定，總也還是折磨人的，如果可以輕易地排除這份不確定，那麼就還是立刻加以排除比較好。」K馬上說：「謝謝你。」他慢慢站起來，看著蒙塔格小姐，再從桌上望過去，望出窗外——對面那棟屋子立在陽光裡——然後朝著門走去。蒙塔格小姐跟著他走了幾步，彷彿不完全信賴他。然而，在門前他們兩個都得向後退，因為門開了，藍茲上尉走進來。K頭一次從近處看見他，那是個高大的男子，大約四十歲，有一張曬黑而多肉的臉。他微微向兩人鞠了個躬，然後走向蒙塔格小姐，恭敬地吻了她的手，動作十分熟練。上尉對蒙塔格小姐表現出的禮貌跟K對待她的方式形成強烈的對比。儘管如此，蒙塔格小姐似乎並沒有生K的氣，因為K覺得她甚至想向上尉介紹他。但是K不想被介紹，他無法對那上尉或是蒙塔格小姐表現出一絲友善，對他來說，上尉在她手上的那一吻把他們聯合在一起，在無辜與無私的表象之下，他們不想讓他接近布斯特娜小姐。而K認為他不但看出了這一點，也看出蒙塔格小姐所採用的手段雖然好，卻是有如雙面刃。她誇大了布斯特娜小姐與K之關係的意義，尤其是誇大了他央求跟她談話這件事的意義，同時想把事情看成是K誇大了一切。她弄錯了，

K並不想誇大什麼，他知道布斯特娜小姐只是個小小的打字員，長時間下來抗拒不了他。在這件事上，他故意不去考量他從古魯巴赫太太那所聽到的有關布斯特娜小姐的事。他想著這一切，離開了餐廳，幾乎沒有打招呼。他本來想立刻回他自己的房間，可是他聽見身後從餐廳裡傳出蒙塔格小姐的一聲輕笑，這笑聲讓他有了個念頭，也許他可以讓那上尉跟蒙塔格小姐大吃一驚。他四下張望，豎耳傾聽從周圍的哪個房間裡是否會有干擾出現，到處都很安靜，只聽得見聊天的聲音從餐廳裡傳出來，另外從通往廚房的走道上傳來古魯巴赫太太的聲音。看來是個好機會，K走到布斯特娜小姐的門前，輕輕地敲門。因為沒有動靜，他又敲了一次，但是仍然沒有回答。她在睡嗎？還是她果真身體不舒服？還是她假裝不在，因為她有預感這樣小聲敲門的人只可能是K？K假定她是假裝不在，敲得更重了一點，由於敲門也沒有結果，最後他小心地把門打開，微微覺得自己做了一件不該做而且毫無用處的事。房間裡沒有人，而且那房間幾乎不再像是K所認得的那個房間。如今在牆邊放著兩張床，一前一後，門邊的三張椅子上堆滿了衣物，一個衣櫥敞著。布斯特娜小姐可能是趁蒙塔格小姐在餐廳裡對K勸說的時候出門了。K並不感到驚愕，他本來也就沒期待能這麼輕易地就碰到布斯特娜小姐，他做這個嘗試幾乎只是為了違抗蒙塔格小姐。當他再把門關上，看見蒙塔格小姐和那上尉在餐廳打開的門裡聊天，讓他更加難堪。也許他們在K打開了門之後就站在那裡了，他們避免做出任何像在觀察K的舉動，輕聲聊天，只用一般人在談話時心不在焉地四下張望的目光追隨K的動作。然而K還是感覺到落在他身上這目光的沉重，急忙沿著牆壁走回他的房間。

II. 檢察官

長年任職於銀行讓K獲得了識人的能力和社會經驗，儘管如此，和他在酒館裡定期聚會的那群人卻還是讓他肅然起敬，而他從未對自己否認，能屬於這樣一個團體讓他深感榮幸。那群人幾乎全是法官、檢察官和律師，幾個年紀尚輕的公務員和律師事務所助理也被允許加入，但他們坐在桌子的末端，而且只有在特別被問到時，才被准許插話。不過，其他人向他們提問通常只有一個目的，就是逗大家開心，習慣坐在K旁邊的哈斯特爾檢察官尤其喜歡用這種方式來讓那幾位年輕的先生感到尷尬。當他把毛茸茸的大手擱在桌子中央，手指叉開，轉身面向桌子末端，眾人便豎起耳朵。桌子的那一端若是有人接受了這個問題，可是卻根本不明白那問題的意思，或是若有所思地看著眼前的啤酒，還是下頷一開一闔，卻說不出話來，甚至是——這是最糟的情況——滔滔不絕地支持一種錯誤或未經證明的看法，那些年紀較長的先生就會露出微笑，在座位上轉動身子，彷彿這時才覺得舒坦。真正嚴肅的專業談話還是只有他們才有資格進行。

K加入這群人是由於一位律師的引介，那律師是銀行的法律顧問。曾有一段時間，K得跟這位律師在銀行裡長時間商談直到晚上，於是他很自然地跟這位律師一起吃晚餐，跟律師習慣同桌的那群人一起，並且喜歡上他們。這群人都滿腹學問，受人尊敬，在某一方面握有權力，他們的消遣在於設法解決跟日常生活關連有限的困難問題，為此絞盡腦汁。Ｋ當然插不上什麼話，儘管如此，他還是有機會得知許多事，這對於他在銀行的工作遲早也會有好處。再說，他可以跟法院建立起私人關係，這種關係總是會派得上用場。而這群人似乎也很樂意讓他加入。沒多久他就被承認為生意上的專家，在這類事情上，他的意見被視為不可推翻，儘管這不無嘲諷之意。有不少次，當兩個人對一個法律問題見解不同，他們會請Ｋ表示意見，然後Ｋ的名字會在所有的發言與反駁中一再出現，被捲入再抽象不過的討論之中，而Ｋ早已無法理解。不過，他漸漸明白了許多事，尤其是他身邊有哈斯特爾檢察官這個好顧問。檢察官也跟他建立起更親密的友誼，Ｋ甚至經常在夜裡陪他走路回家，但他還是不習慣手挽著手走在這個高大的男子身旁，那檢察官簡直可以把Ｋ藏在他的斗篷下，而不至於引人注意。

然而，隨著時間過去，他們契合的程度泯除了教育、職業和年齡上的所有差異。他們互相來往，彷彿他們一向就彼此相屬，而在他們的關係中，若是偶爾有一個人在表面上看來占了優勢，那麼那個人不是哈斯特爾，而是Ｋ，因為他的實務經驗多半是正確的，由於它們是Ｋ直接取得的經驗，這是從法院的辦公桌上永遠無法取得的。

這段友誼在那一桌人當中自然很快就為人所知，大家泰半已經忘了當初是誰把Ｋ帶進這群人裡的，總之，如今庇護Ｋ的人是哈斯特爾。假如有人懷疑Ｋ坐在這裡的資格，Ｋ大可以請哈斯特爾當證人。由於如此，K取得了一個優越的地位，因為大家對哈斯特爾既尊敬又畏懼。他身為法學家的思考力和老練固然令人欽佩，但是在這一點上，有好幾位先生至少跟他不相上下，然而，沒人比得上他為自己的看法激辯的那份狂野。K覺得哈斯特爾若是無法說服他的對手，那就至少要讓對方害怕，單單是他伸出的食指就讓許多人退縮。彷彿對手忘了自己是置身於好友及同事之間，忘了他們討論的其實只是理論上的問題，忘了絕對不會有什麼事發生在他身上——而他閉上嘴巴不再說話，膽敢搖頭就已經算是有勇氣。那個場面幾乎令人難堪，如果對手坐得很遠，哈斯特爾看出隔著這麼遠的距離不可能達成意見一致，他就把盛著食物的盤子往前一推，慢慢站起來，打算親自去找那個人。坐在他旁邊的人就會把頭向後仰，以觀察他的表情。不過，這種衝突並不常發生，尤其是幾乎只有法律上的問題會令他激動，而且主要是那些涉及他曾經處理過或正在處理中的訴訟案的法律問題。如果談論的不是這種問題，他就和氣而冷靜，笑容可掬，把熱情專注在食物和飲料上。有時候，他甚至根本沒去聽大家在聊什麼，而轉身面對K，把手臂擱在K的椅背上，小聲詢問他銀行裡的工作，然後談起他自己的工作，或是談起他認識的一些女士，她們帶給他的苦惱幾乎跟法院一樣多。沒人見過他跟這群人當中的其他任何人這樣交談，而事實上，如果有人想請哈斯特爾幫忙——通常是促成跟一位同事和解——他們常常先來找K，請他代為斡旋，他也總是很樂意，而且輕易做到。而且K對每個人都謙虛有禮，並未利用他跟哈斯特爾的關係，而比禮貌和謙虛更重要的是，他懂得正確區分那些先生的階級等級，按照每個人的等級來對待他們。當然，在這件事情上哈斯特爾一再教導他，這是哈斯特爾就連在最激動的辯論中也不會觸犯的唯一規矩。因此，對於那幾個坐在桌子末端、幾乎還談不上身分地位的年輕人，哈斯特爾只會泛泛地跟他們交談，彷彿他們並非個體，而只是被揑在一起的一團。然而，正是這幾位先生對他最為尊敬，當他在十一點左右站起來，準備回家，馬上就有一個人協助他穿上厚重的大衣，另一個則深深鞠躬，去替他把門打開，而且當然也繼續把門扶著，直到K跟在哈斯特爾身後離去。

剛開始時K會陪哈斯特爾走一段路，或是由哈斯特爾陪K走一段路，到後來，在這些夜晚結束時，哈斯特爾往往會邀請K到他的住處坐一下。然後他們大概還會坐上一個小時，喝烈酒，抽雪茄。哈斯特爾很享受這些夜晚，就連在一個名叫海蓮娜的女人住在他那裡的那幾週裡，他也不願意放棄。那是個有點年紀的胖女人，膚色泛黃，黑色的鬈髮遮住額頭。起初K看到她時她都在床上，她通常一點也不害羞地躺在那裡，習慣讀一本通俗小說，不去理會那兩位男士的談話。等到夜深了，她才伸展四肢，打著呵欠，如果她無法用其他方式引起哈斯特爾的注意，也曾拿一冊小說朝他扔過去。哈斯特爾就會微笑地站起來，而K就告辭離去。不過，等到哈斯特爾對海蓮娜開始感到厭倦，她就顯然打擾了他們的會晤。她開始打扮整齊地等待這兩位先生，通常會穿上一件她大概覺得很珍貴、很合身的衣服，但事實上那是件老舊的晚禮服，一排作為裝飾的長流蘇尤其刺眼。K根本不曉得這件衣服確切的樣子，可以說他拒絕去看她，當她扭腰擺臀地穿過房間，或是坐在他旁邊時，他一整個小時都垂下眼睛坐在那，後來當她的地位愈來愈不保，她甚至想藉由向K示好來引起哈斯特爾的嫉妒。當她用赤裸的肥厚背部倚在桌邊，把臉湊向K，想迫使他抬起目光，那只是出於無計可施，而非惡意。但她這樣做只使得K下一回拒絕到哈斯特爾那邊去。等他過了一段日子之後又再度前往，海蓮娜已經被徹底送走了，而K把這視為理所當然。在這個晚上，他們待在一起特別久，在哈斯特爾的提議下，慶祝兩人的親密友誼，由於抽菸和喝酒，K在回家的路上幾乎有點暈眩。

就在第二天早上，銀行行長在談公事時提到他昨天晚上好像看到了K，如果他沒有看錯的話，K跟哈斯特爾檢察官手挽著手一起走。行長似乎覺得這件事很奇怪，還說出了那座教堂的名字，他就是在那座教堂側面靠近水井之處看見了K，而這也符合他一向的細心。行長敘述這件事的方式就像在描述自己見到了海市蜃樓。於是K向他解釋，說那位檢察官是他朋友，說他們昨天晚上的確從那座教堂旁邊走過。行長露出詫異的笑容，請K坐下，在這樣的時刻，K格外喜愛行長，在這些時刻裡，那個虛弱有病、不停咳嗽、肩負著重責大任的人對K的幸福與前途流露出關懷，不過，在行長那邊有過類似經驗的其他職員則認為，這種關懷只是一種高明的手段，犧牲兩分鐘的時間就讓有價值的職員長年累月對他死心塌地——不管怎麼樣，在這些時刻裡，K甘居下風。也許行長跟K說話的方式也不同於跟其他人說話的方式，因為他並非忘了自己身為上司的地位，想以這種方式來親近K——在平常的公事往來上他反倒是經常這麼做——而是彷彿忘了K的地位，像在跟一個小孩說話似的跟他說話，或是像在跟一個無知的年輕人說話，這年輕人才要來應徵一個職位，而基於某種無法理解的原因引起了行長的好感。假如他不是覺得行長這份關懷是真心的，假如他不是至少為了這份關懷的可能而深深著迷，這種在這些時刻所顯現出來的可能，那麼K肯定不會容忍別人用這種方式對他說話，不管是行長還是其他人。K看出了自己的弱點，這個弱點的原因也許在於他在這方面的確還有一點孩子氣，由於他自己的父親很年輕時就去世了，他從未體驗過父親的關心，而他早早就離開了家，對於母親的溫柔，他總是傾向於拒絕，很少去引發。半盲的母親還住在那個不曾改變的小鎮上，他最後一次去探望她大約是在兩年前。

「我還根本不知道你跟他是朋友。」行長說，只有一抹淺淺的和氣微笑淡化了這話的嚴厲。

III. 去找艾爾莎

一天晚上，K快要下班前接到電話，對方要求他立刻前往法院辦事處，並且警告他不要不聽話。他曾說過那些放肆的話，說審訊沒有用處，沒有結果，也不會有結果，說他不會再到那裡去，不會理睬電話或書面傳喚，說他會把信差轟出門外——對方說這些話全都被做成筆錄，已經對他造成了很多損害。他為什麼不願意順從呢？他們不是努力把他這樁棘手的官司理出頭緒嗎？一點也不計較時間和花費。難道他想故意加以干擾，迫使他們採取到目前為止不曾用在他身上的強制性措施？今天的傳喚是最後一次嘗試。他想怎麼做就怎麼做，但是要考慮到高等法院不會任由他戲弄。

可是這個晚上K已經通知了艾爾莎他將去拜訪，單單是基於這個理由他就無法到法院去。他很高興可以拿這個理由來替自己沒在法院出現做辯解，就算他當然永遠用不上此一辯解，再說，即使他今天晚上沒有半點別的事，他很可能也不會到法院去。無論如何，意識到自己的權利，他在電話裡問，如果他不去的話，會發生什麼事。「我們會知道要怎麼找到你。」對方回答。「那我會受到懲罰嗎？因為我沒有自願前往？」K問，露出微笑，預料到自己將會聽到什麼。「不會。」對方回答。「好極了，」K說，「那麼我有什麼理由要接受今天的傳訊呢？」「通常不會有人去挑釁法院，讓法院把強制手段用在自己身上。」那個聲音說，逐漸變弱，終至消逝。「不這麼做太不謹慎，」K在離開時心裡想，「應該要設法認識那些強制手段才對。」

他沒有遲疑，就搭車到艾爾莎那裡去。他舒服地靠在車內一角，雙手插在大衣口袋裡——天氣已經開始變涼了——眺望著熱鬧的街道。他感到心滿意足，想到他給那法院製造了不算小的麻煩，如果那法院果真在工作的話。他沒有明說自己會不會到法院去，所以法官在等待，也許整個會場的人都在等待，只不過K不會出現，這將使迴廊上的人大失所望。他不受法院影響，搭車去他原本想去的地方。有那麼一瞬，他不確定自己是否由於心不在焉而給了車夫法院的地址，因此他大聲向車夫喊出艾爾莎的地址。車夫點點頭，他並沒有聽到別的地址。從這時候開始，K漸漸忘了法院，而對銀行的思緒開始填滿他的腦海，就跟從前一樣。

IV. 與副行長對抗

一天上午K自覺比平常更有精神，也更有抵抗力。他幾乎沒去想法院，而他若是想起來，那麼他會覺得似乎可以輕易抓住這個看不透的龐大組織的某一個把柄，拉出來擊垮，只不過這個把柄藏在黑暗中，得要先摸到。K這種不尋常的狀態甚至誘使他去邀請副行長到他辦公室來，一起商量一件早該處理的公事。在這種時候，副行長總是裝作他跟K的關係在過去這幾個月裡沒有絲毫改變。他平靜地過來，就跟從前不停在跟K競爭時一樣，平靜地聆聽K講述，用親暱、幾乎像夥伴般的評語來表示他的關注，唯一令K不解的是什麼都無法把他的注意力從那件主要公事上移開，但也無須認為他是故意的，彷彿他全心全意準備吸收這件事。面對這種善盡職責的典範，K的思緒卻立刻向四面八方漫遊，迫使他幾乎毫無抵抗之力，自動把事情交給副行長。有一次情況更糟，到最後K只察覺副行長突然站了起來，一言不發，走回他的辦公室。K不曉得發生了什麼事，有可能是談話的確結束了，但也可能是副行長中斷了談話，因為K在無意識的情況下得罪了他，還是因為K說了什麼愚蠢的話，或是因為副行長確認了K沒有在聽，而在想著別的事。甚至也可能是K做出了一個可笑的決定，或是副行長誘使他做出這個可笑的決定，此刻急著去付諸實行來打擊K。而且他們不會再談起這件事，K不想提醒他，副行長則始終閉口不談；不過，暫時也沒有出現什麼看得見的後果。無論如何，K並沒有被這個意外事件嚇倒，只要一有合適的機會，只要他還有一點精力，他就又站在副行長的門邊，打算走過去他那邊，或是邀請他過來。K沒有時間再像從前一樣在他面前掩藏自己。他不再期望具有決定性的快速成功，能夠一舉讓他擺脫所有的煩惱，並且自然而然地恢復與副行長之間的舊日關係。K看出自己不能放鬆，現實也許要求他退縮，但他若是退縮，說不定就再也無法前進。不能讓副行長以為K已經被解決了，不能讓他懷著這種信念平靜地坐在他的辦公室裡，K必須讓他感到不安，必須盡可能經常讓他得知K還活著，就跟所有活著的東西一樣，有朝一日能以新的能力來讓人大吃一驚，就算K如今顯得絲毫不具危險性。雖然有時候K會對自己說，用這個方法，他所爭的只不過是他的榮譽，因為如果他一再用自己的弱點去跟副行長對抗，讓對方自覺更有力量，給對方機會來觀察他，來隨機應變，這對他並沒有什麼好處。然而K根本無法改變自己的行為，他陷於自欺，有時候他堅信自己可以放心地跟副行長較量，再不幸的經驗也無法讓他學到教訓，試了十次也沒成功的事，他認為第十一次就能成功，儘管一切始終一成不變地以不利於他的方式進行。當他在這樣一次會晤之後筋疲力竭，滿身大汗，腦中一片空白，他不知道把他推向副行長的是希望還是絕望，可是下一次，他又完全確定自己急忙走到副行長門邊時心中只懷著希望。

今天也是這樣。副行長立刻走進來，然後在門邊站住，按照最近養成的習慣擦拭他的夾鼻眼鏡，先看看K，而為了不要太明顯地關注K，也更仔細地看看整個房間，彷彿是利用這個機會來檢測視力。Ｋ頂住他的目光，甚至微微露出笑容，請副行長坐下，自己也迅速在高背椅上坐下，把椅子盡量朝副行長挪近，同時把必要的文件從桌上拿過來，開始做報告。起初副行長似乎根本沒在聽。Ｋ辦公桌的桌面有一圈雕刻出來的小柱子，那整張桌子做工很細，那圈小柱子也牢牢地嵌在木頭裡，可是看樣子，副行長好像偏偏在此刻注意到那裡有一處鬆動，嘗試用食指去敲那根小柱子，想排除那個缺陷。看到這個情形，Ｋ想要暫停報告，但是副行長不容許，說他把一切都聽得很清楚，也都能理解。Ｋ一時無法強求他說出任何具體的意見，而那根小柱子似乎需要特別的處理，因為副行長掏出了折疊小刀，拿Ｋ的尺當平衡槓桿，想把那根小柱子撬起來，可能是想撬出來之後會更容易再深深地插回去。Ｋ在報告中提出了一個全新的建議，希望這個建議能對副行長發揮特別的作用，當他說到這個建議，他根本停不下來，完全被自己的工作所吸引，或者應該說，他很高興能感覺到自己在這銀行裡還有一點重要性——這種自覺如今愈來愈少出現，而他的思緒還有力量來證明他存在的價值。也許這種自我辯護的方式不僅在銀行裡是最好的，在他的官司中也是最好的，也許遠勝過他已經嘗試過或計畫要作的任何其他辯護。Ｋ說得很急促，根本沒有時間把副行長的注意力從那根小柱子上移開，只有兩、三次他在唸報告時，用空著的那隻手去摸那根小柱子，像是在安撫，為了在幾乎不自覺的情況下，向副行長表示那個小柱子沒有缺陷，而就算有缺陷，此刻聆聽報告要比所有的修理更重要，也更得體。但是這種手工藝般的工作激發了副行長的熱情，這種情形常會發生在只從事腦力工作的人身上，那小柱子也果真被拉出了部分，現在得要把那些小柱子再塞回所屬的洞裡。副行長得要站起來，用兩隻手嘗試把那些小柱子壓進桌面，但儘管他用盡全力，還是無法成功。K還在唸報告——他在唸的時候夾雜了許多自由發揮——只隱約地察覺副行長站了起來。雖然副行長在旁邊所做的事幾乎從不曾離開他的視線，他卻仍然假定副行長的動作總還是跟他的報告有點關係，於是他也站了起來，用手指按在一個數字下方，把一份文件朝副行長遞過去。但此刻副行長看出兩隻手的力量還不夠，於是當機立斷，用全身的重量往那些小柱子壓下去。這下子的確成功了，那些小柱子喀嚓一聲插進了洞裡，但是在倉促中，一根小柱子折斷了，而且桌面精緻的上層邊框在一處斷成兩截。「差勁的木料。」副行長生氣地說，不再管那張辦公桌，坐下了。

V. 那棟屋子

K趁著不同的機會試圖得知，在他的官司中，最早舉發他的那個機關位在哪裡，雖然他這樣做起初並沒有什麼特定的用意。他也毫無困難地得知了，提托瑞里跟沃夫哈特都在他第一次問起時就把明確的門牌號碼告訴了他。後來提托瑞里又針對此一資訊加以補充，帶著一種微笑，每次他有不想讓K知道的祕密計畫時就會露出這種笑容，他聲稱這個機構才是根本不重要，它只是負責說出被交代的事，只是那個大型檢察機關最外圍的機構，而那個檢察機關是當事人去不了的。所以，如果有人對那個檢察機關有什麼要求——當然，要求總是有很多，但是將之表達出來並不見得明智——那麼自然必須向那個低階機構提出，不過，這樣做既無法讓人進入真正的檢察機關，也永遠無法把他的要求傳達過去。

K已經了解畫家的個性，因此並未反駁，也不再進一步打聽，只是點點頭，表示他聽到了畫家剛才所說的話。他又一次覺得就折磨人而言，提托瑞里比起那個律師有過之而無不及，在最近這段時間裡，他已經好幾次有這種感覺。差別只在於，K受制於提托瑞里的程度比較輕，只要K高興，隨時可以直截了當地把他甩開。此外，提托瑞里非常愛說話，簡直就是多嘴，就算現在沒有比以前更多嘴，而且K也大可以反過來折磨提托瑞里。

而K也這麼做了，他經常談起那棟屋子，用一種彷彿他有事瞞著提托瑞里的語氣，彷彿他跟那個機構建立了關係，又彷彿那些關係還沒進展到可以放心地讓人知道，提托瑞里若是催促他做進一步的陳述，K就突然轉移話題，久久不再談起此事。這種小小的成功帶給他喜悅，讓他自以為如今已經更加了解法院周邊的這些人，已經可以玩弄他們，幾乎自己也加入了他們，至少暫時獲得了較佳的綜觀能力，在某種程度上，他們站在法院的第一個台階上，讓他們得以有此綜觀能力。如果最後他失去了在這底下的位置又有什麼關係？在那種情況下仍然有得救的機會，他只需要鑽進這群人的行列之中，就算他們由於本身地位低微或是其他原因而無法在他的官司裡幫上忙，他們還是可以接納他，把他藏起來。沒錯，如果他周詳而祕密地進行一切，他們根本無法拒絕用這種方式來為他效勞，提托瑞里尤其拒絕不了，畢竟K如今已成了他的熟人和贊助人。

K用這種希望或類似的希望來餵養自己，不見得是每天，一般說來他還是會明確加以區分，避免疏忽或略過任何一個困難，可是有時候——大多是在晚上下班後，在筋疲力盡的狀態下——他從當天最微不足道而且含意最為模糊的事件裡得到安慰。這種時候他通常躺在辦公室裡的沙發上——如今他非得在沙發上休息個一個鐘頭，才能夠離開辦公室——在思緒中把一個個的觀察連接起來。他的思緒並沒有謹慎地局限於那些跟法院有關的人，在這種半睡眠狀態中，所有的人都混雜在一起，而他便忘了法院的龐大業務，覺得自己彷彿是唯一的被告，其他人都混亂地走著，像公務員和司法人員走在一座法院大樓的走道上，就連最遲鈍的人也縮起下巴，噘起嘴唇，帶著沉思的目光，目光中充滿責任感。於是古魯巴赫太太的房客總是以一個團結的整體出現，他們頭碰著頭並肩站立，張大了嘴巴，像一個在控訴的合唱團。他們之中有許多人K並不認識，因為K已經有很長一段時間完全不去管那間公寓裡的事。而由於那許多不認識的人，要K更進一步與這群人交往讓K覺得不自在，可是他偶爾必須這麼做，如果他想在那裡尋找布斯特娜小姐。例如，他的目光從那群人身上掃過，一雙全然陌生的眼睛突然向他發光，留住了K的視線。然後他找不到布斯特娜小姐，當他為了避免任何錯誤而再次尋找，他在那群人的正中間找到了她，手臂摟著站在她身旁的兩位先生。這給他的印象極其輕微，尤其是因為這一幕並不新鮮，只是對一張浴場沙灘上的照片難以磨滅的記憶，是他有一次在布斯特娜小姐房間裡看見的。無論如何，這一幕讓K離開了那群人，儘管他還會經常回到這一幕，現在他卻邁著大大的步伐在法院大樓裡橫衝直撞。他對所有的空間十分熟悉，他不可能見過的偏僻走道也讓他覺得熟悉，彷彿他一直以來就住在這裡，種種細節一再以令人痛苦不堪的清晰擠進他腦中，例如，一個外國人在一個前廳裡散步，打扮得像個鬥牛士，腰部像是被刀子給削了進去，外套很短，僵硬地裹在身上，有泛黃的粗線花邊，這個男子受到K不斷地驚奇注視，卻一刻也不曾中止散步。K彎下身子，躡手躡腳地繞著他走，費力睜大了眼睛，驚奇地盯著他看。他認得那花邊的所有圖案，認得每一根有缺陷的流蘇，認得那件小外套的所有弧線，卻還是看不夠。或者應該說他早已經看夠了，或者更正確地說，他根本從來就不想去看，但卻無法把目光移開。「外國人表演的一場化裝遊行！」他心想，把眼睛睜得更大了。而他繼續跟著這個男子，直到他在沙發上猛然轉動身體，把臉埋進沙發的皮面。

VI. 搭車去看母親

吃午餐時他突然想到自己該去探望母親。如今春天即將過去，而他已經邁入第三個年頭不曾見她。當年她請他在他生日時去看她，而儘管有一些阻礙，他還是滿足了她這個請求，甚至承諾將在她那邊度過每一個生日，但如今這個承諾已經有了兩次失約。因此，現在他不想等到他的生日，而想馬上搭車前往，雖然再過十四天就是他的生日了。儘管他對自己說，並沒有什麼特別的理由偏偏要在現在前往，正好相反，每兩個月固定從一個親戚那裡得到的消息比以前任何時候都令人心安，那個親戚在母親所住的小鎮上擁有一家店，幫忙管理K寄給母親的錢。雖然母親的視力正在消失，但是K依據醫生的陳述，從好幾年前就已經預料到了，相對於此，她身體的其他情況卻好轉了，老年的各種毛病並沒有變得更嚴重，反而減輕了，至少她比較不常抱怨。按照那位親戚的看法，這也許跟她這幾年來變得極為虔誠有關——K上一次去探望時，就已經心不甘情不願地注意到些許徵兆。那親戚在一封信裡十分生動地描述，那位從前只能吃力地拖著步子走動的老太太如今在星期天他陪她上教堂時，挽著他的手臂走得相當好。而K可以相信那位親戚的話，因為那人通常憂心忡忡，在報導中傾向於誇大壞事而非好事。

但是不管怎麼樣，現在K決定搭車前往。最近，在其他不順心的事情當中，他在自己身上發現了一件可悲的事，他幾乎毫無理由地想滿足自己所有的心願——嗯，就這件事而言，這個壞習慣至少是為一個正當的目的效勞。他走到窗前，想稍微集中思緒，隨即請人把午餐端走，派工友到古魯巴赫太太那邊去通知她他即將啟程，順便去拿那個手提包，請古魯巴赫太太把她認為必要的東西裝進去，然後為了他不在的這段時間交代了庫納先生幾件公事。庫納先生歪著頭接下這些任務，這是一種已經成了習慣的壞毛病，彷彿他很清楚自己該做什麼，把這種任務分派只當成一種儀式來忍受，但是這一次K幾乎並未因此生氣。最後他到行長那邊去。當他向行長請求由於得去看他母親，要休假兩天，行長自然而然地問道K的母親是否生病了。「沒有。」K回答，沒有做進一步的解釋。K站在房間中央，雙手交疊在背後，皺起眉頭思索。難道他過於倉促地做了出發的準備嗎？留在這裡會不會比較好呢？他想在母親那邊做什麼？難道他是出於多愁善感而前往嗎？也由於多愁善感而可能在此地耽誤了某件重要的事，一次干預的機會，畢竟這個機會如今每天、每個小時都可能出現，那樁官司已經看似停頓了好幾個星期，幾乎沒有一件確定的消息傳到他這裡。再說，他會不會把他的老母親嚇一跳呢？他當然無意把她嚇一跳，可是這很容易會違反他的意願而發生，因為如今有這麼多事情違反他的意願而發生。況且母親根本沒有盼望他去。從前，那個親戚在信裡定期重複母親的殷切邀請，如今已經很久沒提了。也就是說，他並非為了母親的緣故而去，這一點很清楚。而他若是抱著某種希望，為了他自己的緣故而去，那麼他就是個徹頭徹尾的傻瓜，將在最終的絕望中在那裡得到他這種愚行的報應。然而，彷彿這些疑慮都不是他自己的，彷彿是陌生人想要讓他明白這些疑慮，他保持自己原來的決定，簡直是清醒過來。在這段時間裡，行長湊巧俯身在一份報紙上，也可能他這樣做是出於對K的特別體諒，此時他也抬起眼睛，站起來跟K握手，祝他旅途愉快，沒有再提出別的問題。

接著K在他的辦公室裡來回踱步，等待那工友回來，副行長好幾次進來詢問K啟程的原因，K幾乎無言地把他趕走，等他終於拿到了手提包，他立刻走下樓，往那輛事先叫好的車子走去。他已經走在樓梯上，在最後一刻，職員庫利希還出現在上頭，手裡拿著一封剛起了頭的信，顯然想請求K針對這封信做出指示。雖然K向他揮手表示拒絕，但是這個金髮大腦袋的人反應遲鈍，誤會了K那個手勢的意思，揮舞著那張紙，不顧生命危險，大步跟在K後面衝下樓來。這讓K大為惱怒，乃至於當庫利希在露天台階上追上他，K把信從他手裡拿過來撕碎了。之後當K在車裡回頭去看，庫利希還站在原來的位置上，可能還始終沒認清自己所犯的錯誤，目送著車子駛離，在他旁邊的門房則摘下了便帽向K敬禮。所以說，K畢竟還是這家銀行的高階職員，如果他想否認這一點，那個門房就會反駁他。而他母親甚至認為他是銀行的行長，不管他再怎麼反駁，而且她這樣認為已經很多年了。在她看來他不會沉淪，不管他的聲譽蒙受了多少損害。他剛好在出發前說服了自己他仍舊可以從一個職員手中拿過一封信，把它撕碎，無須任何藉口，甚至是一個跟法院有關係的職員，這也許是個好兆頭。不過，他最想做的事他卻不能去做，就是朝著庫利希蒼白的圓臉頰響亮地揍上兩拳。

如果我被判有罪，那麼我不僅注定要死亡，也注定要反抗到終了。

——《卡夫卡日記．一九一六年七月二十日》

波蘭版後記

波蘭猶太裔作家、《鱷魚街》作者
布魯諾・舒茲（Bruno Schulz）

在卡夫卡生前得以出版的作品有如鳳毛麟角。由於卡夫卡對自己的作品抱著重大無比的責任感，並且以崇高的、宗教般的神聖態度看待創作，這使得他無法滿足於任何成就，只能一篇又一篇地扔棄那些充滿神來之筆的傑作。只有一小群好友才有機會在那時候就看出，卡夫卡即將成為一位格局宏偉的創作者，他把那終極的任務攬到身上，辛苦地奮鬥，試圖解決存在最深奧的課題。對卡夫卡來說，創作從來就不是目的本身，而是帶領他抵達最終真相的途徑，讓他可以找到人生的正道。卡夫卡命運的悲劇是，雖然終其一生抱著絕望的熱情尋找、渴望攀附到信仰的光芒之上，卻無法找到它。雖然不願意，他的命運還是走入了幽暗之地。這可以解釋為什麼在臨終之際，這位早逝的創作者交代密友馬克斯・布羅德將其創作盡數銷毀。作為卡夫卡的遺囑執行人，馬克斯卻決定違反死者的遺願，反而將那些倖存的作品陸續分成好幾冊出版，奠定了卡夫卡作為這個時代偉大心靈的地位。

卡夫卡豐富又強烈的創作——在早期就十分完整成熟——其實從一開始就是來自於深刻的宗教體驗。他的作品正是在這種體驗激發之下，所創造出來的記述及見證。卡夫卡的目光總是被事物那凌駕於世俗之上的、神性的意義所吸引，他以這樣的目光看見隱藏的現實，帶著研究的熱忱探索它深沉的秩序、組織和架構，測量人性和神性之間的界線到底在何處。他是歌頌神之秩序的詩人，說真的，這實在是一個很奇怪的文類。即使是最極端的誹謗者和諷刺作家，也無法像卡夫卡那樣把那個世界描寫成如此揶揄諷刺、變形、表面上看起來那麼荒誕可笑的樣子。在卡夫卡心目中，神性世界的崇高無法以別的方式表達——只能把它表現成否定人類世界的強大力量。神性世界的秩序離人類的秩序如此遙遠，超越所有人類可理解的範疇，它的崇高在人類眼中成了負面的力量，遭受到他們暴烈的反抗和情緒性的批評。話說回來，人類在面對這些力量的奪權時，還會有什麼除了抗議、不能理解以及一面倒的批評之外的反應呢？

《審判》的主角在他的案件初次開庭審理的時候，就是這麼咄咄逼人地大肆批評了法院。他誇張地攻擊它，表面上有效地把它痛批了一頓，從被告的身分轉換成原告。從人類的眼光看來，法院陷入了尷尬的處境，變得退縮、無助。這份無助，完美地表現出法院的崇高和人類世俗事務之間的不平衡。這一切都讓滿腦子改革念頭的主角感到興奮，提高了他的自大與狂熱。盲目的人類就是以這種方式去面對神之力量的侵襲：他們誇大自我，把古老的傲慢披在身上——然而，這份傲慢並不是引起神之憤怒和天譴的原因，而是它的副產品。約瑟夫．K覺得自己比法院高尚百倍，它那些虛有其表的欺騙手段和陰謀讓他覺得噁心、輕蔑。他於是試圖用個人的國家利益、文明和工作來反駁它。真是可笑的盲目！他的高尚和權利無法保護他，讓他免於面對那已經無法避免的審判。審判深入他的生命，彷彿完全凌駕於他的高尚及權利之上。約瑟夫．K感到審判像一個環狀物，在他身邊愈收愈緊。不過，他沒有停止作夢，仍然相信他可以避開這場審判，在它所觸及的範圍外生活。他哄騙自己：他可以透過女人走旁門左道，從法官那裡得到什麼（在卡夫卡筆下，女人是人與神之間的連結），或者透過那名好像和法官有點關係的畫家—乞丐。卡夫卡就以這種方式不遺餘力地批判、取笑人類在面對神之秩序時所採取的那些絕望、可疑的行為舉止。

約瑟夫．K的錯誤是，他頑固地堅持自己的人類權益和正當性，而不是一句話都不說地乖乖投降。他孜孜不倦、不斷改寫給法院的陳情書，每天都想辦法向法院證明他那無懈可擊、人類的不在場證明。這所有一切努力和「透過法律途徑解決」的意圖最後全都詭異地落入徒勞無功的陷阱，完全無法到達法院高層。人類竭盡所能想要和這個各部分不成比例、表面凹凸不平、內部充滿自相矛盾的世界建立關係，然而這一切一點用處都沒有，只會造成誤會。兩者之間不會有任何交集，所有的嘗試只是旁敲側擊，無法切入重點。

在倒數第二章（這彷彿是整個故事的關鍵），透過監獄神父的寓言，整件事的另一個面相浮現了出來：並不是法律壓迫罪人，而是人終其一生在尋找「法律的入口」。看起來，法律似乎在人類面前隱藏自己，嚴密地把自己守在崇高、不可碰觸的領域，同時祕密地防範人類侵入內部盜取神聖事物的意圖。在這個美妙的寓言之中，監獄神父扛起了捍衛法律的任務。他在詭辯、狡詐和憤世嫉俗的邊緣游走，雖然看似和這些東西同流合汙，但其實這卻是他身為一個法律愛好者最為嚴苛的試煉，他看似否定了法律，但事實上他是為達成法律的目的而做出了最大的犧牲。

在《審判》中，卡夫卡用某種抽象的手法，向我們展示了法律是如何侵入人類的生命。他沒有用任何現實生活中的個案來訴說它，到最後，我們還是無法知道約瑟夫．K到底犯了什麼罪，我們更不知道，他的人生是為了完成什麼樣的真相而存在。卡夫卡只給了我們一種整體的氛圍和調性——當人類的生命碰觸到至高的神性真相。本書最高的藝術成就是，卡夫卡為這些人類語言無法捉摸、無法敘述的事物找到了適當的表達形式、某種物質上的替代品，並且在裡面打造出這些事物的結構，甚至連最微小的地方都鉅細靡遺。

卡夫卡在書中渴望向讀者傳遞的這些發現、洞見和剖析，其實並不只是他個人的創見，而是所有時代和國度的神祕主義者之共同遺產。他們總是用主觀、隨機、特屬於某種社團和祕密結社的語言來訴說這件事。然而這一次，卡夫卡用詩的魔法，首次創造出某種平行現實，某個詩意的實體，並且在上面展現這些事物。雖然他沒有講到這些事物的內容，但是透過這種方式，即使是最虔誠的神祕主義者，都能感受到那來自遙遠崇高事物的顫抖和吹拂，對他們來說，《審判》即是他們核心經驗的詩意體現。

從這個角度看來，卡夫卡的手法——即，創造一個平行的、代替的擬象現實——確實是前無古人。他靠著運用某種偽寫實主義（關於這個可以另外寫一篇文章來研究）成功創造出現實的擬態。卡夫卡具有超乎常人的慧眼，能夠清楚看見現實那寫實的表層，閉著眼睛都說得出它的運作模式、外在事件和情境的技術，它們之間的咬合及交纏……但是對卡夫卡來說，這只不過是鬆鬆垮垮披在上頭的皮毛，根本沒有生根。它可以像一層薄膜輕易地被拿起來，然後被放到他所創造的那個不可捉摸的世界上，嫁接到那個世界的現實。它和現實的關係是完完全全諷刺的、充滿了危險和惡意（雖然表面上看起來很安全）——就像是魔術師和其道具的關係。卡夫卡刻意營造出這份現實的精準、嚴肅、一絲不苟，為的只是能更加徹底地嘲笑它。

卡夫卡的作品並不是託寓的圖像、說教或是某種學說的注釋眉批，而是一個獨立的詩意現實，從每個面相看來都圓滿、完整，具有自己的法則並能自圓其說。除了一些神祕主義的暗喻和宗教的直覺，卡夫卡的作品有著自己詩意的生命——具有多重的涵義、不可捉摸、無論什麼樣的詮釋都無法將它完全掌握。

當馬克斯．布羅德在一九二〇年從卡夫卡手上接過《審判》時，這個作品還沒有完成。本來，還有幾個不完全的章節應該出現在最終章之前，但是布羅德根據卡夫卡生前所做的陳述，把它們抽掉了。卡夫卡指出：這場審判在設定中就是沒有結束的，後續的審理對於案件的本質意義來說已經無關緊要。

寫於一九三六年

本文譯者為林蔚昀，一九八二年生，台北人，創作及翻譯作品散見各大報、劇場及文學雜誌，譯有布魯諾．舒茲的《鱷魚街》（*Ulica krokodyli*）。現居波蘭克拉科夫。

法蘭茲・卡夫卡年表

一八八三年　法蘭茲・卡夫卡於七月三日在布拉格出生，是商人赫爾曼・卡夫卡（Hermann Kafka）和妻子茱莉・洛維（Julie Löwy）的第一個孩子。卡夫卡有三個妹妹，愛莉・卡夫卡（Elli Kafka）、娃莉・卡夫卡（Valli Kafka）與奧特拉・卡夫卡（Ottla Kafka）；另有兩名早夭的弟弟。

一八八九—一九〇一年　先於肉品市場旁的國民小學就讀，一八九三年進入舊城區的德語中學，一九〇一年夏天中學畢業。

一九〇一—一九〇六年　就讀於布拉格德語大學（Deutsche Universität Prag）；起初修習化學、德語文學及藝術史課程，後來改讀法律。

一九〇二年　十月時與馬克斯・布羅德（Max Brod）首次相遇。

一九〇四年　開始寫作〈一場戰鬥紀實〉（Beschreibung eines Kampfes）的初稿。

一九〇六年　於六月獲得法學博士學位。

一九〇六—一九〇七年 在布拉格地方與刑事法庭實習。

一九〇七年 著手寫作〈鄉村婚禮籌備〉（Hochzeitsvorbereitungen auf dem Lande）的初稿。

一九〇七—一九〇八年 於布拉格「忠利保險公司」擔任臨時雇員。

一九〇八年 三月時首度發表作品：在文學雙月刊《亥伯龍神》（*Hyperion*）發表了幾篇短篇散文，均以〈沉思〉（Betrachtung）為題；七月三十日進入「波西米亞王國布拉格勞工事故保險局」任職。

一九〇九年 於初夏開始寫札記；九月時和布羅德兄弟一同去義大利北部旅行，隨後在布拉格的《波西米亞日報》（*Bohemia*）發表〈布雷西亞的飛行機〉（Die Aeroplane in Brescia）；秋天編修〈一場戰鬥紀實〉的第二個版本。

一九一〇年 三月底在《波西米亞日報》發表了幾篇以〈沉思〉為題的短篇散文；十月時和布羅德兄弟前往巴黎旅行。

一九一一年 夏天時和馬克斯．布羅德前往瑞士、北義大利和巴黎旅行；九月底時在蘇黎世附近的「艾倫巴赫療養院」休養；遇見一個曾在布拉格演出數月的意第緒語劇團。

一九一二年 夏天時和馬克斯．布羅德前往萊比錫和威瑪旅行，隨後在哈茨山區施塔伯爾堡附近的「容波恩自然療養院」短期休養；八月時和菲莉絲．包爾（Felice Bauer）在布拉格首度相遇，九月時開始和她通信；寫出的作品包括〈判決〉（Das Urteil）和〈變形記〉（Die

Verwandlung），卡夫卡同時開始創作長篇小說《失蹤者》（*Der Verschollene*，一九二七年由馬克斯·布羅德以《美國》〔*Amerika*〕為題首度出版）；十二月，卡夫卡的第一本書《沉思》由德國萊比錫「恩斯特·羅沃特出版社」出版。

一九一三年

和菲莉絲密集通信；五月底時《司爐：一則斷簡》（*Der Heizer*，《失蹤者》的第一章）在「庫特·沃爾夫出版社」的《最新一日》文學叢刊（*Der jüngste Tag*）中出版；六月時〈判決〉在布羅德編集的年度文選《樂土》（*Arkadia*）中發表；九月時前往維也納、威尼斯及里瓦旅行。

一九一四年

六月一日和菲莉絲在柏林正式訂婚，七月十二日解除婚約；七月時經由德國北部呂北克前往丹麥的瑪麗里斯特旅行；八月初開始寫作小說《審判》（*Der Prozess*）；在接下來這段創作豐富的時間裡，卡夫卡還寫了〈在流刑地〉（In der Strafkolonie）等短篇故事。

一九一五年

一月時，在解除婚約後首次和菲莉絲見面；〈變形記〉發表於十月號的《白書頁》（*Die Weien Blätter*）文學月刊；獲頒「馮塔納文學獎」（Fontane-Preis）的卡爾·史登海姆（Carl Sternheim）把獎金轉贈給卡夫卡，作為對他的肯定。

一九一六年

和菲莉絲的關係再度親密，七月時兩人一同前往馬倫巴度假；開始用八開的筆記簿寫作；十一月，《判決》在庫爾特·沃夫出版社的《最後一日》文學叢刊中出版。

一九一六—一九一七年

在位於黃金巷的工作室裡完成了許多短篇作品（主要包括後來收錄在《鄉村醫生》〔*Ein Landarzt*〕中的作品）。

一九一七年
七月時和菲莉絲二度訂婚；八月時首度發現染患肺病的徵兆，九月四日診斷為肺結核；十二月時二度解除婚約。

一九一七—一九一八年
在波西米亞北部的曲勞度過一段休養假期，住在一間農舍裡，由妹妹奧特拉料理家務；寫下一〇九條編號的《曲勞箴言錄》。

一九一九年
夏天時和茱莉・沃麗采克（Julie Wohryzek）訂婚；《在流刑地》於秋天在庫爾特・沃夫出版社出版；十一月時完成〈給父親的信〉（Brief an den Vater）。

一九二〇年
四月時在義大利梅蘭度過療養假期；開始和米蓮娜・葉森思卡（Milena Jesenska）通信；春天時在庫爾特・沃夫出版社出版了短篇故事集《鄉村醫生》；七月時解除了和茱莉・沃麗采克的婚約。

一九二〇—一九二一年
在塔特拉山的馬特里亞里療養（從一九二〇年十二月至一九二一年八月）。

一九二二年
從一月底至二月中於科克諾謝山的史賓德慕勒療養；開始寫作小說《城堡》（*Das Schloss*）；此外尚完成〈飢餓藝術家〉（Ein Hungerkünstler）等短篇；七月一日卡夫卡從「勞工事故保險局」退休；七月底至九月在波西米亞森林魯許尼茲河畔的卜拉那度過。

一九二三年
七月時在波羅的海的濱海小鎮米里茲和朵拉・迪亞芒（Dora Diamant）首度相遇；九月時從布拉格遷至柏林，和朵拉共同生活；寫出〈一名小女子〉（Eine kleine Frau）等作品。

一九二四年

健康情形惡化；三月時回到布拉格；完成〈約瑟芬、女歌手或者耗子的民族〉（Josefine, die Sängerin oder Das Volk der Mäuse）；四月時住進奧地利歐特曼一地的「維也納森林療養院」，隨後被送至維也納「哈謝克教授醫院」，最後住進維也納附近基爾林一地的「霍夫曼醫師療養院」；卡夫卡開始校訂他的故事集《飢餓藝術家》；六月三日去世；六月十一日葬於布拉格城郊史塔許尼茲的猶太墓園。

Franz Kafka
Der Process

審判
德文原始手稿完整版

作　　者｜法蘭茲・卡夫卡　Franz Kafka
譯　　者｜姬健梅

副 社 長｜陳瀅如
總 編 輯｜戴偉傑
責任編輯｜涂東寧
行銷企劃｜陳雅雯、趙鴻祐
封面設計｜IAT-HUÂN TIUNN
內頁排版｜宸遠彩藝
印　　刷｜呈靖彩藝有限公司

出　　版｜木馬文化事業股份有限公司
發　　行｜遠足文化事業股份有限公司（讀書共和國出版集團）
地　　址｜231新北市新店區民權路108-3號3樓
電　　話｜(02)2218-1417
傳　　真｜(02)2218-0727
客服信箱｜service@bookrep.com.tw
客服專線｜0800-221-029
郵撥帳號｜19588272木馬文化事業股份有限公司
客服專線｜0800-221-029
法律顧問｜華洋法律事務所　蘇文生律師

初版一刷｜2025年1月

I S B N｜978-626-314-777-5
定　　價｜380元

本書頁12、212、240所摘錄之日記內容，參見：法蘭茲・卡夫卡著，姬健梅譯，《卡夫卡日記》（臺北：商周出版，2022）。頁407、415、503。

國家圖書館出版品預行編目(CIP)資料

審判 / 法蘭茲.卡夫卡(Franz Kafka)作 ; 姬健梅譯. -- 初版. -- 新北市 : 木馬文化事業股份有限公司出版 : 遠足文化事業股份有限公司發行, 2025.01

256　面 ; 14.8 x 21　公分

卡夫卡逝世百年紀念版　譯自 : Der Process　ISBN 978-626-314-777-5(平裝)

882.457　113018861